CW00867647

ÁRBOL DE MAGNOLIAS

JUNE V. BOURGO

Traducido por
ANA MEDINA

Publicado en 2020 por Next Chapter

Para todos los creyentes...

Nunca olvides la magia

RECONOCIMIENTOS

Escribí este libro para todos los creyentes en la magia. Vivimos en un mundo que puede, algunas veces, confundirnos, decepcionarnos, y dejarnos temerosos. Pero siempre está la magia, tal como tú, lector, la percibes: bien a través de la creencia spiritual, la ciencia, religión, o simple instinto.

Como siempre, agradezco a Anne Marsh y Heidi Frank, mis lectoras creativas y gramaticales, quienes me acompañan en las pruebas iniciales de escribir una historia. Ellas atienden a mis dudas e inseguridades en mi habilidad para crear un Nuevo proyecto.

Estoy por siempre agradecida por el apoyo de mi esposo, Dennis, cuyo aporte creativo y personal nunca cesa.

Inmensas gracias a mi familia de Creativia Publishing, quienes trabajan duro para hacer mi historia lo mejor que puede ser.

Un sentido agradecimiento a Annie Kagan, Autora de La Vida Después de la Muerte de Billy Fingers (alias William Cohen) por permitirme citar las palabras de su hermano al inicio de este libro.

Y a Billy Fingers alias William Cohen, por su etéreo testamento a la magia. Gracias por compartir tu experiencia con tu hermana, quien a su vez compartió tus palabras con el mundo.

Donde estoy veo la luz
en ti así como en mí
Billy Fingers alias William Cohen
(de *La Vida Después de la Muerte de Billy Fingers*
por Annie Kagan)

PRÓLOGO

S*eptiembre 21, 2000...*

Elizabeth Grey despertó sobresaltada. Sus ojos se abrieron súbitamente. Una sensación de pesar la recorrió toda. Miró hacia la izquierda y notó la ausencia de su esposo en la cama. Los dígitos LED en el reloj de alarma marcaba las ocho a.m. Elizabeth se sentó y se estiró. Se sacudió la incomodidad. *Debe ser un sueño que no puedo recordar.* Se dirigió al baño, lavó su cara y manos, se puso la bata de casa sobre el camisón de dormir y salió al pasillo. Se podía escuchar una voz proveniente de la habitación de su nieta. Se detuvo en la puerta y se recostó contra el marco.

Sydney, de cuatro años, estaba sentada en el piso con su juego de té organizado frente a ella.
—¿Te gustaría un poco de azúcar en tu té?

Elizabeth sonrió. Sidney tenía una amiga imaginaria. Elizabeth no estaba preocupada. Muchos niños los tenían, especialmente cuando no tenían hermanos y viven una vida rural sin otros niños con quienes jugar. *Es solo parte de su desarrollo.* Frank, su esposo, por el otro lado, pensaba que era algo extraño y creía que Sydnely tenía problemas. Un hombre testarudo que una vez tuvo una fé no podía ser inducido a cambiar, ella estaba cansada de discutir este punto. Elizabeth suspiró.

Sydney levantó la mirada. —Hola, Nana, mi amiga, Candy, está tomando el té conmigo.

—Buenos días, cariño. Salúdala de mi parte.

—Ella no está demasiado feliz hoy. Se ve muy triste.

—Lamento escucharlo. Tal vez tu fiesta de té la anime. ¿Qué te gustaría desayunar esta mañana?

Sydney miró a su amiga invisible. —Hmm... ¿qué debería comer hoy? ¿Qué te parecen las panquecas? —Miró a su Nana. —Sí, Candy está sonriendo.

—Te prepararé las panquecas después de tomar mi café. Te llamaré cuando estén listas.

Elizabeth descendió las escaleras y fue a la cocina. El aroma de la cafetera llena de café la llamaba. Se sirvió una taza y miró por la ventana hacia el granero y el galpón. Ambas puertas estaban cerradas. *Probablemente Frank salió a caminar un rato.* Elizabeth fue hacia la puerta del frente para sentarse en el columpio y disfrutar de su café en la hermosa y cálida mañana.

Salió al porche y se detuvo de repente. Inhaló aire con fuerza, su mano libre se apoyó en su pecho y gimió, —Oh, mi Dios...—La taza de café que tenía en la otra mano cayó al suelo. Trozos de porcelana se dispersaron por el porche mientras el café caliente salpicaba sus pantuflas blancas.

—Oh, mi Dios... —gimió.

Frank estaba boca abajo en el piso de madera. Elizabeth se arrodilló a su lado. —¿Frank? Frank... —Lo sacudió por el hombro. No obtuvo respuesta. Trató de empujarlo para ponerlo sobre su espalda pero solo logró ponerlo de lado. Los ojos de Frank le devolvían la mirada, nublados y sin vida. Se cubrió la boca con las manos. —No, no, —murmuró. Elizabeth apoyó los dedos en su cuello. *No tiene pulso.* Movió la mano hacia su pecho. *Su corazón no está latiendo.* Su cuerpo estaba frío al tacto. *¿Cuánto tiempo ha estado tendido aquí?* Elizabeth supo que estaba muerto. No había nada que ella ni nadie más pudiera hacer por su esposo. Una oleada de shock congeló su cuerpo en ese lugar.

No tenía idea de cuánto tiempo llevaba arrodillada allí mirando a su difunto esposo. Se levantó y entró a la casa. Después de llamar a la policía, Elizabeth llamó a su amiga y vecina, Carol.

Cinco minutos después, Carol se llevó a Sydney por la puerta de atrás en una aventura a través de la pradera, para terminar con panquecas en la casa de Carol.

Elizabeth regresó al porche y recogió los trozos de la taza. Colocó una almohada debajo de la cabeza de Frank y lo cubrió con una cobija. Parecía estar durmiendo. Un tonto gesto de seguro, aunque reconfortante. Se sentó en el columpio del porche. No hubo histeria, ni lágrimas. Solo una aceptación entumecida... y esperó.

1

D*iecisiete años después...*

La casa de dos pisos de la granja con ventanas tapadas, pintura desconchada y jardines descuidados no se parecía en nada a la casa que ella recordaba de su infancia. Sydney Grey estaba de pie en la acera de grava que llevaba a los escalones sueltos del porche cubierto por hojas, tierra y ramas rotas. Sus ojos miraron las ventanas del segundo piso, deteniéndose en una ventana en particular. *Mi habitación.* Su mente se llenó con recuerdos de la infancia de cuando nadaba en el pequeño lago detrás de la casa y jugaba al escondite en el bosquecillo de árboles de magnolias. Le encantaba la fragancia de las flores de magnolia; una esencia embriagadora, intoxicante con un poco de cereza, limón, y un toque de vainilla.

Sintió en la boca de su estómago que comenzaba a formarse una inquietud y continuó avanzando para recorrer su cuerpo y hacer que Sydney frunciera el ceño. Ella no tenía idea. Sentimientos como ese habían abrumado a Sydney toda su vida. Generalmente, ocurría antes de que algo sucediera. Se sacudió la sensación. Eso es porque ella no sabía que antes hablaba con una persona muerta.

Una rápida revisión del techo sobre el porche y la casa mostró tablitas retorcidas y varias tejas faltantes. Sydney sopló un mechón de cabello rubio fuera de sus ojos. —Mierda, —murmuró. *Se necesita un techo nuevo en ambas partes.* Abrió su libreta y escribió algunas notas. Las ventanas del segundo piso estaban intactas. Sin embargo, serían reemplazadas con una hilera de ventanas panorámicas, como parte de la intención de convertir todo el piso superior en un estudio abierto. Subió al porche. *Al menos el piso está intacto.* El columpio suspendido donde le encantaba subirse en las noches frescas colgaba torcido, una de las cadenas estaba rota. Se recostó contra los postes del porche. *Sólido.*

El interior de la casa estaba en mejor condición. Sin embargo, el aire adentro estaba caliente y rancio. Dejó la puerta entreabierta y abrió todas las ventanas mientras deambulaba por todas las habitaciones. Las alfombras estaban desgastadas lo que no importaba. Tenían madera debajo y con una buena limpieza y tintado quedarían como nuevas. Observó el amarillento linóleo en los pisos del baño y la cocina. *Eliminados – una completa renovación para ambas áreas.* Sus ojos miraron alrededor de la cocina, descansando en una antigua despensa con una puerta rota. *La despensa se queda.*

Había tres habitaciones en el piso principal. La más grande sería su habitación y oficina. Imaginaba una chimenea eléctrica con un sillón, con mucho espacio para añadir un baño privado. Sydney se detuvo frente a una de las ventanas y observó el bosquecillo de árboles de magnolias que estaba a la izquierda del lago. Sonrió al pequeño muelle que entraba al lago, recordando las lecciones de natación que su abuela había comenzado antes de que pudiera caminar. *Nan la llamaba su bebé acuática.* La segunda habitación serviría para cuando Nana quisiera venir de visita y la tercera como habitación para huéspedes. *Una renovación sencilla para ellos.*

De vuelta en la sala, observó la chimenea instalada en una pared completa de piedras incrustadas. Si la chimenea podía recuperarse, sería apropiada una protección de vidrio ya que le encantaba la pared de piedra. Se escuchó una puerta en la planta alta. La cabeza de Sydney se volteó hacia el ruido. —Oh... —*Probablemente un ráfaga de viento de una de las ventanas de aquí abajo.* Sin embargo, igual se sobresaltó.

Las bisagras de la puerta de madera natural se quedarían. *Me encantan.* Observó que la escalera de madera y las barandas quedarían hermosas con una buena limpieza y tintura.

En la planta alta había un depósito y dos habitaciones más. Al entrar en la que había sido su habitación, Sydney imaginó retirar las paredes internas para unir las habitaciones y el pasillo como un estudio abierto de yoga para sus clientes. Podría reemplazar la pared de carga con pilares. Abrió la puerta hacia el pasillo y entró en el depósito. *Tiene el tamaño ideal para un baño con dos cubículos para los clientes.* Había un banquillo de madera en la esquina. Levantó la mirada al techo, observando la trampilla que daba al ático. Recuerdos de su abuelo subiendo al banquillo y tirando de la trampilla inundaron su mente. Unos escalones descendieron para poder acceder arriba. Sonrió, recordando que ella había sido demasiado pequeña para subir al banquillo y tirar de la trampilla y había ansiado el día en que fuera lo bastante alta para explorar los secretos del ático. Si ella no se hubiera mudado a la ciudad con Nan, se hubiera convertido en otro escondite.

El sonido de un vehículo la hizo salir de la habitación y regresar a la ventana. Miró hacia abajo esperando ver al contratista que vendría a inspeccionar la casa. Salió del auto una mujer alta y delgada, con una gorra, su largo cabello caía por su espalda recogido en una trenza. Sydney se dirigió al porche.

Salió hacia el porche y se encontró con la mujer en el escalón superior. —Hola, ¿en qué te puedo ayudar?

La extraña la miró arriba y abajo. —¿Syd? ¿Eres tú?

Sydney inclinó la cabeza hacia un lado. Solo sus amigas la llamaban Syd. Su abuela se negaba porque lo hacía sonar como un hombre. Para su Nan, el nombre Sydney ya era bastante malo pero estaba en su partida de nacimiento. *Mi Nan es de la vieja escuela.*

—Lo siento. ¿Debería saber quién eres?

La mujer se rió y extendió los brazos. —Soy yo, Jessie.

La reconoció inmediatamente. —Oh, mi Dios... ¿Jessie?

Las dos mujeres se abrazaron. —No puedo creer que seas tú, —dijo Sydney. Ambas se habían conocido en el preescolar. En la época en que falleció su abuelo. Ella y su abuela se mudaron a Kelowna cuando terminó ese año escolar. Las chicas solo se habían visto algunas veces a través de los años y perdieron contacto en la secundaria. A los veintiuno ambas habían cambiado considerablemente desde su última visita de adolescente.

Jessie la hizo retroceder. —Me encanta tu estilo de cabello. Te ves hermosa. —El cabello rubio recto de Sydney caía en capas un par de pulgadas debajo de su barbilla, partido en el medio con largos mechones a ambos lados de su rostro que siempre estaba soplando de sus ojos. —Hace resaltar tus ojos azules.

—Gracias. Te ves hermosa. —Sydney observó su estatura. —Tan alta. Podrías ser modelo.

Jessie hizo una mueca. —No, gracias. Me gusta la vida tranquila de nuestro pequeño pueblo.

—Supongo que todavía tiene ese sabor a pueblo pequeño, pero ha crecido mucho desde la última vez que estuve aquí. ¿Cómo supiste que yo estaba aquí? —preguntó Sydney.

—Mamá vive al lado de tu posible constructor. Él mencionó que un miembro de la familia había regresado a la granja. Pensé en darme una vuelta, esperando que fueras tú.

—Sí, la Constructora Rhyder. Estoy esperando a alguien que viene hoy a revisar la casa.

—Excelente. En realidad son los mejores constructores de por aquí.

Como si se hubieran puesto de acuerdo, una van blanca con el emblema de Constructora Rhyder salió del camino hacia la entrada de tierra. Las dos mujeres caminaron por los escalones para saludar al joven que salía por la puerta del conductor. Sydney observó su contextura fuerte y delgada, con su camiseta blanca ajustada y vaqueros a la medida con botas vaqueras bien desgastadas. *¡Vaya! Si todos los vaqueros de por aquí lucen así...*

Jessie habló de primera. —Epa, fantasma. No te había visto por un tiempo. ¿Cómo estás?

—Hola, extraña. Estaba trabajando en un proyecto grande fuera del pueblo pero Papá ha estado fuera por un par de semanas. Dejé encargado al capataz y regresé a encargarme de la oficina. Es bueno estar en casa. —Su mirada se dirigió a Sydney. La miró arriba y abajo de manera obvia. —Estoy buscando a Sydney Grey.

Sus ojos se encontraron y Sydney se sintió atraída por sus expresivos ojos azules. Se quedó petrificada en el sitio. El joven inclinó su cabeza a un lado y arqueó sus cejas, esperando a que ella le respondiera. Saliendo de su estupor, caminó un poco demasiado rápido y casi tropezó. Extendió su mano. —Oh... esa soy yo. Soy Sydney Grey. —*Qué torpe soy.*

—Soy Jax Rhyder, de la Constructora Rhyder. —Le dirigió una amplia sonrisa y estrechó su mano. La retuvo un poco más de lo usual, sus ojos observaban el rostro de ella.

Ella retiró la mano. *Hmm... parece un poquito seguro de sí mismo.* —Encantada de conocerte. Estoy verdaderamente emocionada por ver qué tienes que decir sobre las renovaciones.

Jax observó la vieja edificación. —Yo también. Me encanta restaurar viejas casas de granjas. Es mi pasión. Con suerte, podremos llegar a un acuerdo y hacerlo funcionar.

Jessie aclaró su garganta. —Bueno, debo marcharme y dejarlos trabajar.

Mientras el par de jóvenes se volteaba para mirarla, Jessie rió. —Vaya, mírenlos a ustedes dos. ¿Acaso no hacen una linda pareja?

La boca de Sydney cayó abierta y sus ojos se abrieron desmesuradamente. Dijo con los labios, —¿Qué? —Miró a Jax de lado. Él rió y sus ojos tenían un destello de diversión.

Jessie se apresuró y se encogió de hombros. —Quiero decir, que ambos son rubios de ojos azules con el mismo estilo de cabello que Keith Urban. Me hicieron pensar en las parejas que se parecen.

Jax rió. —La misma Jessie de siempre. Tan directa como en la escuela. Lo primero que llega a tu mente, es lo primero que sale por tu boca.

—Esa soy yo. Entonces Syd, ¿por qué no nos encontramos para cenar esta noche en el restaurante de carnes Carl's y nos ponemos al día con nuestras vidas? Está en la Tercera Calle.

—Me encantaría. ¿Qué te parece a las siete?

—Excelente. Nos vemos entonces.

2

Sydney y Jax observaron a Jessie caminar hacia su auto y alejarse. Ella se volteó hacia Jax quien le estaba sonriendo.

—¿Conoces bien a Jessie? —le preguntó él.

—No del todo. Fuimos mejores amigas cuando teníamos cuatro y cinco años antes de que yo me mudara a Kelowna. Intercambiamos cartas durante varios años y nos visitamos varias veces pero eventualmente perdimos contacto. Será fabuloso conocerla de nuevo.

—Ella es buena persona. No puedes equivocarte con ella como amiga.

—Es bueno saberlo. Entonces... ¿quieres comenzar aquí o adentro?

—Comencemos aquí con las fundaciones.

Durante las siguientes dos horas, Jax se arrastró debajo de la casa e inspeccionó el galpón en la propiedad. Dentro de la casa, revisó los gabinetes, estudió los techos y despegó las alfombras para inspeccionar la madera debajo de ellas. Hablaron sobre pisos, electrodomésticos, ventanas, puertas y techos. En el segundo piso, pidió ver el ático.

Sydney lo llevó al almacén. Después de discutir la propuesta de un baño con dos cubículos, ella subió al banquillo y abrió la puerta del ático. —Subiré contigo. Esto es emocionante para mí. Desde que era pequeña, quise explorar el ático. —Mientras desplegaba las escaleras, con ellas bajó una nube de polvo y telas de araña. Ella estornudó.

Jax extendió la mano y la ayudó a ajustar las escaleras en su sitio y la fijó para mayor estabilidad. Él comenzó a subir primero. A mitad de camino, miró hacia abajo. —Probablemente haya más que unas cuantas arañas aquí arriba.

Sydney lo siguió con determinación. —Me gustan las arañas. Se comen los insectos malos.

Él le sonrió. —Chica valiente. Me gusta.

—No soy niñata si a eso te refieres.

No había mucho que ver. *Un espacio vacío y polvoriento.* Dado que la granja todavía no tenía energía eléctrica, la pequeña ventana oval dejaba pasar una tenue luz. Ella rió. —No sé qué guardaban aquí mis abuelos, pero esto es decepcionante. En aquel entonces, mi mente curiosa de cinco años conjuraba todo tipo de imágenes misteriosas.

Jax rió con ella. —¿Tienes algún plan para el ático?

—No. No tengo intenciones de subir cosas para guardarlas aquí. —Pensó en la puerta de atrás en la planta baja que entraba al lavadero detrás de la cocina. Ya habían discutido ampliarlo para ser la lavandería. —Estaba pensando sobre la lavandería y lo grande que es. Tal vez podamos incorporar algunos gabinetes y repisas para almacenamiento.

—Esa es una gran idea. Y lo que te recomendaría para el ático sería cambiar la ventana por una ventanilla de circulación de aire. Las viejas casas de las granjas carecen de adecuada ventilación. Hay un sistema nuevo que funciona con energía solar que es muy recomendado para controlar la acumulación de calor, humedad y ventilación. Será fácil de instalar con el nuevo techo. Mejoraremos el aislamiento de aquí arriba. Otra ineficacia de las viejas casas en las granjas.

—Está bien.

—Creo que terminamos. Bajemos de nuevo para revisar mis notas.

Dejaron el ático para sentarse afuera en los escalones.

Jax revisó las notas en su carpeta de gancho. —De verdad creo que podemos hacer algo bueno aquí. La fundación es sólida y la estructura del techo parece estar bien. Repararemos las tablas ruidosas del piso o las reemplazaremos. Estás atendiendo el techo justo a tiempo. Otra temporada y probablemente tendrías goteras. Me sorprende su situación en general, considerando que nadie ha vivido aquí por varios años.

—Mi abuela la alquiló por un largo tiempo a una familia que trabajaba en los campos de heno. Nan le pagaba al esposo para el mantenimiento de la granja. Cuando se enfermó y murió, su viuda se llevó a los niños y se mudaron más cerca de su familia. El granjero del otro lado de la calle tiene alquilados los campos de heno y vigila el lugar. La intención de Nan siempre fue darme la casa de la granja y no quería que se convirtiera en un desastre.

—Ha sido afortunada de no tener invasores ni vándalos. —Jax se levantó y estiró su espalda.

Sydney se unió a él. —Supongo que fuimos afortunadas. Pero con el vecino trabajando en los campos, probablemente había demasiada actividad en la propiedad. Y este camino no es tan aislado como antes lo era.

—Hace quince años, esto era un área rural. Pero el pueblo ha crecido tanto que ahora estás en los linderos del pueblo. Así que... ¿qué te parece si nos encontramos aquí pasado mañana? ¿A las diez? Tendré preparada tu cotización.

Sydney asintió. —Aquí estaré.

—Tienes unas ideas maravillosas para este viejo lugar. Algunos toques retro y otros modernos. Será divertido combinarlos. Mientras tanto, prepararé algunos bocetos para la lavandería, los baños, así como la cocina donde hay mucho espacio para expandir los gabinetes y colocar una isla.

—No puedo esperar para verlos. —Lo acompañó hasta su camioneta.

Jax se inclinó en el asiento del conductor y sacó una caja. La colocó en los brazos de ella. —Aquí tienes. Algo para mantenerte ocupada hasta entonces. Algunas muestras de pintura, para interiores y exteriores, un aro con muestras de láminas de color para el techo que quieras, y más aros con muestras de tintes para madera y de azulejos.

El corazón de Sydney se aceleró. Le sonrió. —Oooh... esto se ve divertido. Estoy tan emocionada. Gracias.

Jax la miró resplandeciente. —De verdad espero que trabajemos juntos. Este lugar sería el proyecto soñado para mí. —Subió a la van y encendió el motor. Se volteó y le guiñó un ojo. —Y también lo sería trabajar contigo. Nos vemos pronto.

Sydney descartó el coqueteo y le dijo adiós. Después de desaparecer en el camino, sonrió. Era un maravilloso espécimen de masculinidad pero él lo sabía. Las mujeres probablemente lo perseguían. Pero esto era trabajo y no podía nublar el acuerdo. El romance no estaba en su actual lista de cosas por hacer. No necesitaba ni quería complicaciones.

De alguna manera, sabía que trabajarían juntos. La Constructora Rhyder estaba muy bien recomendada por varias personas del pueblo. Eran conocidos por su trabajo rápido y de calidad. Le habían dicho que no eran baratos pero que siempre recibías por lo que pagabas. Y le gustaron las ideas que él le había planteado durante las últimas dos horas. Pensaban de forma parecida en ese aspecto.

Sydney dio otro paseo a través de la casa, revisando las muestras de azulejos y de pintura. Los tonos tierra con algunos colores opacos oscuros y fuertes brotes de color tenían cierto atractivo y no podía esperar para comenzar. Mientras Sydney estaba en medio de la habitación principal estudiando los esquemas de colores, sintió una súbita brisa fría. Caminó hacia la ventana y miró al cielo. Cruzó los brazos sobre su cuerpo y frotó sus manos sobre sus brazos con piel de gallina. *Qué extraño. El sol todavía está brillante y caliente.* Sus ojos observaron el lago y el bosquecillo de árboles de magnolias. Un árbol resaltaba un poco separado del resto. Sydney observó cómo se movían las ramas con la brisa, las hojas se agitaban y revoloteaban al punto de que los pétalos de algunas flores caían flotando debajo del árbol. Un recuerdo destelló en su mente. Se vio a sí misma de pequeña sentada en una rama baja oculta junto al tronco.

—Sydney, ¿dónde estás? Es hora de tus lecciones. —Mantenía su cuerpo apretado al tronco y reía. Este era su lugar favorito para ocultarse de su abuelo. Aquí ella podía hablar con su amiga imaginaria como la llamaba Nan. Pero Sydney sabía que era real. Aquí se sentía segura. Este era su lugar feliz.

En este momento, Sydney notó que ninguno de los otros árboles se estaba moviendo con el viento. Estaban inmóviles. *Tal vez sea una de esas ráfagas circulares y solo golpeó aquel árbol solitario.* Miró más allá del bosquecillo pero todo lo que podía ver en la distancia eran campos de heno. Sydney miró el árbol solitario de nuevo y el movimiento se detuvo. El árbol estaba inmóvil. La habitación de repente se sintió cálida de nuevo y la piel de gallina desapareció. *Extraño.*

Cerró la casa con seguro y subió a su jeep. Mientras conducía de vuelta al pueblo, sus pensamientos retornaron al recuerdo que había visto. *¿Amiga imaginaria? Tendré que preguntarle a Nan si tenía alguna durante mi infancia.*

3

Sydney se apresuró por la calle hacia el restaurante de carnes. *Voy tarde.* Una pareja que iba saliendo del restaurante sostuvo la puerta para ella. Les sonrió y dio las gracias mientras pasaba rápido junto a ellos hacia la entrada tropezando de frente con el pecho de otro cliente que se marchaba. Él la tomó por los hombros para estabilizarla mientras ella rebotaba sin equilibrio.

Sydney levantó la mirada hacia un hombre de unos cuarenta y tantos con cabello gris a los lados. —Lo siento mucho. No estaba prestando atención.

El hombre la miró fijamente. No pronunció una palabra. Ella miró detrás de él, observando que había personas esperando detrás de él para salir del restaurante. —Oops... estamos bloqueando la salida. —*Todavía nada.* Parecía enraizado en el lugar. Sydney se hizo a un lado y murmuró sus disculpas de nuevo. Continuó a ritmo más lento hacia el Maitre d' que estaba junto el podio. Una rápida mirada hacia atrás la sorprendió. El hombre había vuelto a entrar al restaurante y estaba a unos pies de distancia observándola, su expresión en blanco.

El Maitre d' interrumpió sus pensamientos. —¿Puedo ayudarla, Señorita?

—Sì, voy a encontrarme con alguien. ¿Jessica Farrow?

—Sígame, por favor.

A mitad de camino hacia la mesa, miró por encima de su hombro pero el hombre había desaparecido. *Eso fue espeluznante.*

—Syd. Llegaste.

—Sí, lamento llegar tarde. Nan llamó justo cuando estaba saliendo y quería saber todo sobre la renovación.

—No te preocupes. Yo también llegué tarde y acabo de sentarme. Es un zoológico aquí esta noche.

—Es noche de costillas, —dijo el Maitre d'. Les entregó un menú a cada una y una lista de cocteles. —Siempre estamos llenos cuando servimos nuestra especialidad en costillas. Su mesero vendrá pronto.

El mesero llegó pocos minutos después. Ambas decidieron ordenar las costillas y una botella de vino tinto seco. Cuando regresò con el vino y los aperitivos, Jessie alzó su copa.

—Por las amistades renovadas, —dijo ella.

Sydney chocó la copa con la suya. —Amistades renovadas y nuevas aventuras.

—¿Entonces cómo te fue con Jax hoy? ¿Vas a trabajar con su compañía?

—Todo salió bien. La casa está estructuralmente sólida. Eso dice mucho. Él comprendió mi visión y me ofreció algunas ideas excelentes. Vamos a reunirnos en dos días para revisar los planos y costos. Mis instintos me dicen que es la persona adecuada para el trabajo.

—He visto su trabajo en otras casas. Es excepcional.

Sydney alzó su copa esta vez. —Por una renovación exitosa y mi futuro hogar.

Jessie reciprocò y llevó a su boca un nacho con queso derretido y salsa. Entre bocados lanzó otra pregunta a Sydney. —Hablando de hogares, ¿dónde te estás hospedando mientras tanto?

—Tengo una cabaña en el River Road Resorts en el Río Okanagan, en el extremo sur.

—Conozco el lugar. Podrías quedarte conmigo y ahorrar algo de dinero.

—Eso es muy amable pero estoy bien. Sabes que nunca antes había vivido sola, siempre estuve con Nan. Así que esto es algo nuevo para mí.

El mesero les trajo sus costillas. —Disfruten su cena.

—Vaya. Eso sabe delicioso. Ya veo por qué el lugar está tan lleno, —dijo Sydney.

—Mmm... muy rico. Por cierto, ¿cómo está tu Nan?

—Ella está bien.

—¿Se mudará contigo a la granja cuando esté lista?

—No. Su vida ahora esté en Kelowna. Tiene allá a sus amigas y no está lista para retirarse todavía. Tendrá su propia habitación para cuando venga de visita pero no creo que vuelva a tiempo completo. Hay muchos malos recuerdos para ella.

Jessie se recostó contra la silla y sorbió su vino. —Supongo que no era lo mismo para ella después que tu mamá desapareció... —su amiga vaciló. —Lo siento. No debí decir eso.

Sydney sacudió la cabeza. —Está bien. De verdad. Creo que eso es una parte. Nan nunca habla sobre aquellos días. Algunas veces, cuando yo era pequeña, le hacía preguntas y ella se ponía a la defensiva. Mi madre era su única hija y creo que cuando se marchó, Nan se sintió abandonada y traicionada. Dijo algo al respecto cuando yo tenía alrededor de doce años. Tiene mucha rabia acumulada hacia su hija.

—¿Y tú nunca supiste de ella en todos estos años?

—No, nada. Dejé de hacer preguntas hace unos años. No recuerdo mucho a mi abuelo. Excepto que podía ser muy estricto y Nan siempre andaba silenciosa a su alrededor. Tengo la impresión de que se casaron jóvenes y que continuaron juntos por obligación. Creo que ella ya no lo amaba.

Jessie empujó su plato y sirvió lo que quedaba del vino. —Ya veo por qué no querría regresar acá. Así que dime, ¿por qué volviste? —le preguntó Jessie.

—Bueno, Nan estaba guardando la granja para dejármela en su testamento. Lo veía como una buena inversión que algún día yo podría vender por un buen precio. Nunca pensó que yo quisiera regresar aquí. Pero yo no era feliz donde trabajaba y decidí comenzar mi propio negocio. Y Kelowna se estaba haciendo demasiado grande para mí. Quería una vida más rural. Revisé alrededor de todo el Valle Okanagan para ver dónde estarían mis competidores y dónde pensaría que podría instalarme.

—¿Y elegiste Stoney Creek?

—Así fue. Mostraba el mayor potencial de crecimiento en esta parte del valle y no tengo competidores entre Osoyoos y Okanagan Falls. Nan se sorprendió de que quisiera regresar aquí. Pero mi entusiasmo la convenció. Varios días después, regresó emocionada de su trabajo y me entregó un sobre. Era la propiedad de la granja.

—Oh, vaya.

—No podía creerlo. Dijo que de todas formas sería mía cuando ella ya no estuviera y si quería mudarme de nuevo para acá y renovarla para que fuera vivienda y negocio, debía tenerla ahora. Me dio el dinero que había estado ahorrando del alquiler de los campos de heno para la remodelación. Eso significa que puedo usar mis ahorros para comenzar mi negocio. Su único requerimiento fue que quería una habitación para ella de forma que pudiera venir a visitarme.

Jessie se inclinó hacia adelante. —Me siento muy feliz por ti. Otro brindis. Por un negocio exitoso. —Alzaron sus copas de vino. —¿Y de qué trata tu negocio, por cierto?

—Soy instructora de Yoga. Tengo la intención de convertir la planta alta en un estudio. Luego, voy a convertir el galpón en habitaciones y duchas para los huéspedes que vengan a los retiros. También soy instructora de Earthing.

Las cejas de su amiga se dispararon hacia arriba. —¿Una qué?

Sydney rió. —Earthing. La descripción corta es para conectar la energía natural de la tierra; la transferencia de energía como un sanador natural. El lago detrás de la casa posee un fondo arenoso, perfecto para los ejercicios en el agua durante la temporada y quiero sembrar un parche de hierba entre la casa y el lago para las prácticas de Earthing y meditación en la hierba.

—Me encanta. Pero buena suerte con la hierba. En caso que no lo hayas notado, vivimos en un área desértica.

—El lago está formado de una fuente artesanal subterránea. Hay suficiente agua. Pero suficiente sobre mí. Hablemos de ti.

Jessie suspiró. —Después de la secundaria, me mudé a Vancouver y me inscribí en la escuela de enfermería. Obtuve mi LPN, Licenciatura en Enfermería Práctica y estúpidamente me casé demasiado joven con un técnico de laboratorio. Ambos trabajábamos en el Hospital General de Vancouver y duró unos nueve meses. El año pasado decidí regresar a Stoney Creek y estoy trabajando en el Hospital de Oliver.

El mesero se acercó y retiró sus platos, y regresó con café.

—¿Algún novio en tu vida? —preguntó Sydney.

—No, al igual que tú, estoy viviendo sola por primera vez y me siento feliz. ¿Qué hay de ti? ¿Algún novio?

—No. Recientemente rompí con un chico realmente bueno de Kelowna. Él quería avanzar en la relación pero faltaba algo. No podía comprometerme basada solamente en que era simpático, así que terminé la relación.

—Epa, ahora tengo alguien con quien salir a los clubes. La mayoría de mis amigas de la escuela viven en la ciudad o tienen bebés.

—Nan nunca se volvió a casar después que mi Abueno murió y está muy contenta con su vida. Me dijo que a menos que quiera tener bebés, ni me molestara.

Se rieron. La mirada de Sydney recorrió el salón y hacia el área con una barra y banquillos y varias mesas pequeñas para personas que no estaban comiendo. Su sonrisa se congeló cuando vio el rostro del mismo hombre con el que había tropezado en la entrada. Su expresión todavía era rígida y sus ojos no pestañeaban.

Dirigió la mirada de vuelta a Jessie. —Epa, sin hacerlo obvio, mira hacia la barra. Hay un hombre al final de la barra. Dime si sabes quién es.

Jessie se dio la vuelta en su silla y miró directamente hacia el bar.

—Oh, mi Dios... ¿llamas eso sutil? —gimió Sydney.

—¿Qué hombre? No hay nadie en el extremo de la barra.

Sydney miró hacia allá. El asiento estaba vacío. —Diablos. Se fue de nuevo. Pensaría que era un fantasma si no hubiera tropezado físicamente con él en la puerta. —Describió el incidente para Jessie.

—Es escalofriante, ciertamente. Pero tal vez solo le gustaste. Eres una chica hermosa y un rostro nuevo en el pueblo.

—¿Carne fresca? No ganas puntos con una persona actuando como un acosador. Además, debe tener más de cuarenta años. Yo tengo veintiuno.

Jessie rió. —Ajá... aún más atrayente para algunos hombres.

Las chicas terminaron su café y Jessie insistió en pagar la cuenta. Acompañó a Sydney por la calle hasta su auto. Intercambiaron números de celulares con la promesa de reunirse de nuevo pronto.

Sydney atravesó el pueblo hacia el río, mirando por el retrovisor para ver si la estaban siguiendo. Aquel hombre extraño de verdad la había alterado. Una vez dentro de la cabaña, cerró la puerta con seguro, asegurándose de que también lo estuvieran las ventanas. *Gracias a Dios por el aire acondicionado.* No fue sino hasta que cerró las cortinas que se sintió segura y relajada.

4

Jax se estiró en la silla frente al escritorio de su padre. —¿Entonces cuándo regresaste?

—Ayer en la tarde alrededor de las cuatro. Me levanté temprano y vine hace un par de horas. Has hecho un excelente trabajo cuidando todo mientras estaba lejos. Buen trabajo, hijo.

—Gracias. ¿Cómo te fue en el viaje? ¿Hiciste un negocio?

Wes Rhyder levantó algunos documentos de su escritorio y sonrió. —Claro que sí. —Agitó los documentos. Había viajado al Valle Okanagan buscando tierra para un desarrollo en las ciudades más grandes. —No solo nos encargaremos de un nuevo edificio bancario, sino que tenemos la oportunidad de lograr un proyecto en la planta baja de un hospital nuevo. Un proyecto de última generación que nos mantendrá bastante ocupados.

Jax sonrió a su padre. Reconocía la chispa que iluminaba el rostro de su padre siempre que se presentaba un nuevo proyecto de desarrollo. Su padre era arquitecto y florecía en el proceso de diseño mucho antes de que comenzara la construcción.

—Tendremos que abrir una nueva oficina en Kelowna. Contratar más personal. Esto significa una gran expansión para la Constructora Rhyder. Esto nos acercará a mi meta de convertirnos en una de las principales empresas de desarrollo y dedicarnos únicamente a proyectos comerciales.

—Me alegro por ti, Papá. Has trabajado duro para llegar tan lejos. No tengo dudas de que llevarás esta compañía adonde quieras.

Su padre estiró sus manos sobre su cabeza. —Esto requiere de un cambio en el nombre de Constructora Rhyder a Constructora Rhyder e Hijo. Pero por ahora, demos una mirada a nuestros proyectos actuales.

Los dos hombres pasaron la siguiente hora revisando la carga de trabajo y las fechas de culminación proyectadas. Wes tomó el último expediente. —Veo que has estado trabajando en la renovación de una casa de granja. ¿De qué trata eso?

—Es la vieja granja Grey en los linderos del pueblo.

La cabeza de su padre se disparó hacia arriba. —Entonces la vieja viuda finalmente vendió el lugar. ¿Quiénes son los nuevos propietarios?

—No hay nuevos propietarios. Una familiar se mudó de vuelta a la propiedad desde Kelowna. Su nombre es Sydney Grey.

Wes se inclinó hacia adelante. —¿La nieta?

—Así es. ¿La conoces?

—No. Ella y su abuela se marcharon de Stoney Creek un par de años antes de que nosotros nos mudáramos aquí. —Wes se recostó en su silla y frotó su barbilla pensativo.

—¿Papá? Te perdí. ¿Qué estás pensando?

—Umm... de momento tenemos el plato bastante lleno. Tal vez deberíamos rechazar este.

Jax se removió incómodo en su silla. —Ya sabes que este tipo de renovaciones son justo lo que me gusta. De verdad quiero este proyecto.

Su padre se lo quedó mirando. —Sé que son tu pasión pero tenemos que pensar en qué es lo mejor para el negocio.

No era la primera vez que tenían esta discusión sobre proyectos que no deberían hacer de acuerdo con su Papá. Jax siempre escuchaba a su padre y le daba a sus palabras su justo valor. Al final, haría lo que Wes Rhyder pensaba que fuera lo mejor. Pero esta vez, tenía la intención de pelear por este trabajo y no cedería.

—Mira, ya casi termino con mi proyecto en OK Falls. El capataz es más que capaz de terminarlo. Los otros proyectos también están cubiertos. Tengo el tiempo para dedicarme a este.

Wess miró el archivo en silencio. Jax esperó a que él hablara primero, determinado a no ceder. —Sabes que el crecimiento de esta compañía nos está llevando a una transición. Nos estamos alejando del área residencial hacia el comercial. Esa es la nueva visión que tengo para la compañía. Tal vez sea hora de que discutamos el papel que me gustaría verte ejercer en esta nueva dirección.

Jax se removió incómodo. Sabía que este día se acercaba. Siempre había evitado los conflictos pero había llegado el momento de dejarle saber a su padre sobre sus verdaderos sentimientos en cuanto a trabajar juntos. —Está bien. Dime sobre tu visión.

Su padre se inclinó hacia adelante. —Hemos construido una muy buena reputación en el valle a través de los años. Desde que te me uniste hace dos años, te he dejado encargado de los proyectos residenciales y yo me he dirigido al lado comercial. Lo que veo es que tú te encargues de esta oficina y nos dirijamos estrictamente a la construcción comercial. Para mí, pienso que es el momento en que me mude a Kelowna y trabaje con el desarrollo de tierras y los emprendimientos comerciales allá y eventualmente, en otras ciudades en el Valle Okanagan.

—Vaya. —Jax se sintió abrumado. —Eso es todo un voto de confianza en una persona de veintidós años.

—Has demostrado ser capaz. Tienes buena ética de trabajo y la habilidad para atacar los problemas con lógica rápida. Estoy orgulloso de ti, hijo.

Jax se sintió incómodo. No quería decepcionar a su padre pero su 'lógica' le decía que tenía que seguir su propio camino, no el que su papá quería para él. —Papá, de verdad estoy muy emocionado por ti en esto y me complace que te sientas feliz con mi trabajo. Pero la verdad es que tu sueño no es mi sueño.

El rostro de Wes Rhyder se nubló. —No lo comprendo. Pensé que teníamos un plan para que trabajaras conmigo y nos encargáramos juntos de la compañía.

—Así era. Pero eso fue hace unos años antes de que decidieras expandirte y convertirte en un gran desarrollador. Mi pasión está en los proyectos residenciales. Preferiblemente las renovaciones. No estoy realmente interesado en el área comercial. Lo sabes.

—No hay dinero en las renovaciones de casas. Al menos no igual que en el área comercial. Hago esto por ti, hijo. Un día todo será tuyo.

—Oh no, no me hagas eso. —Jax se levantó y caminó frente al escritorio. —Lo hiciste por ti y solo por ti. Y eso está bien. Pero si fuera por mí, me hubieras pedido mi opinión y me hubieras preguntado por mis sueños.

Su padre se levantó y se apoyó en el escritorio; su rostro contorsionado por la rabia. —No puedo creer esto. Pensé que confiabas en mi opinión y en lo que era mejor para la compañía. En cambio, es lo mejor para ti.

Jax se sentó en la silla. Sabía que esta confrontación no sería fácil, lo cual era la razón por la que la había evitado durante meses. *Mantente firme.* —Si piensas que es lo mejor para la compañía, entonces así es. Y eso lo hace lo mejor para ti, Papá. Pero no necesariamente para mí. Yo tengo mis propios sueños.

Wes se sentó, se recostó contra la silla y los dos se miraron, nuevamente en silencio. —Está bien. ¿Dime qué ves para ti?

—Esperaba que mantuviéramos la división residencial y yo me encargaría de ella. Es donde está mi experiencia y mi interés. No soy un arquitecto como tú. Esa es tu habilidad y tu pasión.

—Lo sé. No espero que seas un arquitecto, solo que te encargues de los proyectos de desarrollo. Confío en tus instintos y has demostrado que puedes ser el 'jefe'.

Jax frotó los dedos sobre su frente. —Cuando era niño, siempre me dijiste que fuera sincero conmigo mismo. Tú y abuelo no estuvieron de acuerdo cuando le hablaste sobre tus aspiraciones. ¿Recuerdas cómo era ponerte firme ante sus expectativas y decirle que no?

—Espera un momento. —Wes Rhyder se levantó y salió de la oficina. Regresó con dos tazas de café. Colocó una frente a Jax y regresó a su silla detrás del escritorio. Después de varios sorbos del negro líquido, bajó la taza.

—No puedo discutir con nada de lo que has dicho. Mi argumento es que la compañía no puede crecer hacia los proyectos comerciales y permanecer diversificada con proyectos residenciales. Dirigir dos oficinas y potencialmente más en el futuro no puede mantener el aspecto residencial. Así que desde una perspectiva enteramente de negocios, o bien nos quedamos como estamos y nos olvidamos de la expansión, o seguimos adelante y dejamos lo demás atrás.

—Y lo comprendo. Es lo correcto en beneficio del negocio y la dirección que quieres darle. Tienes que hacer lo que es mejor para el negocio. Papá, tienes fuego en tu estómago y deberías seguir adelante. Lo que falta por decidir es dónde encajo yo en todo eso. Lo que me ofreces es enorme y créeme, te lo agradezco. Pero la parte residencial es lo que enciende el fuego dentro de mí.

Wes suspiró. —No me malinterpretes. Puedes ganarte la vida con lo residencial. Pero tendrás algunos años buenos y otros malos en los que tendrás que esforzarte. Yo ya lo hice, hijo. Quería ahorrarte eso y construir sobre un negocio ya existente uno junto al otro.

Jax miró su taza de café, sopesando sus próximas palabras. —Sé que estás decepcionado. La respuesta para ti es seguir tu visión... sin mí si es necesario. Y no sé dónde me deja eso pero lo descubriré. Dices que tengo buenos instintos así que déjame confiar en mí mismo y seguir mi propio camino. Y hay algo más que debes considerar. Tienes personas calificadas aquí en la oficina que han estado contigo por años. ¿No piensas que quizás puedan resentir que de repente yo me convierta en su jefe? Ellos merecen mucho más que yo lo que me estás ofreciendo a mí.

Su padre levantó la carpeta con el proyecto de renovación. —Háblame sobre este proyecto. ¿Cuál es tu cronograma propuesto?

—Bueno, esto es más que una casa de granja. Incluye la conversión del galpón en un dormitorio para retiros de fines de semana y la optimización de un granero. Diría dos meses máximo.

Wes abrió el archivo y lo revisó. Sonrió. —Todavía no has elaborado la cotización pero puedo ver que es un proyecto lucrativo, a pesar de ser una renovación. Esto es lo que haremos. Tú encárgate de este proyecto si la cliente acepta tus condiciones. Dos meses me da tiempo para organizar el trabajo preliminar en Kelowna. Mientras tanto, no hay razón para tomar una decisión en este momento. Vamos a pensar ambos en nuestra conversación de hoy y hablaremos de nuevo más adelante. ¿Está bien?

Jax dejó escapar un gran suspiro y se iluminó. —Está bien. Y gracias.

—Diablos. Mira la expresión de emoción en tu rostro. Eres demasiado parecido a tu viejo, lo sabes.

—De tal palo, tal astilla. Tú me criaste. —Ambos rieron.

—Ahora sal de aquí, tengo cien llamadas que hacer.

Jax fue a su oficina y se sentó en la mesa de dibujo. Nunca antes había estado tan emocionado por un proyecto de remodelación. Se aplicó a trabajar preparando una cotización basada en los planos que había adaptado el día anterior con los cambios sugeridos. La idea de su futuro con la compañía de su padre era problemática, pero al menos su Papá lo estaba escuchando. Sacó de su mente los pensamientos negativos y se concentró en su trabajo.

5

Sydney se inclinó para ver los planos extendidos sobre el mesón de la cocina. —Me encantan tus ideas para la cocina y la lavandería. Has utilizado bien el espacio sin que las habitaciones parezcan mucho más pequeñas.

—Este es el plano para la planta alta. Le agregué algo al nuevo baño de allí, —dijo Jax. —Mira el almacén al final del pasillo, aquí. —Colocó un dedo en el lugar. —Una vez que quitemos las paredes de la habitación, hay un closet para la habitación del otro lado. Estoy pensando que deberíamos quitarlo, mover la puerta de entrada al baño hacia el otro lado, ampliarla con el pasillo para que un baño más grande incluya una ducha. Nunca se sabe qué planes futuros podrías tener para la planta alta y tendrás un baño completo. El resto de esa pared de atrás en el pasillo puede albergar los gabinetes y repisas desde la pared del baño nuevo hasta la escalera. Allí puedes guardar todas las cosas del yoga.

—Hmm... entonces eso deja la pared sólida para los espejos de cuerpo entero. Me gusta. De verdad has capturado mi visión para la casa. Veamos ahora el galpón.

—Está bien, aquí hice algunos cambios de lo que habíamos discutido. Sé que querías seis habitaciones con baños privados completos para los clientes en los retiros de fines de semana. Pero no hay el espacio suficiente para eso. Y el pueblo tiene regulaciones que lo impiden. Debido a restricciones de espacio, tu plan solo contemplaría cuatro habitaciones con baños parciales. Mi plan muestra dos salas de duchas; una para hombres y otro para mujeres. Cada habitación tiene dos cubículos para duchas con puertas para privacidad y este mesón tiene cuatro lavamanos. Te ahorra mucho dinero e incluso deja espacio al final del pasillo para una lavandería lo suficientemente grande para una lavadora y secadora y un closet para lencería.

Cada una de las cuatro habitaciones puede incluir dos camas individuales.

—Supongo que querer baños privados era un tanto iluso. —Sydney estaba un poco decepcionada. *No es culpa de Jax que en el edificio no quepa lo que yo quería.* —Me gusta la idea de la lavandería. Originalmente, había pensado en traer la lavandería a la casa pero eso es mucho desgaste para los electrodomésticos. Pero cuatro habitaciones de seis y cuatro cubículos de duchas en total… no sé.

Jax sacó otro plano de debajo del primero. —Pensé que no estarías convencida por el tráfico hacia las duchas así que hice otro plano. Veamos qué te parece este. —El nuevo plano incluía cinco habitaciones sin los baños parciales y agregaba un cubículo adicional en la sala para duchas y tres cubículos con inodoros.

—Eso podría funcionar. Me gusta. —Hizo una pausa. —Hecho.

—Una última cosa que cubrir. Nunca discutimos sobre el granero. Sé que está alquilado junto con los campos de heno más allá del lago. Y que tu abuela reemplazó el techo del granero hace tres años. Pero las paredes exteriores podrían beneficiarse de una mano de pintura y tal vez reemplazar algunas tablas. ¿Quieres incluir eso con el resto de la renovación?

—Absolutamente. Sería agradable que todas las edificaciones tengan colores combinados, —comentó ella.

Sydney levantó la mirada hacia Jax y lo encontró sonriéndole. —¿Qué?

—Ten cuidado, se te está notando lo niñata.

—Vamos. El granero está de rojo descolorido, la casa es verde con marrón y el galpón es blanco con gris. Bastante feo, debo decir.

Jax extendió los brazos. —Estoy bromeando. Eso nos lleva a las muestras de pinturas y azulejos, etc.

Pasaron otra hora discutiendo sobre colores para las paredes, los pisos y ribetes. El techo del granero era de latón gris carbón. Sydney decidió que todos los techos fueran iguales y las paredes exteriores de las edificaciones en un rojo rico profundo llamado Hoja de Arce en Otoño con los bordes blancos.

—Creo que terminamos. Aquí tengo la cotización, que cambiará unos cientos aquí o allá debido a tus elecciones.

Sydney estudió el documento. —Está bien. Prepara una factura con el monto correcto. Te daré ahora mismo el adelanto. ¿Cuándo pueden comenzar?

Jax resplandeció. —Mi agenda está abierta. Estaré dedicado a tu propiedad por los próximos dos meses. Cuando regrese a la oficina, organizaré el equipo y comenzaremos mañana. ¿Te parece suficientemente pronto?

—Absolutamente. Me gustaría mudarme lo más rápido posible pero no quiero interferir con el trabajo. ¿Sería posible que viva aquí después de cierto avance en la remodelación?

—Bueno, me gustaría hacer primero el techo, en ambos edificios. Luego, reforzaremos cualquier punto débil en las fundaciones y reemplazaremos las tablas exteriores que sean necesarias. La pintura del exterior, los bordes y accesorios pueden esperar hasta después que te hayas mudado. A continuación podemos trabajar en el interior. Deberías poder mudarte en cuatro semanas; siempre y cuando puedas soportar el ruido una vez que comiencen a convertir el galpón. Subcontrataremos el trabajo de plomería y las conexiones de agua.

—Eso es excelente. Podría comenzar a organizar el estudio. Y no te preocupes, no estaré por allí atravesada. —Escribió el cheque del adelanto para Jax y le entregó un juego de llaves.

Caminaron de regreso a la puerta y bajaron al lago. Jax le dio la espalda al lago y estudió el jardín de atrás y las áreas entre la casa, el granero, y el galpón. —Hay mucho espacio para descargar el material y todavía habrá espacio suficiente para trabajar. Eso es una ventaja. —Se volteó de nuevo hacia el lago.

Una suave brisa llevaba el aroma de los árboles de magnolias completamente floridos. Sydney respiró hondo. —Me encanta el aroma a las flores de magnolia. Todavía se sienten en medio del otoño.

—Ciertamente tienes un hermoso lugar aquí.

—Gracias. Me hace feliz que estaré aquí para el inicio de Junio para poder disfrutar las tres estaciones más cálidas.

Sydney se volteó hacia Jax y se dio cuenta de que la estaba mirando. Sus ojos se encontraron. Jax rompió el hechizo. —Uh... bueno, mejor regreso a la oficina y organizo los equipos y hago los pedidos de materiales. Si quieres encontrarte conmigo aquí mañana, traeré la factura.

—Puedo hacer eso y luego te dejaré por unos días. Voy a Kelowna para ver a mi Nan y estaré yendo y viniendo por unas semanas comprando el mobiliario y el equipo del estudio. Si me necesitas, tienes mi número de celular. De lo contrario, vendré en unos días para ver cómo van las cosas.

—Está bien, nos vemos mañana.

Ella lo observó desaparecer por la esquina de la casa.

* * *

Sydney caminó hacia el bosquecillo de magnolias y deambuló entre los árboles. Necesitaban ser podados. Hizo una nota mental de buscar un jardinero que la ayudara a planificar el mantenimiento y mejoramiento que quería en los terrenos del frente y atrás, así como desde el frente de la playa hasta el lago.

El árbol de magnolias solitario la atrajo a su base. Allí solo en el espacio abierto, era un árbol bellamente formado con nada que interfiriera su crecimiento ni le robara nutrientes. Caminó hasta el extremo lejano y miró los campos de heno. Pronto sería momento para la primera cosecha. *Otra fragancia que me encanta, la del heno recién cortado.* Sydney se volteó hacia el árbol y notó una leve impresión en la corteza. Se acercó y pasó sus dedos por la impresión. Las letras oscurecidas talladas en el árbol hacía muchos años. *C & C. El nombre de mi madre es Chelsea. ¿Hizo ella estas marcas? ¿Pero quién es la otra C?*

Un alboroto en la parte alta del árbol llamó su atención. Levantó la mirada para ver varios gorrioncillos pecho amarillo volando entre las ramas en medio de chillidos y graznidos. Algo llamó su atención periférica y volteó la cabeza en esa dirección.

—Oh... —exclamó, dando un salto hacia atrás. Su corazón latía con fuerza y su garganta se cerró. Sus manos se aferraron a su pecho. Todo sucedió en segundos. Una muchacha a finales de su adolescencia estaba sentada en la rama favorita de la infancia de Sydney. Tragó fuerte y apretó los ojos y los abrió de nuevo, la chica había desaparecido.

No pudo quitar su mirada del lugar durante varios minutos mientras su cerebro procesaba lo que sus ojos habían visto. *No tiene sentido. ¿De verdad vi a alguien en el árbol?* Cerró los ojos y trató de revivir la imagen. Los abrió rápidamente en caso de que la chica hubiera regresado. *No hay nadie allí. ¿Cómo pude inventarlo?* La chica tenía ojos azules y largo cabello... rosado. *Así es. ¿Cabello rosado?* Sydney levantó varios ramilletes de magnolias rosadas del árbol y sonrió. Tal vez eran solo ramilletes de flores y una imaginación vívida. Entonces, algo más la impactó. Había más que un rostro en lo que vio.

¿Por qué vi una chica en vaqueros, con una camiseta blanca y descalza?

6

Elizabeth Grey devolvió la cafetera al mesón y se reunió con Sydney en la mesa de la cocina. Sorbió de su café. —Umm… un poquito fuerte. —Se levantó y encendió la tetera eléctrica.

Sydney rió. —Lo siento, Nan. Olvidé que tomas tu café solo.

—Un día ustedes jovencitas se arrepentirán de tomar todas esas mezclas elegantes de leche y azúcar. Ahora estás delgada pero cuando tengas bebés o cumplas cuarenta, todo cambia. —Se recostó contra el mesón.

Sydney sonrió a su Nan. Había escuchado ese argumento durante años. *El azúcar es el diablo.*

Su abuela frunció el ceño. —No me sonrías toda condescendiente. Para alguien que practica yoga, la espiritualidad, y 'nuestro cuerpo es nuestro templo', no comprendo por qué todavía tomas esas bebidas elegantes que son más porquerías que café.

—Sabes que yo soy cuidadosa con lo que como y pongo en mi cuerpo. Pero mi café es mi único vicio. No tomo mucho alcohol y no uso drogas. Mis cafés son una forma de relajarme y consentirme.

—Humph... ciertamente a mí no me relajan. Una par de esas mezclas elaboradas me dejan saltando de mi piel. —Habiendo dicho lo suyo, su abuela cambió de tema. —Entonces, dime sobre tu día de compras.

—Fui a mi antiguo trabajo y me vendieron algunas cosas que estaban reemplazando. Conseguí varias almohadas y esteras que todavía tienen vida útil. Y entonces, hice un pedido de algunos refuerzos, bloques, sillas y bancos de la tienda mayorista en Vancouver. Están rematando su inventario para abrir espacio para su nueva línea de verano. Guardarán mis compras hasta que me mude a la casa.

—Eso es maravilloso, cariño. ¿Qué es lo próximo en tu agenda?

—Mañana, voy a una subasta en aquel hotel que se fue a la quiebra en Westbank. Espero conseguir mantas y juegos de sábana para la residencia.

La tetera silbó y su Nan agregó agua caliente a su taza de café. Se sentó nuevamente frente a ella y tomó un sorbo. —Ahh... justo como me gusta. Parece que estás muy organizada. Sabes que puedes guardar algunas cosas aquí. Puedes usar la habitación adicional hasta que te mudes. ¿Tu contratista te dio una fecha?

Sydney se separó de la mesa y subió los pies en la silla a su lado. —Sí. Cuatro o cinco semanas. El interior de la casa estará terminado y ahora están trabajando en el techo. Puedo trabajar en organizar el estudio y amoblar la casa mientras ellos trabajan en el galpón y los exteriores.

Su abuela la estaba analizando. —¿Qué? —preguntó Sydney.

—No te había visto tan feliz en mucho tiempo. Me alegro por ti.

Sydney extendió su mano y tomó la de su abuela. —Estoy feliz. Y no puedo agradecerte lo suficiente por esto.

—Yo también estoy feliz. Es divertido verte hacer todo esto. Si pudieran, creo que màs personas deberían darle a sus familiares sus herencias mientras están vivos para que puedan compartir la alegría que les da. Es algo que tú y yo compartimos sin el dolor de perder un ser querido.

Sydney apretó la mano de Nan. —Hablando de compartir, ¿cómo quieres decorada tu habitación en la granja?

—¿Cuál es mi habitación?

—La que está en la parte de atrás de la casa, al final del pasillo, junto al baño. Tiene ventana panorámica y se ve el lago.

Elizabeth sonrió. —Esa es una linda habitación. ¿Qué colores estás planeando para el interior?

—Colores neutros en su mayoría; champaña, beis, verde pizarra, borgoña, y fuertes brotes de color en los accesorios y mobiliario.

—Hmm... me gustan los colores neutros para mi habitación. Ya sabes que mi favorito es el verde. Todo lo que necesito es un pequeño tocador, y una cama. Puedes elegir el mobiliario que quieras y confío en ti para que lo organices todo. Sorpréndeme. Todo lo que pido es nada abstracto.

Sydney rió.

Su abuela gruñó. —Ya sé... los abstractos están de moda y a ti te encantan. Pero si voy a dormir en una habitación que es mía, ya sabes que me gustan las flores.

—Pues flores serán.

—¿Cuándo planificas abrir el negocio?

—Los constructores no terminarán hasta finales de Julio, luego tengo que buscar a un paisajista y quiero construir una cerca en el frente. Estoy pensando en el primero de Septiembre. Necesito hacer algo de publicidad antes de abrir las puertas.

Elizabeth llevó las tazas vacías al fregadero. —Debo decir que extraño tenerte aquí, pero era tiempo de que siguieras tu propio camino.

—Yo también te extraño. Podrías venirte a vivir conmigo en la granja. Espera a que la veas lista. Te encantará.

—¿Qué haría yo allá? Aquí tengo mi propio negocio.

—Podrías tener allá una peluquería móvil tan fácilmente como la tienes aquí. Ya lo investigué. No hay ninguna en Stoney Creek. Todo el mundo va hasta Oliver o a Osoyoos.

Hablaron sobre eso por varios minutos y su abuela parecía emocionada. Entonces se apagó la chispa en sus ojos. Bajó la cabeza y cuando la levantó de nuevo parecía triste.

—Oh, Nan. Desearía que pudieras dejar el pasado atrás. Cuando yo era pequeña, me contabas de tiempos felices en la granja.

Elizabeth se acercó a su nieta y apoyó las manos en sus hombros. —Ya tuve mi tiempo en la granja. Ahora es tu turno. Iré a visitarte pero eso es todo.

Sydney abandonó el tema. Nada le gustaría más que tener a su abuela viviendo de nuevo en la granja pero no podía forzarla. —¿Por qué no te refrescas y salimos a cenar? ¿Qué te parece la comida Griega?

—Digo que sí. Estaré lista en diez minutos.

* * *

Era una hermosa noche cálida mientras caminaban frente al lago en Kelowna City Park.

—Estoy súper llena, —dijo Sydney. —Necesito caminar toda esa deliciosa comida, pero lo único que logro es avanzar al paso de un caracol.

Elizabeth se rió. —Te escucho y créeme, te entiendo. —Una vez que llegaron a la marina, se sentaron en un banco y observaron la actividad en los muelles.

—¿Adivina con quién me reconecté en Stoney Creek? —preguntó Sydney.

—Déjame ver. Dado que apenas tenías cinco años cuando nos mudamos, tu mundo era bastante pequeño y aislado. ¿Alguien de la escuela?

Ambas rieron. —Sí. Jessie Farrow. Cenamos juntas la otra noche.

—Qué agradable que se rewncontraran. Me sorprende que se quedara allá. La mayoría de los jóvenes no pueden esperar para dejar la vida de la villa.

—Se fue una vez para ir a la escuela de enfermería en Vancouver. Se casó y divorció en un año y se mudó de vuelta a Stoney Creek. Trabaja en el Hospital de Oliver.

—Bueno, me alegra que ya tengas una amiga.

—Sí, yo también. —Sydney miró a su abuela de soslayo. —Hablando sobre amigos, ¿puedo preguntarte algo de mi infancia?

—Seguro. ¿Qué quieres saber?

—Cuando era muy pequeña, ¿yo tenía una amiga imaginaria?

Su abuela la miró sorprendida. —La verdad es que sí la tuviste por un tiempo.

Fue el turno de Sydney de verse sorprendida. —¿De verdad? Ajá...

—¿Por qué?

—Se me vino un recuerdo a la mente de una amiga imaginaria... pero eso es todo lo que recuerdo. ¿Tenía un nombre para ella?

—Decías que su nombre era Candy. Vaya, no había pensado en eso por años.

—¿Con qué frecuencia hablaba sobre ella?

—Mucho. Tu abuelo se preocupaba de que tuvieras algo mal, pero le dije que muchos niños tienen amigos imaginarios, especialmente cuando son hijos únicos y están atrapados en una granja sin amigos cercanos.

Sydney se levantó. —Es mejor que comencemos el camino de regreso. El sol se puso y el aire se está enfriando. —Mientras caminaban de vuelta a través del parque hasta su auto, Sydney pensó en su amiga imaginaria, Candy. —¿Alguna vez te dije de qué hablábamos?

Elizabeth rió. —Ella nunca hablaba. Me dijiste que era muda. Según tú, se sentaba en el piso contigo y pretendía tomar el té con tu juego de té, o te sonreía mientras le contabas sobre tu día en la escuela. Recuerdo pasar caminando por tu habitación y tú eras la única que hablaba, mostrándole a Candy tus muñecas y preguntando cuáles ropas les pondrías ese día.

—Si ella nunca hablaba, debí haber inventado su nombre. ¿Me pregunto por qué la llamé Candy?

—Una vez me dijiste que olía como las flores de magnolias. Tal vez eso te recordó de un dulce.

—¿Cuánto tiempo estuvo conmigo?

—Diría que desde los tres hasta los cinco años. Pero cuando nos mudamos a Kelowna lo superaste. La escuela y el baile ocuparon tu tiempo y supongo que ya no la necesitabas.

Sydney pensó en eso mientras conducía hacia la casa de su abuela. *Entonces eso fue lo que visualicé en la granja. Y si yo acostumbraba ocultarme del abuelo en el árbol, y hablar con mi amiga imaginaria, era ella a quien recordaba sentada en la rama del árbol de magnolias. Era solo un recuerdo del pasado.*

7

—¡Vaya! —Sydney estaba en la entrada mirando la casa de la granja. —El techo luce fabuloso. —Caminó hacia un lado de la casa con Jax. El galpón tenía un techo nuevo también, y las tablas dañadas de esa edificación y del granero habían sido reemplazadas. La cuadrilla de Jax estaba utilizando una retroexcavadora para levantar el techo y materiales de las paredes que habían sido desechados, dejándolos caer en la parte de atrás de un camión.

—Estamos sacando todos los restos del techo. Mañana, vendrá un par de camiones contratados y podremos limpiar a medida que avanzamos. —Dijo Jax.

—Incluso sin pintar, ya lucen mucho mejor. Avanzaste mucho mientras estuve ausente.

—¿Cómo estuvo tu viaje?

—Muy exitoso. Logré muchas cosas. Entonces, ¿qué sigue ahora?

—Aunque la fundación es firme, descubrimos que la casa está ligeramente inclinada hacia atrás. Durante años, la tierra y la casa se afianzaron en esa dirección. Puede ser corregido, usando gatos hidráulicos para nivelarla. —Jax revisó una carpeta y extrajo un papel. —Toma, este es el costo adicional por el trabajo y los materiales.

Sydney estudió el documento. —Está bien. Estaba completamente preparada para que se produjeran más gastos con una casa tan vieja como esta. Y ciertamente es necesario hacerlo.

—Está bien. Comenzaremos en eso esta tarde. Cuando eso esté completado, pasaremos al interior de la casa y comenzaremos con el ático.

—Me gustaría entrar en la casa y tomar algunas fotos antes de que comiencen. Sería fabuloso si pudiera tener un álbum que reflejara tu progreso.

—Hazlo. La casa está vacía en este momento.

Sydney se dirigió al frente de la casa. Se escuchó una corneta y miró al camino para ver una camioneta que salía de la entrada en una granja vecina. Saludó a Arne Jensen. Él había vivido en esa granja toda su vida, habiendo nacido y crecido en ella. Trabajaba la tierra; primero con sus padres quienes ya habían fallecido, luego con su esposa, Mary. Tristemente, Mary había muerto hacía unos años de un ataque fatal al corazón. Arne todavía trabajaba en la granja. Era todo lo que sabía hacer.

Arne se acercó por su entrada y abrió la ventana. —Bueno, bueno, cómo has crecido desde que te vi por última vez.

—De seguro ha pasado mucho tiempo. ¿Cómo está, Sr. Jensen?

—Por favor, es Arne. Estoy bien, gracias.

—Lamenté enterarme sobre Mary. Debió ser un momento muy difícil para usted.

—Eso fue hace tiempo, cariño. La vida continúa. Tu abuela era buena amiga de mi Mary. En aquel entonces, éramos los vecinos más cercanos.

—Supongo, todo eran tierras cultivadas con grandes extensiones. Me alegró cuando permitieron a los propietarios subdividir la tierra cultivable, implementando restricciones de tamaño de cinco y diez acres.

—¿Y cómo está tu abuela? ¿Se mudará de vuelta a la granja?

—Nan está bien. No se mudará pero vendrá de visita cuando esté instalada. Estoy segura de que irá a visitarlo.

Una puerta se cerró dentro de la casa, lo que sobresaltó a Sydney. Miró perpleja hacia la casa, sabiendo que estaba vacía.

Arne llamó su atención. —Será agradable verla de nuevo. —Asintió hacia la casa. —Están haciendo una renovación bastante grande.

Ella le devolvió la mirada al viejo granjero y sonrió. —Sí. Estoy muy emocionada por el avance que lleva. No puedo esperar para mudarme.

—¿Entonces estás planeando vivir allí sola?

—Así es. Y voy a operar un negocio en la casa. Por cierto, la casa ahora está a mi nombre. Haré que los abogados preparen un nuevo contrato de arrendamiento por los campos de heno. En los mismos términos si es lo que quiere.

—Seguro. Será agradable tener vecinos de nuevo. Si hay algo en lo que te pueda ayudar, cualquier cosa, no dudes en llamarme. ¿Está bien? Ahora me marcho a un compromiso en el pueblo.

—Gracias. Hablamos luego.

Sydney lo vio partir y devolvió el saludo a su brazo extendido por la ventana. Entró en la casa y deambuló tomando fotos. Otra puerta se cerró en la planta alta y subió las escaleras. —¿Hola? —No obtuvo respuesta. Cuando llegó al pasillo, notó que las puertas de la habitación estaban cerradas. Abrió una y entró en la habitación que había sido de su madre hacía muchos años. Instantáneamente, la puerta se cerró detrás de ella.

Sydney dio la vuelta, su corazón en la garganta. *¿Qué diablos?* La abrió y se asomó al pasillo. No había nadie. *Está bien. Hay una explicación razonable para esto.* Regresó a la habitación y miró por la ventana abierta. *Claro.* Sydney revisó en su bolso. —¿Dónde estás? Sé que estás allí... ajá.

Sacó el lápiz que estaba en el fondo de su bolso y se alejó de la ventana. Se inclinó y colocó el lápiz en el piso. El lápiz rodó en dirección a la puerta justo mientras Jax entraba a la habitación. —Oops, cuidado con el lápiz.

Jax se detuvo y bajó la mirada. Levantó la cabeza y la miró sorprendido. —¿Estabas verificando lo que te dije para asegurarte de que de verdad la casa estaba inclinada? Te aseguro que Constructora Rhyder tiene altos estándares y una gran reputación en esta comunidad.

Sydney sintió su rostro ardiendo y supo que se estaba ruborizando. —Oh Jax, no seas ridículo. Claro que te creo. Escuché puertas que se cerraban aquí arriba y estaba tratando de descubrir el porqué. Me di cuenta de que las puertas y las ventanas están todas abiertas y está entrando brisa a través de ellas. No parecía suficiente para cerrar las puertas de golpe, así que estaba viendo que tanto contribuía el factor de la inclinación.

Jax miró la puerta. —Ya veo tu punto. Definitivamente, con la puerta en una inclinación, no requeriría de mucho viento para cerrarla de golpe.

—Misterio resuelto. Estaba comenzando a pensar que la casa estaba embrujada.

Ambos rieron.

—Subí a decirte que el camión con los desechos ya se fue. Voy saliendo al pueblo a buscar los gatos hidráulicos y los materiales que necesitamos para reparar las fundaciones. Me preguntaba si primero querrías acompañarme a almorzar.

Sydney vaciló. —Jax, no quiero confundir las líneas entre nosotros. En este momento tenemos un acuerdo de negocios y...

—Estoy hablando de almorzar no de salir en una cita. Estoy en mi hora de almuerzo y probablemente irás a casa a comer algo también. —Jax levantó las manos. —Solo se trata de comida... y me muero de hambre.

Ella rió. —Está bien. Te seguiré hacia el pueblo. ¿Qué lugar sugieres?

—La Barbacoa de la Serpiente de Cascabel, está en el río a un par de cuadras al sur de donde te estás hospedando. Tienen las mejores ensaladas y carnes a la parrilla.

—Ya sé dónde es. Si nos separamos en el camino, nos encontraremos allí.

Bajaron las escaleras y salieron por la puerta hacia sus vehículos. Jax salió por la entrada y condujo por el camino. Sydney se sentía bien. Reconectar con Jessie y su vecino, Arne, la hacía sentir bien de regresar a Stoney Creek. Pensó en Jax. Podemos ser amigos como lo es de Jessie. Sonrió. *También es muy agradable a la vista.*

Movió el retrovisor hacia ella para revisar su maquillaje y cabello y notó el brillo en sus ojos. Instantáneamente, reacomodó el espejo y apretó los labios. *No, no y no.*

Sydney observó la decoración del restaurante mientras esperaba que los atendieran. —Me encantan los colores rojo ladrillo, turquesa y amarillo mostaza. Son tan del suroeste. —Había grandes vasijas de cerámica con helechos y cactus que ofrecían cierta privacidad a las mesas. El enorme salón parecía más pequeño y acogedor.

Jax miró por las ventanas. —Combina con nuestro clima árido. —Señaló con la cabeza el Río Okanagan que fluía al sur. —El río en realidad está alto y profundo en esta época del año.

—¿Las personas no usan los tubos para nadar en Osoyoos como hacen en Penticton?

—No. Son diferentes secciones del Río Okanagan pero son como dos ríos diferentes. Este extremo es demasiado peligroso. ¿Alguna vez has hecho el recorrido de Penticton?

Sydney sonrió. —No. Pero suena como mi tipo de diversión.

—Hay lugares a lo largo del recorrido donde hacer paradas para almorzar con un picnic. Te digo una cosa, cuando llegue el verano organizaré un grupo de amigos. Iremos flotando por el canal, nos detendremos a almorzar y nadar en el lago cuando lleguemos allá.

—¿Pero cómo regresamos a nuestros vehículos?

El mesero llegó y Sydney ordenó una ensalada Mediterránea y un filete de salmón a la plancha. Jax ordenó una ensalada del jardín con un filete de carne.

—Dejaremos los vehículos en el punto de entrada. Generalmente hay uno o dos que no hacen el recorrido por el río. Ellos llevan los vehículos hasta el parque y vuelven para recoger a todos los demás en el lago.

—¿Y qué hay del almuerzo?

—Los que no hacen el recorrido llevan el almuerzo a un lugar designado río abajo a la hora acordada. Una vez que regresamos a Stoney Creek, generalmente nos encontramos en una barra para tomar unas cervezas y para cenar. Es una buena forma de pasar un día entre amigos.

Llegó la comida y estuvieron en silencio durante unos minutos mientras atacaban su comida.

—Mmm... tenías razón, —dijo Sydney. —La comida es maravillosa.

—Te lo dije. ¿Entonces qué piensas? ¿Te anotas para un día en el canal?

Sydney levantó la mirada hacia Jax. Era bueno hacer nuevos amigos. —No puedo esperar.

Jax levantó su vaso de agua. —Un brindis por un verano caluroso. —Sonrió y el guiñó un ojo.

Una calidez recorrió todo su cuerpo y estuvo segura de que se extendió a su rostro. Chocó su vaso y tomó un sorbo de agua. Inmediatamente, bajó la mirada y continuó con su salmón. *Qué lío con sus expresivos ojos azules y hoyuelos. Parece un joven Chris Pine.*

8

Había pasado una semana y con el ático terminado, la cuadrilla estaba ahora trabajando en el piso superior. Habían retirado las paredes, el piso estaba nivelado, y se habían colocado tres postes de soporte. Sydney estaba complacida con el progreso que habían alcanzado hasta ahora.

Estaba tendida en una tumbona en el exterior de su cabaña tomando una copa de vino. Jessie ocupaba la segunda tumbona junto a ella. Era una noche cálida y estaban hablando de ordenar comida China.

—Te dejaré elegir el restaurante dado que estoy segura que tienes uno favorito, —dijo Sydney.

Jessie tomó su teléfono celular. —¿Algo que quisieras en particular?

—No. Me gusta todo. Oh... pero prefiero los fideos low mien que el chow mien.

Jessie frunció el ceño. —¿Cuál es la diferencia?

—Los low mien son delgados, los chow mien son más cortos y gordos.

—Entendido. —Jessie llamó al restaurante programado en su teléfono y ordenó la cena.

—Vaya... esa es suficiente comida para un batallón, —dijo Sydney.

Jessie rió. —Me encanta la comida China fría para el desayuno a la mañana siguiente.

—¿Qué? A mí también. Otra cosa en la que pensamos igual.

Las chicas rieron y chocaron los puños.

—¿Cuánto tiempo dijeron que tardarían? —preguntó Sydney.

—Treinta minutos.

Sydney se levantó. —Es mi turno para pagar. Voy por mi tarjeta de crédito.

Luego de buscar su tarjeta, salió de la casa a tiempo de ver a Jax estacionar frente a la cabaña. Esperó en la puerta hasta que salió de la camioneta. —Estamos tomando vino. ¿Quieres un poco? ¿O prefieres una cerveza?

—Me gustaría una cerveza, —dijo Jax.

—Solo tengo Heineken.

—Está bien. —Jax se dirigió hacia las tumbonas y se sentó en la mesa de picnic. Tenía debajo de su brazo una caja de madera que colocó sobre la mesa.

—Oye, tú, —dijo Jessie.

Sydney regresó a la cocina. Abrió una bolsa enfriadora y colocó adentro algunas cervezas con otra botella de vino. Se reunió con los demás afuera.

Jessie sirvió en las copas. —Entonces, ¿qué te trajo a esta parte del río?

Jax rió. —Quería darle a Syd una actualización de la granja.

Era la primera vez que la llamaba Syd y no pasó desapercibido. Sydney se sentó en su tumbona sintiendo una calidez por todo su cuerpo. Y no era por el vino.

—Terminamos de reemplazar las tablas del piso y dimos los toques finales a los gabinetes de almacenamiento. Mañana trabajaremos en el baño nuevo. El electricista vino hoy. Reemplazó el viejo cableado y la caja de fusibles. Actualmente estamos recibiendo electricidad de un generador. Colocó el cableado por dentro de las paredes en la mayor parte de la casa, pero donde no se pudo lo pasó alrededor de la habitación. Pero no te preocupes. Lo cubriremos con molduras. Nunca lo verás.

Sydney resplandeció. —Todo de acuerdo al cronograma, ya veo. Estás haciendo un excelente trabajo.

—Gracias. —Jax tomó un largo trago de cerveza. —Ahh... nada como el sabor de una cerveza fría en una noche calurosa. Oh... —Bajó su botella y señaló la caja. —Te traje esto. Después que desarmamos uno de los closets en la habitación, comenzamos a despegar la alfombra. Dentro del closet, una esquina ya tenía despegada la alfombra. Allí debajo, encontramos una tabla levantada y debajo estaba esta caja.—Jax se levantó y se la llevó a Sydney.

—Parece un viejo joyero. —Trató de levantar la tapa. —Está cerrado. La llave seguro se extravió hace mucho tiempo. —Sacudió la caja. —Lo que sea que guarda adentro pesa algo. —Pasó su mano por la madera. Sydney levantó la mirada hacia Jax quien había regresado a su cerveza. —¿En cuál habitación lo encontraste?

—La que está al final del viejo pasillo en la pared lateral. Probablemente tenga una herramienta en la camioneta para abrirla si quieres.

Sydney miró la caja. —Esa era la habitación de mi madre. —La idea de que allí hubiera cosas que pertenecieron a su madre la emocionaba y aterraba al mismo tiempo. —Creo que no pertenece a las personas que alquilaron la casa por unos años. Sus niños eran pequeños. ¿Y si era de ella?

—¿Tu madre? —preguntó Jessie suavemente.

—Sí.

—¿Por qué no lo abrimos y lo descubrimos? Esto es tan emocionante. Como si hubiéramos encontrado un tesoro enterrado. —Dijo Jax.

Jessie le dirigió una mirada que decía 'cierra la boca'. Extendió una mano y tocó el brazo de Sydney. —¿Estás bien?

Antes de que Sydney pudiera responder, llegó el repartidor del restaurante con la cena. Le entregó la caja a Jessie y fue a pagar por la comida.

Su amiga le habló a Jax. —¿Quieres ayudarnos a comer comida China? Tenemos más que suficiente.

—Me encantaría, gracias.

—Entonces entremos y ayuda a colocar los platos y cubiertos. Comeremos aquí afuera. —Llevó la caja con ella hacia adentro.

Mientras desaparecían en la cabaña, Sydney escuchó a Jax murmurar: —¿Dije algo equivocado?

Sydney se entretuvo, abriendo varios contenedores, sacando de su mente pensamientos sobre el descubrimiento de Jax. Había más que suficiente comida para tres. Ella sonrió. *Incluso debería ser suficiente para dejar sobras para el desayuno.* Los otros dos se reunieron con ella mientras abría la segunda botella de vino y sacaba otra cerveza para Jax. Comieron y rieron con ganas mientras Jax compartía historias sobre sus travesuras infantiles. Lo que sea que Jessie le había dicho en la cocina, nadie había mencionado la casa de la granja ni la caja de madera. Sydney sabía poco sobre su madre. No la recordaba y Nan evitaba el tema. Ni siquiera había fotos de ella en la casa de su abuela. Nan era una persona muy privada y ocultó su dolor por la hija durante años. Sydney logró sacarle algo de vez en cuando presionándola en su adolescencia y siempre quedaba confundida por las emociones mezcladas y el dolor que le revelaba su Nan; solo para encerrarse y hacerla callar. La idea de que una caja pudiera contener cosas que habían pertenecido a su madre o que revelara algo estremecía a Sydney hasta lo más profundo.

Recogieron la mesa de picnic y Jax preparó una fogata en la fosa. Los tres se sentaron en sillas de jardín alrededor del fuego.

—No me había reído tan fuerte en siglos, —dijo Sydney. Sorbió un poco de vino, habiendo tomado mucho más de lo que generalmente tomaría. *Mañana voy a sufrir.*

—Es tu turno para contar una historia cómica de tu infancia, —dijo Jax. —Y no nos digas que fuiste una buena niña y que nunca hiciste ninguna travesura. Incluso las niñas perfectas pueden ser pícaras.

Jessie resopló. —Uyyy... ¿te gusta mi amiga?

Sydney rió. Había tomado suficiente vino para que todo el asunto le pareciera hilarante. —Si piensas que soy perfecta, te espera una gran sorpresa. Cuando tenía ocho años, quería ver lo que Nan me había comprado para Navidad.

Jax la interrumpió. —¿Qué? ¿No creías en Santa cuando tenías ocho? Yo sí.

—Lo hice hasta un par de semanas antes de Navidad ese año. Una niña de la escuela lo supo por su hermana mayor. Tuvieron una pelea y su hermana quería vengarse de ella y le contó que Santa no era de verdad.

—La pequeña perra, —dijo Jessie.

Jax y Sydney se la quedaron mirando.

—Un poco fuerte, Jess. Ella era la niña. —dijo Jax.

Jessie se rió alegre. —Lo siento, está hablando el vino. Continúa con la historia, Syd.

—Vi que Nan escondía algunas cosas en el garaje. Así que una noche me escabullí de la cama y salí por el pasillo hacia la puerta del garaje. Nan se había quedado dormida en su silla viendo una película en la televisión. Entré en el garaje y comencé a buscar por todos lados cuando escuché unas pisadas en el pasillo. Ella se había levantado y se dirigía a su cama. Escuché cuando cerró la puerta del garaje con seguro.

Jax y Jessie rieron. —Y te quedaste encerrada en el garaje, —dijo Jessie.

—Exactamente. La escuché entrar en la cocina y salí por la puerta que daba a la entrada. Estaba nevando mucho y corrí hacia la parte de atrás de la casa en dos pies de nieve, en mis piyamas y pantuflas. Había dejado salir al gato y sabía que la puerta todavía no estaba cerrada con seguro.

—¿Lograste entrar? —preguntó Jax.

—Hice girar la perilla cuidadosamente y abrí la puerta. Justo mientras entraba, el gato entró corriendo desde afuera por entre mis piernas y pisé su cola. Dejó escapar un chillido y salió corriendo por el pasillo. Lo siguiente fue que Nan llegó corriendo para ver la causa del ruido y me atrapó en la puerta.

Jax se burló. —Oh-oh, atrapada con las manos en la masa.

—Sí. Traté de mentir. Le dije que me había despertado para ir al baño y había escuchado al gato en el porche.

Jessie interrumpió. —Déjame adivinar. No te creyó.

—¿Cómo podía creerme? Allí estaba yo con nieve en mi cabello y la parte baja de la piyama y las pantuflas llenas de nieve. Sabía que había estado afuera. Le dije la verdad.

—¿Te castigó? —preguntó Jess.

Sydney rió. —No, porque cuando vi cuan decepcionada estaba de mí y lo enojada que estaba porque una niña me había arruinado la fe en Santa, le dije una mentira y me salí con la mía. —Señaló a Jax y rió alegre. —Cuando lo escuches, sabrás que no soy perfecta y que puedo mentir como el mejor.

Jax sonrió con esos grandes hoyuelos que siempre tenían un efecto en ella. —Dinos. ¿Qué le dijiste?

—Le dije que todavía creía en Santa, que no renunciaría a él. Si lo que estaba escondido en el garaje eran los mismos regalos que encontraría debajo del árbol en la mañana de Navidad, entonces me sentiría triste y sabría que no era cierto.

—Chica astuta, —dijo Jessie.

—Entonces no solo tienes una cara linda, sino que eres inteligente también, —agregó Jax.

—Puedes creerlo, vaquero. Se sintió tan mal por mí que fue a la cocina y preparó chocolate caliente mientras cambiaba mis piyamas.

Continuaron bromeando hasta que se quedaron mirando el fuego; cada uno perdido en sus propios pensamientos. Después de un momento, Sydney dio un salto. —Está bien, ya es hora. Vamos a hacerlo.

Los otros dos la miraron y luego se miraron entre sí.

—¿Qué? —gruñó Jax.

—¿Hacer qué, Syd? —preguntó Jess.

—Voy a buscar la caja de madera y Jax busca una herramienta para abrirla.

Sydney entró corriendo a la cabaña antes de que cambiara de opinión. La caja estaba en la mesa de la cocina. La levantó y se apresuró a regresar a la mesa de picnic. Jax tenía un pequeño destornillador en su mano. Ella miró a Jessie quien todavía estaba sentada junto al fuego. —Vente Jess, ven con nosotros. Vamos a descubrir lo que esto ha estado ocultando por tantos años.

Jax forzó la caja y se la devolvió a Sydney para que la abriera. Ella miró a Jess y luego a Jax, respiró hondo y levantó la tapa. Sydney observó el contenido. Sus amigos estaban del otro lado de la mesa y no podían ver más allá de la tapa.

—¿Qué hay allí, Syd? —preguntó Jessie con un susurro.

Sydney sacó el primer artículo. —Es un diario. Hay tres más en la caja. —Ella abrió la cubierta y leyó en voz alta. —Propiedad de Chelsea Amanda Grey, Grado 11. —Hojeó el libro, lleno con notas escritas a mano. Con manos temblorosas, sacó los otros tres diarios. —Propiedad de Chelsea Amanda Grey, Grado 12; Propiedad de Chelsea Amanda Grey, Comenzando Mi Vida; Propiedad de Chelsea Amanda Grey, la Bebé y Yo. —Sydney se dejó caer en el banco. —Son de mi madre. Todas las anotaciones tienen fecha y están dirigidas a Querida Yo.

Sydney devolvió los tres diarios a la caja con cuidado. Se quedó con el cuarto en su mano y acarició la cubierta. Lo abrió cuidadosamente y releyó la inscripción. —El año 1997 fue el año en que se marchó. —Levantó la mirada hacia sus amigos y se dio cuenta de que sus ojos estaban nublados con lágrimas. —Ella está aquí. Su vida; sus pensamientos más íntimos, y yo. Yo también estoy aquí.

Jessie se acercó a la mesa y se sentó a su lado. La rodeó con un brazo por los hombros. —Y tal vez las respuestas a todas tus preguntas también estén allí.

—Tal vez. —Sydney miró a Jessie. —¿Y si no me gustan las respuestas? ¿Y si la odio?

Jax se ocupó con el fuego mientras Jessie la consolaba. —Creo que estas páginas te ayudarán a comprender quién era ella y por qué hizo las cosas que hizo. Te ha dado una oportunidad para conocer sus sentimientos más íntimos en aquel momento. Y viene directo de ella. Sin chismes ni mentiras. Por muy fuerte que sea leerlo, será para bien.

Sydney colocó el último diario en la caja y cerró la tapa. —Probablemente tienes razón pero todavía no. No estoy lista.

Jax aclaró su garganta. —Me marcho a casa, señoritas. Gracias por la comida, la cerveza y la buena compañía. Mañana llegará pronto y si no me presento temprano en el trabajo, mi cliente me va a despedir.

Sydney secó sus mejillas húmedas con el dorso de la mano y se puso de pie. —Difícilmente, vaquero. No irás a ninguna parte hasta que cumplas con tus obligaciones contractuales.

—Está bien, jefa. —Jax se volteó hacia Jessie. —¿Quieres que te lleve a tu casa? Creo que no deberías conducir.

—No gracias. Voy a quedarme hoy con Syd.

Sydney forzó la risa. —Sí, así es. Tenemos una cita para desayunar... comida China fría.

9

Sydney llevó los platos vacíos al fregadero.

—Eso estuvo delicioso. Me encanta la comida China fría.

—¿Cómo sientes la cabeza? —preguntó Jessie.

—Bien ahora que ya comí. —Llevó la cafetera a la mesa y sirvió más café en sus tazas.

—Gracias. ¿Por qué no vamos a Kelowna a pasar el día? Tienen algunas ofertas de primavera muy buenas. Podemos comenzar a comprar cosas para tu nuevo hogar.

—Me parece buena idea. Pero no puedo comprar muchas cosas. Todavía faltan algunas semanas antes de poder mudarme. No tengo mucho espacio aquí para guardar cosas.

—No te preocupes. Yo tengo una habitación disponible que podemos usar. —Jessie se levantó y tomó su café. —Esto será muy divertido. Mi madre me ayudó a comprar mis cosas el año pasado pero no siempre nos gustaba lo mismo. Ella hubiera hecho que mi casa se pareciera a la de mi abuela. Tú y yo por el contrario... —Jessie corrió a la habitación para buscar sus cosas y dejó a Sydney todavía tomando su café.

Sydney se rió y terminó de recoger la mesa. De verdad era muy agradable tener una amiga cercana con quien compartir su nueva aventura.

Las dos horas de trayecto hasta Kelowna pasaron volando. Una vez allí pasaron la tarde llenando el auto de Jessie con platos de cocina, cubertería, vasos y ollas. Luego encontraron unas ofertas en lencería y compraron toallas y accesorios para los baños. Sydney compró la ropa de cama para la habitación de su Nan. Se decidió por un edredón con diseño floral en tonos verdes y azules reversible con rayas verdes y azules del otro lado, en combinación con los volantes. Había cortinas, fundas de almohadas y cojines en combinación. Visitaron a Nan en su casa y luego salieron las tres a cenar.

Para cuando Sydney y Jessie regresaron a Stoney Creek, ya había oscurecido. Jessie dejó a Sydney en la cabaña y se llevó las compras para guardarlas en su casa. Sydney cerró las cortinas y observó que había una SUV oscura estacionada en la entrada. Llamó su atención porque todavía estaba encendida. Apagó las luces de la cabaña y miró por entre las cortinas. La puerta se abrió y salió un hombre. Se plantó de pie observando su cabaña. La recorrió una etérea sensación. Sabía que él no podía verla pero aún así, su mirada la atravesaba. El hombre subió de nuevo a la camioneta. Sydney pudo ver su perfil gracias a la luz interna del vehículo. Se volteó hacia la puerta abierta y extendió un brazo para cerrarla. Su corazón comenzó a latir con fuerza. Era el hombre del restaurante. Estaba segura. El que se había quedado y la había estado observando. Encendió de nuevo el motor y se alejó. *Está bien. Ahora sí me está acosando.*

Ella revisó todos los seguros en las ventanas y colocó una silla de la cocina sobre las dos patas traseras contra la perilla de la puerta. Solo había una forma de entrar en la cabaña y nadie entraría por ella. Encendió la luz exterior del porche. No tenía idea de quién era este hombre ni qué quería de ella. *Quizás, sea inofensivo. Pero no tiene derecho a darme tremendo susto. Tal vez deba denunciarlo. Mañana, lo resolveré.*

Sydney se dio una ducha y subió a la cama lista para dormir. Pero sus nervios todavía estaban agitados. El sueño la evadía. Entonces recordó la caja de madera y su contenido. Se volteó hacia la mesa de noche y encendió la lámpara. Permaneció tendida observando la caja. Sus sentimientos cruzados sobre los diarios no estaban mejorando. La única forma de resolver su dilema era actuando. *Hazlo.*

Se recostó contra las almohadas y tomó la caja. Abrió la tapa y tomó el diario de arriba. Pasó las páginas y notó que solo estaba lleno tres cuartas partes. Este era el último de los cuatro libros. La necesidad de encontrar el último comentario y ver qué decía la abrumaba. Sydney ansiaba saber qué tan cerca estaba la fecha del último comentario a la fecha en que su madre se marchó. Luchó contra el impulso. *No, tal vez me moleste lo que encuentre en esas últimas páginas. Comienza por el principio y aprende a conocerla.*

Reemplazó el último diario con el primero, cuando su madre tenía dieciséis o diecisiete años y se recostó contra las almohadas.

* * *

Grado 11, 1993-94

Septiembre 9

Querida Yo,

De vuelta en la escuela, Grado 11. Tengo los profesores que quería. ¡Sí! Pam está en la mayoría de mis clases. No puedo esperar para comenzar este año con las prácticas de volibol y danza moderna. W está en mi clase. Todavía le gusto... barf. Claro, se sentó justo a mi lado. ¡Es tan torpe! (Ya lo sé, Querida Yo, sé agradable).

Septiembre 17

Querida Yo,

Vaya, las tareas ya son mucho más fuertes este año. El Sr. S (historia) es hilarante. Estamos estudiando la Segunda Guerra Mundial y hace representaciones de las batallas. Tal vez este año me guste historia... no. Pero entré en drama. Estoy emocionada.

. . .

Octubre 2

Querida Yo,

Estoy tan enojada. Tengo dieciséis y finalmente me permiten salir en una cita. B me invitó al cine y Papá dice que primero quiere conocerlo. Ya no soy una niña...hola. Qué vergüenza. De ninguna manera le diré eso a B así que lo invité a venir mañana para escuchar mi nuevo álbum de Cyndi Lauper. Finalmente lo tengo. Oh las chicas solo quieren divertirse... ¡oh sí!

Octubre 13

Querida Yo,

B y yo fuimos a ver una comedia romántica, Él Dijo Ella Dijo con Kevin Bacon. Me encanta él, y me encanta la película. B me besó y metió su lengua en mi boca...puaj. Creo que no saldré más con él. Además, tenía mal aliento.

Sydney sonrió. Su madre parecía la típica adolescente. Continuó leyendo los comentarios que eran esclarecedores y divertidos. Era una lectura sencilla y muy para su sorpresa, podía identificarse con las angustias adolescentes de su madre. *Era como yo. Excepto que era Nan la que controlaba todo.*

* * *

Noviembre 22

Querida Yo,

En unos cuatro meses cumpliré diecisiete. No puedo creerlo. Algunas veces creo que no llegaré a los diecinueve. No puedo esperar a ser independiente y mayor de edad. No te rías pero creo que nunca voy a crecer y ser una adulta. Creo que podría morir antes de que eso suceda. Supongo que soy una verdadera Aries. Ansiamos la emoción, aventura y sobre todo... libertad. La vida aquí en la granja ciertamente no es nada interesante. Oh... y somos impacientes... y ciertamente lo soy.

Noviembre 26

Querida Yo,

Oh Dios... estoy castigada. El Viernes en la noche tenía una piyamada en la casa de Pam en el pueblo. Ella invitó a algunos chicos. Sus padres siempre estaban allí para cuidarnos cuando me quedaba pero esta vez salieron. Mamá y Papá piensan que les mentí pero yo no sabía que ellos no estarían allí. Lo peor de todo... me emborraché y vomité por todo el baño. El padre de Pam llamó a mi padre a las 3:00 am y condujo hasta el pueblo para ir a buscarme. Los últimos dos días han sido un infierno.

Diciembre 1

Querida Yo,

MI VIDA ESTÁ ARRUINADA. Papá ahora me sacó de la iglesia. Dice que está decepcionado de la iglesia. Según él, se han desviado de la verdadera doctrina y son demasiado liberales y que eso es lo que está mal con los chicos en la actualidad. Necesitamos más disciplina y estudios bíblicos. Está bien, en realidad no me importa perderme las oraciones y el asunto de Dios, son los eventos sociales lo que voy a extrañar. La iglesia sirve golosinas después de misa y ahora no puedo ir y pasar el rato con mis amigos. Oh bueno, al menos puedo dormir los Domingos hasta tarde. ¡Sí!

. . .

Diciembre 3

Querida Yo,

¿Adivina quien no pudo dormir hasta tarde hoy (Domingo)? Justo cuando pensaba que mi vida no podía empeorar, mi padre me dice que él mismo va a darme las clases de estudios bíblicos y a estudiar conmigo. ¿Estudiar? Como si ya no tuviera suficiente tarea que hacer. No solo tuve que leer las escrituras en voz alta, sino que luego tuve que explicar lo que significaban. MI VIDA NO SOLO ESTA ARRUINADA... SE ACABÓ...

* * *

Sydney bajó el diario. Sus pensamientos se dirigieron a las lecciones de estudios bíblicos que su madre había mencionado. Sydney cerró los ojos y recordó que se ocultaba de su abuelo en el árbol de magnolias. La llamaba para dictarle las lecciones. Los recuerdos flotaron hacia ella en ese momento. Era demasiado pequeña para leer, pero su abuelo le leía la biblia en voz alta. Y algunas de las historias y las cosas que su abuelo le decía sobre Dios, la asustaban mucho.

Así que continuó con las lecciones incluso después que mi madre se marchó. Era extraño que después de su muerte y de mudarnos a Kelowna, Nan nunca me envió a la iglesia. Y tampoco vi nunca una biblia en su casa.

Abrió el diario y continuó leyendo. No había muchos comentarios durante los meses de invierno. Saltó hasta la primavera.

* * *

Abril 1

Querida Yo,

¡Lo logré! Hoy es mi cumpleaños. Sí, ya sé que es el Día de los Inocentes. Epa, eso me vuelve única ¿cierto? Una año más y me marcharé de aquí. Pam y yo tenemos planes para mudarnos a Kelowna y compartir un apartamento.

Mayo 10

Querida Yo,

Está haciendo realmente mucho calor estos días. Primavera temprana. Trabajando con Papá para preparar los campos. Una cosa que aprendí, que-

jarme solo lo hace enojar. Haz el trabajo, termina lo que tienes que hacer y regresa a tu propia vida. Así es más fácil vivir con Papá. He notado que él y mamá ya casi no se hablan. No pelean, solo coexisten. Creo que mi mamá aprendió lo mismo que yo. Cállate, soporta su mierda y la vida continúa tranquilamente. Si eso es el matrimonio, no lo quiero.

Mayo 20

Querida Yo,

Iré a la Graduación de Mayo con T. Tengo que ir con alguien. Él está bien. Es gracioso cómo el año pasado no podía esperar para comenzar a salir en citas. Pero ellos son tan infantiles y solo quieren sexo. He tenido muchas citas pero ninguna con alguien especial. La brigada de las chicas malas está chismeando que soy gay, porque nadie sabe si todavía soy virgen o no. Lo bueno es que todos saben que mi mejor amiga, Pam, no es virgen o nos habrían etiquetado como pareja. Solo que escucharon a la reina de las chicas malas, S, diciendo que Pam probablemente era bi. Cuando no sabes algo, lo inventas ¿cierto? No me importa. No soy gay pero ¿y qué si lo fuera? No podemos elegir nuestro ADN. Somos lo que somos. ¿Cierto?

10

Los días pasaron y Sydney no podía estar más feliz. Su tiempo estaba lleno con compras y pedidos en línea para equipar su nuevo hogar. No había visto al hombre de la SUV desde aquella noche frente a su cabaña. Decidió esperar sobre eso. Obviamente él vivía en el pueblo y ella no tenía nada que darle a la policía sobre él. Nunca había hablado con ella ni se había acercado a ella. ¿Qué estaba haciendo aquella noche en la cabaña? No tenía idea, pero necesitaba algo más para que la tomaran en serio. Todo lo que tenía ahora era un hombre que la había mirado. Verlo frente a la cabaña fue un poco molesto pero no tenía su número de placas, nombre, o evidencia de que había estado allí por ella.

Sydney condujo hacia la casa de la granja para ver cómo iban las cosas. Había hablado con Jax por teléfono pero no lo había visto desde la noche que le llevó los diarios de su madre. Había terminado de leer el primero. Eran más o menos los mismos comentarios en todo el diario. Lo que le parecía claro a Sydney era que su madre era independiente, de carácter fuerte y con ideas muy claras sobre su vida para ser tan joven. Sus enfrentamientos con el abuelo de Sydney eran cada vez más frecuentes. Chelsea había salido en citas con frecuencia pero ninguno de los chicos cubría sus expectativas. Y eso era porque eran chicos y ella se sentía mucho más madura. Sydney había reído en voz alta. *La mayoría de las adolescentes sienten de esa forma sobre los chicos de su edad. Todavía son niños.*

Llegó a la entrada y estacionó en el extremo opuesto a la casa para no bloquear el frente de la casa. Los trabajadores estaban cargando herramientas y suministros desde y hacia la casa. Esperó en el porche por una oportunidad para escabullirse dentro de la casa sin atravesarse en el camino. Jax estaba en la sala de espaldas hacia ella. Sydney miró más allá de él. —Vaya, —dijo.

Jax se volteó. —Hola.

—La chimenea eléctrica ya está instalada. Luce maravillosa. —Avanzó para observarla más de cerca. Jax había vaciado el interior de la chimenea y había colocado una tubería dentro de la chimenea. El inserto se ajustaba a la perfección. Sobresalía lo suficiente para poder funcionar y permitía acceso a los controles ocultos. En el frente tenía una puerta de vidrio que se apoyaba en el hogar. Los lados más cortos tenían un ángulo de cuarenta y cinco grados, ajustándose a la pared de piedra. Habían limpiado la lechada entre las piedras y toda la pared parecía nueva. El hogar en frente de la pared había sido reemplazado con una piedra natural que combinara con la pared de piedra. —Me encanta.

Jax rió. —Desearía tener más clientes como tú. Hablas efusivamente de casi todo lo que hacemos y te encanta todo.

Sydney resplandeció. —Bueno eso es porque comprendes mi visión y haces un excelente trabajo para lograrlo.

—Gracias. Ahora ven a ver la cocina y la lavandería.

Ella lo siguió hacia la cocina. Sus manos volaron a su boca antes de que dejara escapar un chillido. —Oh mi Dios... me encanta. —Jax estaba riendo de nuevo. —Lo siento... no puedo evitarlo. Mira esto. —Los gabinetes y mesones habían sido reemplazados y habían agregado más gabinetes en la pared del fondo donde antes estaba una mesa con sillas. Jax había construido una isla con estantes abiertos abajo. Un lado sobresalía con un juego de cuatro banquillos y una barra de acero inoxidable en la parte de abajo para apoyar los pies. Los gabinetes todos eran blancos con manecillas florales verdes. El tope de los mesones era de granito verde. Jax compró los electrodomésticos de acero inoxidable a través de la cuenta de compras al mayor de su compañía.

Las paredes eran verde oliva y el piso nuevo tenía el color de la madera restaurada. —El laminado se llama 'Ennegrecido/Natural', —dijo Jax.

—Tiene una apariencia de envejecido. Me gusta. La cocina de verdad muestra el efecto de una vieja cocina campestre con lo nuevo. Jax, es hermosa. Vaya... No lo merezco, —dijo Sydney con un suspiro.

—¿Qué? Claro que sí.

—Quiero decir que esto es el sueño de un chef. Yo ni siquiera sé cocinar.

—Yo puedo enseñarte.

Miró a Jax quien tenía una mirada arrogante que había aprendido a conocer. —¿Tú? ¿Sabes cocinar?

—Me ofendes. —Jax fingió sentirse herido. —Mi papá me enseñó. También es un gran cocinero.

—¿Hay algo en lo que no seas bueno? —preguntó Sydney.

—Estoy seguro de que si llegas a conocerme mejor, encontrarás algo. —Le guiñó un ojo y se dirigió a la lavandería.

—De nuevo, me has dado lo que quería en este espacio. Las repisas para almacenamiento y los gabinetes en la pared exterior son perfectos. —

Miró la repisa inferior cerca de la puerta de atrás y vio que había construido una rejilla para las botas y zapatos mojados. La pared interior albergaba una lavadora/secadora y una mesa para doblar la ropa.

Se dirigieron a la sala. Jax retomó la conversación. —Mañana, terminaremos los baños. Entonces solo pintaremos el resto de las paredes, restauraremos los pisos de madera, y daremos los toques finales como las molduras. ¿Qué te parecen siete días para que puedas mudarte?

—¡Sí! —Sydney aplaudió. —No puedo esperar.

—Una cosa más. —Jax la tomó de la mano y la llevó de vuelta al área del comedor hacia la pared de atrás. —¿Ves esta pared en blanco?

—Sí.

—Recuérdala. —La llevó a través de la cocina hacia la lavandería y afuera al patio de atrás. Apoyó las dos manos sobre sus hombros y la hizo dar la vuelta para que mirara la parte de atrás de la casa. Se inclinó hacia adelante por encima de su hombro y con su mano derecha señaló hacia la derecha. —¿Sabes que decidimos construir una nueva terraza desde las habitaciones en este extremo de la casa hasta el otro lado de la casa?

El rostro de Jax estaba tan cerca del de ella que podía oler su loción para después de afeitar y eso la hacía sentir un poco mareada. —Ajá.

Él apoyó una mano en su hombro derecho y levantó la izquierda, señalando el extremo opuesto de la casa, moviendo su rostro al otro lado de su cabeza. —¿Ves esa pared sólida?

A Sydney se le estaba haciendo difícil concentrarse. Estar tan cerca de Jax le estaba haciendo cosas por dentro que se alegraba de que él no pudiera ver. —Así es, —dijo ella, con la respiración entrecortada.

—Esa es la pared del comedor. ¿Qué te parece si instalamos puertas Francesas justo aquí que abran hacia la terraza de atrás?

Sydney alejó sus pensamientos personales. *Concéntrate.* Le gustaba su idea pero el dinero había estado volando por la ventana y no estaba segura de poder costear un gasto adicional. —La idea es brillante, Jax. Pero no estoy segura de que deba hacer el gasto adicional que eso representa. Todavía no hemos construido la residencia y necesito estar consciente de mis gastos en caso de que se presente algún imprevisto.

Jax la hizo dar la vuelta, dejando las manos sobre sus hombros. —Escucha. Este proyecto es más que la típica renovación que hacernos. Es muy lucrativo y cuando terminemos, será una muestra de nuestro trabajo. Tenemos otro cliente que ya pagó por las puertas Francesas. Después que las instalamos, su esposa decidió que quería puertas deslizantes. La Constructora Rhyder desearía instalarlas como una muestra de agradecimiento por su contrato, sin cargo adicional. Considéralo un regalo de bienvenida.

Sydney fue tomada por sorpresa. Parecía un poco extravagante. —Ese es un regalo de bienvenida muy impresionante.

—Todo lo que pedimos es que cuando esté terminado te sientas feliz con nuestro trabajo, nos des una referencia testimonial escrita para fines de publicidad. Y si no te importa, déjanos usar tu casa de vez en cuando para mostrarla a posibles clientes que buscan remodelar una casa vieja.

Sydney resplandeció. —En ese caso, sí. Hagámoslo.

Ambos se miraron, sus sonrisas se ampliaron y sus ojos se concentraron en ellos. El mundo desapareció para Sydney. Todo lo que veía era su rostro. Jax se inclinó hacia adelante y rozó su boca suavemente, de forma tan tentadora que ella se inclinó hacia adelante por más.

—¿Jefe?

Los dos se sobresaltaron. Sydney se volteó y miró al hombre brevemente, bajando la mirada cuando vio la mueca en su rostro.

—¿Sí? —respondió Jax.

—Lamento la interrupción. —El hombre los miró alternativamente y su mueca se amplió.

—¿Qué sucede, Brian?

—Tenemos algunas preguntas sobre la ducha.

Ella se volteó y caminó la corta distancia hacia el granero mientras los dos hombres hablaban, deteniéndose de repente. Su vecino granjero estaba de pie en la puerta del granero con un tridente en su mano. Su mirada era tan intensa, que la alteró. *¿Acaso también nos vio a Jax y a mí besándonos?* Sydney levantó la mano para saludarlo. El hombre asintió con su cabeza y desapareció en el granero con la misma mirada en blanco. *Hum... no tan amigable como la última vez que nos vimos.*

Sydney regresó donde Jax. Brian regresó a la casa y Jax miró hacia el granero. —El viejo no fue muy amigable.

—Tal vez no aprueba que nos besemos. Aunque no es asunto de su incumbencia. No debería espiarnos.

Jax se encogió de hombros y le ofreció su sonrisa torcida. —Es viudo, ¿no es así? Tal vez era nostalgia. Recordaría cuando era joven.

Una vez más Sydney sintió emociones cruzadas hacia Jax. —Mejor te dejo volver al trabajo. Gracias por las puertas. La Constructora Rhyder es una excelente compañía. —Notó que Jax se tensó un poco. Probablemente quería continuar donde habían quedado. Sydney pasó por su lado y se dirigió al frente de la casa. —Regresaré en unos días. Adiós. —Lo saludó con la mano y prácticamente corrió hacia su auto.

* * *

Esa noche, acomodada en su cama, cerró los ojos y pensó en el delicado beso de Jax de ese día. Pasó los dedos suavemente por sus labios y recordó la sensación que había sentido, la calidez de su cuerpo cerca del suyo... y su olor. No había dudas de que se sentía atraída hacia Jax. *No tiene sentido negarlo.* Pero no quería una relación en este momento. Tampoco le gustaban los romances casuales. *¿Y qué hay de Jax? ¿Qué estaba buscando él?* En el pueblo tenía reputación de mujeriego. Le encantaba a las mujeres y ellas lo perseguían. Jessie le había dicho que él siempre había sido respetuoso con las mujeres con las que salía en citas. Pero aparentemente, también dejaba claro que no se involucraba con cualquiera. *Bueno, yo tampoco, pero si piensa que voy a ser otro romance de una noche... olvídalo. No sucederá.*

Sydney tomó el segundo diario de la mesa de noche determinada a sacar a Jax de su mente y concentrarse en el libro.

11

Grado 12, 1994-95

Querida Yo,

¿Puedes creer que este es mi último año de secundaria? Estoy tan emocionada. No puedo esperar hasta Junio. ¡LIBERTAD!

Octubre 3

Querida Yo,

Hoy es el mejor día de mi vida. CHAZ (un apodo) ¡ME HABLÓ! Me gusta desde siempre. No estamos en el mismo círculo. Sus padres son ricos y juega fútbol. Cuando se trata de deportes, soy una patosa.

Se sienta a mi lado en clase de Inglés. La escuela es TAN fabulosa ahora.

Octubre 15

Querida Yo,

¡D es una PERRA! Nos escuchó a Pam y a mí hablando de Chaz en el baño. Solo que Pam usó su nombre verdadero. D le dijo que me gusta. Estoy tan avergonzada. Ahora piensa que soy una idiota.

Noviembre 20

Querida Yo,

Pam y yo vamos a salir a cenar con nuestros padres y me quedaré a dormir en su casa. Mañana, algunos de nosotros iremos a patinar en la pista del Parque Woodland.

Noviembre 21

Querida Yo,

¿Adivina qué? Chaz estaba en la pista hoy y me invitó a patinar con él. La reina de las perras estaba

taaaan celosa. Nos tomamos de las manos y él enlazó su brazo con el mío una vez. ¡ESTOY ENAMORADA!

Diciembre 8

Querida Yo,

Papá me está volviendo loca. Desde que comencé a salir más y a ir a más fiestas, constantemente se asoma en mi habitación y me dice que sea una 'buena chica'. Los escuché a él y a Mamá peleando. Ella dijo que yo era un espíritu libre y él dijo que era salvaje. Esta mañana estudiando la biblia, me dijo que recordara que Dios siempre está observándome. Dios lo ve todo. Bueno, si Dios me está viendo besar a un chico y darme un baño, es un mirón. Papá está escupiendo más fuego y azufre y cosas diabólicas. Y habla sobre cómo Dios me castigará. ¿Por qué? YO SOY una buena chica. El Dios de Papá es malo.

Enero 1

Querida Yo,

Chaz y yo estamos saliendo juntos. ¿Puedes creerlo? Anoche me invitó a la Fiesta de Fin de Año del pue-

blo. Es una fiesta en el parque. Mucha música, patinaje y baile. Tanta diversión. Mamá quería ir pero tiene un resfriado. Papá no iría nunca. El baile es una obra del diablo. No les diremos a nuestros padres. Sus padres tienen grandes planes para él. Siempre le están diciendo que no se enserie con nadie hasta que termine de estudiar. Se irá a la universidad en Septiembre. No voy a pensar en eso. Solo seré feliz. Papá odia a la familia de Chaz porque dice que son presumidos. Pero Chaz no lo es. Aún así, no diré nada.

Febrero 14

Querida Yo,

Chaz me dio un corazón en una cadena con una foto mía adentro. Tiene una cadena larga así que puedo ocultar el corazón entre mis senos dentro del sujetador. Papá no se fija en la joyería. Pero seguro que sí mira la ropa que uso. Desearía poder vestirme como Cindy Lauper o Madonna. Me encantan. Papá me quitó el CD de Madonna. Nunca escucha las letras de las canciones pero entonces escuchó 'Como Una Virgen', Oh Dios mío... se volvió loco. Escuchó 'Oh Padre' y 'Como Una Oración' y me dijo que nunca más podría escuchar esa música de nuevo en casa.

Al menos pude conservar a Cyndi. Desearía ser ellas. No me refiero a una estrella pop... Oh Dios, yo no puedo cantar. Me refiero a un espíritu libre como ellas. ¿Me pregunto si alguna vez se preocupan de que Dios las castigue? (Ese fue un chiste, Querida Yo)

Marzo 15

Querida Yo,

Lo siento, no he escrito mucho. El último año de escuela es más difícil. Más tareas y cosas. Papá me está haciendo trabajar mucho en la granja. Odio la vida de la granja. Le pregunté a Papá por qué no tenían más hijos. ¿Acaso no quería hijos que pudieran trabajar con él en la granja? Se puso muy nervioso y entonces dijo que después de mi nacimiento, Mamá no pudo tener más hijos. Que yo la había arruinado por dentro. Lloré hasta quedarme dormida anoche. Con razón él me odia.

Abril 1

Quierida Yo,

¡Feliz cumpleaños para mí! Diecisiete. No puedo creerlo. Chaz me llevará a cenar. Papá no lo sabe. Piensa que voy a encontrarme con Pam.

Mayo 20

Querida Yo,

Me estoy preparando para los exámenes y se acerca la noche de la graduación. Mis sentimientos están confusos. Pronto saldré de la escuela lo que es difícil de creer pero Chaz se mudará a Vancouver para ir a la Universidad. Su Papá se retirará y están vendiendo la casa. Van a comprar una casa con una habitación para huéspedes para que Chaz pueda vivir en casa gratis mientras estudia. Chaz me ha estado presionando para hacerlo todo sexualmente. Hasta ahora no lo hemos hecho pero me temo que si no lo hago se olvidará de mí cuando llegue a Vancouver. Tal vez deba hacerlo y hacerle saber lo que estará dejando aquí. Dice que me ama y que vendrá siempre que pueda. Adicionalmente, A me está haciendo sentir incómoda. Me mira todo el tiempo como si sus ojos me estuvieran desvistiendo. Me mantengo alejada de él.

. . .

Mayo 29

Querida Yo,

Tengo roto el corazón. Chaz me llamó anoche para decirme que sus padres vendieron la casa. Se mudarán en Julio. Estoy destrozada. Pensaba que al menos tendríamos todo el verano para nosotros.

Junio 5

Querida Yo,

Esta noche es la cena/baile de nuestra graduación. Cuando Papá supo que iría con Chaz, se puso furioso. Pero le aseguré que Chaz se mudaría para Vancouver con su familia y que me dejaría. Pero no antes de darme un sermón sobre sus expectativas. Vergonzoso.

Junio 6

Querida Yo,

Anoche fue maravilloso. Después de bailar nos fuimos un grupo a la playa. Nadamos desnudos. Chaz y yo hicimos el amor bajo las estrellas. ¡Sí! Fue emocionante y me asusté un poco. La primera vez dolió un poco y fuimos a nadar de nuevo. La segunda vez fue tan romántico y Chaz fue tan gentil. No vi a Papá hasta la hora de la cena esta noche. Tenía miedo de mirarlo a los ojos. Estaba segura de que vería algo diferente en mí. Su pequeña niña ahora era una mujer. Estoy en la nube 9.

Junio 15

Querida Yo,

Estoy en la mitad de mis exámenes. Casi termino.

Junio 30

Querida Yo,

¡NO MÁS ESCUELA! El Miércoles en la noche tuvimos nuestra ceremonia de graduación. Mamá estaba tan orgullosa. Papá dijo que ahora tengo que afrontar todas mis responsabilidades.

Julio 05

Querida Yo,

Tengo el corazón roto. Se marchó. Lloro todas las noches hasta quedarme dormida. Nos amamos y Chaz dice que haremos que funcione. Su tío vino a ayudarlos con la mudanza y Chaz le confió que me ama. ¿Sabes qué le dijo? Escucha, sobrino, nunca, nunca te cases con tu primer trasero. Tengo tanto miedo de no verlo nunca más. Mamá sabe que estoy triste y está tratando de hacerme sentir mejor. Papá está feliz porque Chaz y su familia se marcharon. No le importan mis sentimientos. Chaz dice que me escribirá pronto cuando estén instalados.

Julio 10

Querida Yo,

Estoy trabajando medio tiempo en la cafetería de Stoney Creek y ayudo a Papá en la granja. A me está haciendo enojar. Me mira como si yo fuera un trozo de carne. Hasta donde a mí me concierne A es un idiota. En mi tiempo libre, los chicos vamos a nadar al lago. Todos los días espero a que Papá recoja el correo pero hasta ahora ninguna carta.

Julio 15

Querida Yo,

Me siento tan avergonzada. Anoche Pam y yo fuimos a la Feria de Verano de Stoney Creek que incluía un parque de diversiones. El encargado de la noria me recordó a Chaz. Era mayor, tal vez veintiséis aproximadamente. Su nombre es Danny. Estuvo coqueteando conmigo y me hizo sentir bien. Cuando el parque de diversiones cerró, Pam y yo estábamos caminando por el parque y él se nos acercó junto con otro de los trabajadores. Nos invitaron a salir con ellos. No puedo decirte cuánto lo necesitaba anoche. Pero me emborraché y lo siguiente que supe es que Danny y yo estuvimos juntos en su remolque. Esta mañana me dijo que estaba casado y tenía hijos. ¡Qué idiota! Pero es mi propia culpa. Me siento como una cualquiera.

August 8

Querida Yo,

No lograba encontrar alguna motivación para escribirte. Todavía no recibo cartas de Chaz. Han pasado seis semanas. Ni siquiera tengo ya el placer de esperar el correo. Papá dice que estoy llorando mucho y que debo olvidarme del chico rico. Dice que él ya me olvidó porque no soy suficientemente buena para su familia. Tal vez tenga razón. Quizás no debía ha-

cerlo con Chaz. Tal vez le di lo que quería y Papá tiene razón. En la escuela encontrará a alguien más rica y más inteligente que yo y que sus padres la aprueben. Las palabras de su tío hacían eco en mis oídos: Nunca, nunca, te cases con tu primer trasero. ¿Es eso todo lo que soy?

Agosto 15

Está bien, ya es el momento de olvidar a Chaz y marcharme de Stoney Creek. Si él me amaba no hubiera importado si hacíamos el amor o no. Lo disfruté tanto como él y el sexo no debe ser usado como instrumento. Obviamente ya él me ha olvidado. Pam y yo estamos hablando sobre irnos a Kelowna y compartir un apartamento. Ambas queremos continuar nuestros estudios. Creo que me gustaría entrenarme como técnico de laboratorio. El Lunes, haré algunas llamadas y consultaré sobre créditos para estudiantes.

12

Sydney despertó de su sueño profundo cuando alguien golpeó con fuerza la puerta. Gruñó y se volteó para ver el reloj. Decía que eran las nueve y treinta de la mañana. *¿Qué?* Se arrastró fuera de la cama y se puso sus pantuflas para ir a la puerta. Jessie estaba en el porche con dos cafés grandes para llevar.

—Lo siento, Jess. Me quedé dormida.

Jessie le entregó una taza y la siguió de vuelta al interior. —No me sorprende. Ayer llevamos muchas cosas a la casa de la granja. Pero todavía tenemos tiempo de sacarte de aquí y llegar a tiempo para la entrega de los muebles a las once de la mañana.

Sydney se enrolló en el sillón y sorbió su café. —Me alegra haber podido conseguir casi todo el mobiliario en una sola tienda. Todo lo que necesito es el comedor adecuado para los clientes de la residencia. Lo suficientemente grande para doce personas. Quiero un estilo antiguo campestre, algo de pino. Hasta ahora solo he encontrado Franceses e Italianos. Demasiado adornados y no se ven muy cómodos. Pero los juegos de comedor en estilo campestre que he visto son demasiado pequeños.

—Lo encontrarás.

Sydney tomó parte de su café y se levantó. —Mejor me doy una ducha para que podamos irnos de aquí.

Jessie observó la cabaña. —¿Qué más tenemos que llevarnos de aquí? Lo subiré a tu auto.

—Aquella maleta y las cajas que están cerca de la puerta. Deja el bolso sobre la mesa. Terminaré de empacar después de mi ducha.

* * *

Treinta minutos después, Sydney se marchó de la cabaña y se dirigió a la casa de la granja con Jessie detrás de ella. Burbujeante de emoción, no podía esperar para llegar y comenzar a organizar las habitaciones. La renovación de la casa estaba completa en el interior y la cuadrilla ahora trabajaba en la edificación para la residencia. Estacionó a un lado de la entrada y Jessie la siguió detrás de ella, dejando espacio para que el camión de reparto estacionara frente a los escalones del porche. Sydney salió del auto.

Jax se acercó por el lado opuesto de la casa saludando con la mano y con una gran sonrisa. —Bienvenida a casa.

—Epa. No puedo creer que ya estoy aquí definitivamente.

Se reunió con las chicas en la parte de atrás del auto de Sydney para ayudar a llevar las cajas. Sydney subió las escaleras hacia el porche llevando una maleta. Se detuvo y olió el aire. —¿Ese olor a humo viene del incendio en Washington?

Jax señaló al suroeste. —Sí, el incendio en Cascades. Los vientos cambiaron de dirección y el humo está pasando como por un embudo a través del valle. Todavía está a diez millas al sur de la frontera Canadiense pero hay ciertas preocupaciones sobre si se dirige hacia nosotros.

Sydney siguió su mirada. En la distancia podía ver lo que parecía una capa de niebla de humo que cubría la parte superior de las colinas. —Estamos a solo diez millas de la frontera. Da miedo.

—Esta noche habrá una reunión en el centro comunitario. Los oficiales de los bomberos estuvieron en Osoyoos anoche.

Jessie pasó junto a ellos llevando una caja. —Supongo que mejor nos ponemos a trabajar.

Sydney la siguió. Se ocupó en desempacar su ropa y acomodar sus efectos personales en el baño. Trató de sacudirse la incomodidad que sentía por el incendio. Una vez que llegó el camión de reparto con sus muebles, olvidó todo lo demás. Ella y Jessie ya habían decidido dónde iría cada pieza y los repartidores terminaron con la sala en un momento. Incluso subieron las camas por ella. Jax y su cuadrilla habían instalado ayer las persianas y las cortinas en las ventanas.

Las chicas pasaron treinta minutos en la habitación de su Nan arreglando la cama y reacomodando los muebles hasta que estuvieron satisfechas.

—A tu Nan va a encantarle esta habitación. Los tonos verdes le dan calidez y esa chimenea blanca en el lado opuesto de la cama es un detalle acogedor.

Sydney observó toda la habitación, desde los muebles de pino blanco, hasta las paredes verde pizarra con papel tapiz de hierba jade detrás del cabecero. Su mirada llegó a la ventana. —Hice que Jax construyera un banco en la ventana panorámica y la colchoneta verde oliva y los cojines le proporcionarán un lugar para sentarse y leer. Pero en caso de que no quiera el banco, compré una butaca reclinable. —La colocaron junto a la ventana para que Nan pudiera mirar por la ventana o hacia la chimenea. —Sydney sonrió y asintió satisfecha.

—Salgamos y hagamos un picnic con el almuerzo que traje. Luego organizaremos tu habitación. No he visto lo que compraste para la habitación principal, —dijo Jessie.

Comieron junto al lago pero no se demoraron. Rápidamente, regresaron a la casa y se pusieron a trabajar. Una hora después habían terminado con la habitación principal. Esta habitación era un sueño.

—Me encanta el viejo sabor campestre. ¿Cómo llamas este juego de muebles? —preguntó Jessie.

—Es pionero con pino bruñido. La persiana beis es perfecta.

Las paredes estaban pintadas en color champaña. La pared del cabecero era naranja quemado.

—Tengo que reconocerlo. Cuando me dijiste que el ciruela y naranja eran tus colores... uff. No podía imaginarlo. Pero el cabecero cubre casi toda la pared naranja quemado. Y el ciruela profundo del edredón con cojines naranja quemado, y los beis y ciruela abstractos... ¡vaya! Tu habitación es una pieza de exhibición.

—Gracias. Me tardé por siempre para encontrar la chimenea de piedra. No la quería blanca ni de madera oscura. La piedra beis es perfecta. Todo lo que necesito son algunos cuadros, de lo contrario ambas habitaciones están terminadas.

Se dirigieron a la cocina. Mientras pasaban frente a la habitación vacía del medio, Jessie se detuvo. —¿Qué harás con esta habitación?

—Será una habitación para huéspedes.

—Genial idea.

Jessie y Sydney pasaron a continuación a la cocina. Para la hora de la cena ya habían terminado con la cocina y los baños. Se estaban relajando en la nueva sala de Sydney cuando Jax se reunió con ellas.

—Vaya... esto se ve acogedor. ¿Te molesta si camino un poco y veo lo que han hecho?

—Como quieras. Pero estás de tu cuenta. Estamos descansando nuestros agotados pies, —dijo Sydney.

Varios minutos después, estaba de vuelta y se sentó en el hogar de la chimenea. —No quiero sentarme en los muebles nuevos con ropa de trabajo. Me encanta lo que has hecho con la casa. De verdad está todo muy bien.

—Me diste algo maravilloso con lo que trabajar. Somos un excelente equipo. —Dicho eso, Sydney y Jax sostuvieron sus miradas por un largo rato hasta que Jessie aclaró su garganta y rompió el silencio. —Tierra a los observadores de estrellas.

Sydney se sonrojó y Jax rió. —Hoy terminaremos temprano para que todos podamos asistir a la reunión sobre el incendio. Iba a pedir una pizza como un gesto de felicitaciones; tu primera noche en tu nueva casa y todo eso pero no tenemos tiempo.

—Ah... sin embargo es un lindo gesto, —dijo Sydney.

Jax se levantó. —Necesito ir a casa y darme una ducha. Las veré en la reunión en el centro comunitario a las ocho en punto.

—Allí estaremos, —dijo Sydney. Lo vio marcharse de la casa y se volteó hacia Jessie quien la estaba observando con una ceja arqueada. —¿Qué?

—Ustedes dos. Algo está sucediendo con ustedes.

—No es cierto. —Sydney la miró desafiante.

—Oh vamos. Jax nunca mira a una chica como te mira a ti. El Sr. 'Tómalo con Calma' y tú, la Señorita 'No Quiero Una Relación' se gustan.

—No quiero complicar mi vida y a él solo le gusto porque no me he metido a la cama con él todavía. No tengo intención de ser una más de sus chicas.

—Brian me dijo que los encontró besándose la otra semana. No te atrevas a negarlo.

Sydney abrió la boca y la cerró rápidamente. No sabía qué decir.

Jessie rió. —Creo que hay algo entre ustedes dos. Solo que no lo saben todavía. Es más grande de lo que creen. Ya lo verán.

—¿Algo? ¿Qué quieres decir... con algo?

Jessie se encogió de hombros. —Amor, romance, deseo... ya lo sabrán.

Sydney se levantó y estiró sus adoloridas piernas. *Es hora de cambiar el tema.* —Voy a darme una ducha en mi nueva suite. Puedes usar el baño principal si quieres. ¿Cenamos en el pueblo antes de la reunión?

—Claro. —Le gritó Jessie mientras Sydney se dirigía al baño. —Pero recuerda, no puedes lavar los pensamientos pecaminosos.

Sydney pensó en eso mientras se desvestía y sonrió. *Me alegra que Jess no pueda leer mis pensamientos.*

13

El centro comunitario estaba lleno. No había suficientes sillas para todos y las personas se quedaban de pie en la parte de atrás y a los lados. Cerca de la mesa había una mesa de información con folletos que suministraba los teléfonos de contacto para los residentes en caso de una evacuación, para reportar la cantidad de incendios, así como ubicaciones para albergar a los evacuados. Mapas ampliados del estado de Washington estaban colocados en la pared del fondo y en él se señalaba la actual situación del incendio. Mapas aéreos locales estaban desplegados indicando las distintas zonas por orden de evacuación potencial. Para sorpresa de Sydney, un área justo al sur de la frontera Canadá/USA estaba identificada como 'Evacuada'.

Sydney y Jessie buscaron un lugar para sentarse sin suerte. Vieron a Jax en medio del salón. Las saludó con la mano y señaló dos asientos que les estaba guardando y se apresuraron a acercarse a él por entre la multitud de personas.

—Gracias, Jax. Nos hubiéramos quedado de pie si no nos hubieras guardado un lugar, —dijo Sydney.

—Por nada.

Ella observó el salón. —¿Tu padre está aquí esta noche?

—No, está en Kelowna por negocios.

Pidieron a las personas que guardaran el orden. Seis personas se sentaban en una mesa larga colocada a un lado del frente del salón. Habían desplegado una pantalla en el escenario directamente frente a ellos.

Una mujer se puso de pie con un micrófono. —Soy la Alcaldesa Givens. Me gustaría agradecerles a todos ustedes por venir esta noche. Primero, quiero presentar a todos en la mesa. En aquel extremo, nuestro miembro local de la legislatura, Jonathan Brown. Luego tenemos a Donna Parsons, Directora de los Servicios Sociales de Emergencia de Stoney Creek. Junto a Donna está Gordon Summit, Oficial de Protección Contra Incendios de Kamloops. Junto a Gordon está Kathleen Cunningham, Oficial de Información sobre Incendios y a mi lado, el Sargento Roger Reynolds del Destacamento de Stoney Creek de la Real Policía Montada de Canadá. Cada uno de nosotros le asignará a ustedes un papel que cumplir durante la actual situación. El primero es Gordon Summit, nuestro Oficial de Protección Contra Incendios.

—Buenas noches. Soy el Oficial de Protección Contra Incendios a cargo de las operaciones aquí en el valle. Lo que quisiéramos hacer esta noche es informarles sobre el estado actual del Incendio de Cascade en Washington y cómo nos ha afectado aquí en Canadá hasta ahora, así como posibles expectativas futuras. Si alguien apaga las luces, me gustaría mostrarles una presentación.

El salón se oscureció y él comenzó. —Este es un mapa del incendio, como el que está en la pared del fondo. Este incendio ha estado ardiendo durante tres semanas y debido a los fuertes vientos y el terreno montañoso se hace difícil a las cuadrillas en tierra llegar a él, no está contenido. Los anillos alrededor del fuego muestran la expansión del incendio desde que se originó hasta este momento. Nuestra preocupación se concentra en el lado norte del incendio. De momento se encuentra a diez millas al sur de la frontera Canadiense. Los vientos han cambiado su dirección y se está dirigiendo hacia la Columbia Británica. Si entra en la CB entonces será un incendio de interface. —Cambió la lámina por el mapa del sur de la Columbia Británica. —En caso de que el incendio continúe en nuestra dirección, este mapa local muestra las Alertas de Evacuación de Emergencia pronosticadas por áreas. Quiero hacer referencia a esta sección al oeste de Osoyoos. No está densamente poblado y está formado principalmente por granjas y viñedos. Debido al súbito cambio de dirección del incendio, esta área ha sido evacuada hoy. —Se escuchó un murmullo por todo el salón. —El pueblo de Osoyoos ha sido colocado en Alerta de Evacuación. En caso que el incendio cruce la frontera y continúe hacia el noreste en su curso, Stoney Creek será el siguiente en Alerta de Evacuación. Una vez que la Alerta de Evacuación es implementada, cada hogar será visitado por un grupo de triage. Este grupo evaluará los materiales de los techos, de las edificaciones, etc., para determinar los lugares más estratégicos para los rociadores y mangueras para proteger el pueblo en caso de que lo alcance el fuego. Las propiedades rurales también serán evaluadas. De momento estamos activados aquí en este salón y estamos disponibles en todo momento. Nuestra Oficial de Información, Kathleen, proporcionará a la Alcaldesa y al Sargento de la RPMC con información actualizada de forma diaria. Ella es su enlace. Pueden llamar al número designado aquí en el centro comunitario o pueden pasar a verla. También publicaremos información en nuestra página web que aparece en el folleto. Yo estaré trasladándome constantemente entre Stoney Creek y Osoyoos de forma diaria. Una vez que todos hayamos hablado aquí esta noche, comenzaremos con las preguntas. Me gustaría presentar a la coordinadora de SSE, Donna Parsons.

Donna se levantó y se dirigió al salón. — Buenas noches a todos. Los evacuados del área del este actualmente se encuentran en Osoyoos. En caso de que Osoyoos sea evacuado en algún momento, este centro comunitario proporcionará albergue de emergencia junto con el oficial del Pueblo de Oliver. Y en caso de que los residentes de Stoney Creek sean evacuados, Penticton proporcionará lugares de albergue. Estoy disponible en cualquier momento aquí o a través del número de SSE para atender cualquier consulta o responder las preguntas que puedan tener. En caso de que decidan quedarse con familiares en otro lugar, les pedimos que se registren aquí antes de marcharse. En caso de evacuación, necesitamos saber que están a salvo.

El Miembro Local de la Legislatura habló a la concurrencia sobre los fondos de emergencia disponibles en caso de evacuación y de pérdidas de casas. El Sargento de la RPMC informó al público que traerían personal adicional de destacamentos vecinos y tocarían todas las puertas en caso de que se realice la evacuación. Resaltó la importancia de marcharse cuando se dé la orden. Y si alguien decide quedarse, deberán quedarse dentro de sus casas. —Si en algún momento sale de su casa, no se le permitirá regresar. —Hizo una pausa y miró alrededor del salón. —Seré muy sincero y les diré que si alguno de ustedes decide ignorar la orden de evacuación, por favor escriba su nombre en su brazo con un marcador permanente con fines de identificación. —Eso generó la reacción esperada con murmullos sorprendidos de la multitud.

La reunión quedó abierta para preguntas y la alcaldesa la cerró.

—Solo quiero agregar que pueden acercarse o llamar al ayuntamiento en cualquier momento que tengan preguntas en caso de que los teléfonos del SSE y el Centro de Incendios estén ocupados. Lo último que quisiera decirles es que hoy hubo olor a humo en el pueblo y entiendo que quienes viven hacia el oeste fueron particularmente afectados por el humo que llena el valle. Podría empeorar. Les pido a quienes tengan problemas respiratorios, adultos mayores y aquellos con bebés pequeños consideren marcharse del área por un tiempo. Pueden presentarse en el centro de atención médica y plantear cualquier situación a nuestra enfermera local. Y comuníquense con el coordinador de emergencias. Daremos actualizaciones sobre el incendio aquí cada cinco días a menos que ocurra una emergencia y deba ser antes. Visiten nuestra página web, revisen las carteleras informativas e informen a sus vecinos. No olviden llevarse los folletos en la salida. Algunos son muy útiles en cuanto a qué empacar en caso de una evacuación. Para aquellos de ustedes que tengan animales que necesitarían movilizar, coloquen su nombre en la lista y hablen con el Oficial a Cargo de Animales. Gracias y buenas noches.

* * *

—Brindo por la esperanza de que el incendio no cruce la frontera, —dijo Jax, levantando su vaso de cerveza. Todos en la mesa murmuraron su apoyo y chocaron los vasos. Sydney se había reunido con Jax y Jessie en el bar local después de la reunión. Algunos de sus amigos habían venido y juntaron varias mesas.

Sydney observó el grupo. Era agradable conocer personas nuevas de su edad, a pesar de las circunstancias que los habían reunido. Parecían un buen grupo y la incluyeron como una más de ellos. Discutieron sobre qué empacar en caso de una evacuación.

Jax sacó una libreta del bolsillo de su chaqueta. —Algunos de los ancianos que viven solos necesitarán ayuda si tienen que abandonar sus propiedades. Y algunos de ellos tienen animales que deben ser trasladados.

Se elaboró una lista de personas que conocían y repartieron los nombres entre ellos. El plan era visitarlos a todos en los próximos días y evaluar sus necesidades en caso de que se vean forzados a salir de sus propiedades. Tomaron folletos extra en el centro comunitario para repartirlos. Sydney pidió acompañar a Jessie. No quería acercarse a ninguno de ellos por sí sola. Como era una extraña para ellos, podrían sospechar de ella y Sydney sabía que estarían alterados y temerosos de dejar sus propiedades. Ella se sentía así ciertamente.

La conversación cambió a chismes ligeros y risa. El bar estaba lleno de personas que habían asistido a la reunión, y la sinergia era eléctrica. Sydney se relajó y se unió al grupo.

—¿Viniste en tu auto al pueblo? —le preguntó Jax cuando se estaban marchando.

—No. Vine con Jess.

—¿Quieres que te lleve a tu casa?

—Me quedaré esta noche en la casa de Jess. Pero gracias por la oferta.

—Está bien. ¿Qué te parece si te busco a las siete? Podemos desayunar y te llevaré de vuelta a la granja conmigo.

—Me parece bien. Nos vemos en la mañana. —Lo vio partir con un par de amigos, dándose empujones y riendo como chicos adolescentes.

Sydney se dirigió a Jessie que le estaba sonriendo. Ella se recostó contra Sydney y murmuró en su oído. —Más grande de lo que imaginan.

—Déjate de eso. Tengo que llegar a casa de alguna forma. —Fulminó a Jessie con la mirada. —Vamos, marchémonos.

14

La semana pasó volando. Sydney y Jessie visitaron varios ancianos que vivían en el campo rural para informarles sobre el incendio y agregar sus nombres a la lista de personas que necesitaban ayuda con sus animales y para dejar sus propiedades. Todos ellos se mostraron muy agradecidos de que hubiera personas en la comunidad que fueran en su ayuda. Los que habían vivido la mayor parte de sus vidas en sus parcelas estaban más preocupados por la pérdida de una forma de vida. Algunos cuyas hipotecas habían pagados hacía años, habían dejado vencer sus seguros. Esto era malo. La compañía local de seguros buscaba proporcionar pólizas esa semana para asegurar que las personas tuvieran cobertura. En caso de que el incendio cruzara la frontera hacia Canadá, las compañías de seguro sabían que los aseguradores se negarían a cubrir ninguna póliza nueva hasta que el fuego fuera contenido.

Sydney era una de los que necesitaba una póliza de seguro. Había recibido la aprobación de la inspección para mudarse a la casa remodelada y para que renovara el seguro a su nombre con las mejoras. Pero la compañía de seguros solo podía cubrir el galpón como estaba hasta que el inspector lo aprobara como residencia. Jax llevó los documentos y fotografías de las mejoras al asegurador y reconocieron el trabajo realizado hasta ahora incluso sin la aprobación final del inspector. Al menos era algo.

Ella estaba sentada en la rama del árbol de magnolias pensando en los últimos meses. Jax casi había terminado la residencia. La nueva tubería de agua había sido llevada hasta la ciudad y conectada. *Imagina, agua de la ciudad.* Su área había sido incluida en la Base Impositiva de Stoney Creek cinco años atrás. Eso significaba que las nuevas edificaciones debían ser conectadas con la línea de la ciudad. La granja había funcionado con pozos sépticos y agua de pozo pero Sydney decidió cerrar el pozo y conectar la casa al agua y la alcantarilla de la ciudad. Dado que la vieja plomería de la casa había sido reemplazada de todas formas, era más económico hacer el trabajo completo con el inspector de la ciudad ahora que luego.

Jax terminaría pronto con el interior de la residencia y todo lo que faltara por hacer incluía la pintura exterior de todas las edificaciones y el paisajismo. Una sonrisa apareció en su rostro. Se sentía contenta aquí y sabía que se adaptaría fácilmente al estilo de vida. *Diablos, si ya lo hice.*

Una repentina brisa trajo una nube de humo a través del aire, haciendo arder sus ojos. Miró al sur, a la neblina de humo y suspiró. Su humor cambió. *¿Qué sucede si pierdo todo en un incendio? ¿Valdrá la pena comenzar de nuevo?*

—Epa, ¿estás bien allá arriba?

Sydney miró hacia abajo para ver a Jax en la base del árbol.

—Claro. Este es mi lugar feliz. ¿Quieres acompañarme?

Jax subió a la rama y Sydney se acomodó para hacer espacio.

—No parecías muy feliz cuando venía hacia acá.

Sydney rió. —En realidad, lo estuve hasta hace unos minutos cuando el viento trajo humo. Gracias a Dios por el aire acondicionado en la casa. Estaba pensando en lo cerca que estamos de llegar a la meta y de repente me di cuenta. ¿Qué sucede si pierdo todo por el fuego? En realidad es un pensamiento aterrador.

Jax tomó su mano. —Si eso sucediera, comenzarías de nuevo. Estás asegurada. Sé que debe parecer agotador ahora, pero piensa en lo que nos divertiríamos construyendo una nueva casa de granja sin las restricciones de la vieja.

Sydney miró a Jax con ojos tristes. —Pero me gusta la vieja casa; una nueva no sería lo mismo.

—Entonces la duplicaríamos exactamente igual como está ahora. La haríamos parecer vieja pero nueva tal como esta.

Ella vio un brillo en sus ojos y sonrió. —De verdad te gustan estos proyectos, ¿no es así?

Jax la miró a los ojos profundamente. —No lo querría de ninguna otra forma.

El momento era suyo. Se inclinó para besarla. Un suave roce al principio. Su lengua separaba los labios de ella y ella lo recibió, perdida en una serie de besos frenéticos que los dejó a ambos sin respiración.

Jax se separó un poco y le habló con voz baja, ronca. —El viento está soplando con más fuerza. ¿Estamos sin respiración por nuestra pasión o porque estamos inhalando humo?

Rieron como chicos y se besaron de nuevo. Finalmente, Jax se dirigió hacia el tronco. —Vayamos a la casa. Esto no es saludable.

—¿Nuestra pasión o el humo?

—Te lo diré.. en la casa. —Jax bajó del árbol y extendió sus brazos para ayudar a Sydney cuando llegó a la base.

Se apresuraron a la casa, felices de respirar aire fresco frío. Sydney sirvió un vaso de agua para cada uno y se sentaron uno junto al otro en los banquillos de la isla de la cocina.

—Cuando vi que el viento estaba cobrando fuerza, envié a los muchachos a casa un poco temprano. Han estado trabajando con el humo por mucho tiempo.

—Me siento mal por ellos. Nadie debería respirar el humo por tanto tiempo. Siento un nuevo respeto hacia los bomberos.

—Yo también. Mira, podríamos demorar la pintura del exterior y la terraza hasta después que se termine el incendio. Hay ceniza en todo y no la quiero en los toques finales.

—Tiene sentido.

—Mi padre tiene proyectos en otras áreas a las que puede enviar los trabajadores. Y no respirarán humo.

Sus miradas se cruzaron. —¿Qué hay de ti? ¿Cuál gran proyecto sigue a continuación para ti? —preguntó Sydney.

Jax frunció el ceño. —No estoy seguro. Mi padre está expandiendo el lado comercial del negocio. Es por eso que está pasando tanto tiempo en el centro de Okanagan. Quiere eliminar el lado residencial del negocio lo que me ocasiona un dilema. —Le comentó sobre los planes de su padre y sus expectativas en lo que se refería a su hijo. —Me permitió ejecutar este proyecto con el compromiso de que lo reevaluaríamos cuando esté terminado.

Esta vez Sydney tomó la mano de Jax. —Tienes que escuchar tu propio corazón. Sigue tu instinto. Fue lo que yo tuve que hacer cuando tomé la decisión de regresar a la granja y dejar a Nan en Kelowna.

—Sé que tienes razón pero eso lastimaría a mi padre. Sin embargo, años atrás mi padre lastimó a su padre y nunca miró hacia atrás. Tengo que ser tan fuerte como lo fue él en ese entonces. Espero que me ayude a establecer mi compañía aquí en Stoney Creek. De lo contrario, ya lo resolveré, incluso si tengo que hacer todo el trabajo yo solo.

—Entonces yo diría que ya has tomado tu decisión. Y si mi opinión importa, creo que es la correcta.

Jax se levantó y apoyó las manos en sus hombros. —Claro que tu opinión importa. Y tú también.

Sydney estuvo en sus brazos en un instante. Sus besos frenéticos los llevó a un instante de pasión que los llevó más allá de la necesidad de un lento preámbulo. Las manos de Jax se movían por todo su cuerpo, acariciando sus senos y su trasero, mientras las manos de Sydney frotaban su pecho. Una mano se movió hacia el miembro hinchado en sus vaqueros. Cada uno se encargó de los cierres y botones de los vaqueros del otro hasta que se rindieron, y corrieron en medio de carcajadas a un paso frenético para quitarse la ropa. —Espera, un segundo. —Sydney salió corriendo de la habitación y regresó. Le entregó a Jax un condón. Él la recostó en el suelo, sus ojos nunca dejaron los de ella. Sydney levantó las caderas para encontrarse con su calor. —Apresúrate, —susurró. Él la penetró y la llevó adonde ella no había ido nunca antes. Rápidamente ascendieron al límite del orgasmo y lo alcanzaron juntos. Se quedaron entrelazados en el suelo, jadeando por aire.

Sydney se levantó y lo tomó de la mano, llevándolo por el pasillo a su baño privado. Se ducharon juntos, lavando cada uno el cuerpo del otro, explorando mientras lo hacían. Se dieron turnos para secarse el uno al otro. Jax llevó a Sydney a la cama y esta vez, hicieron el amor lentamente, metódico, dirigido a complacer. Jax sabía cómo tocarla y agitarla. Se movió de sus senos lentamente hacia abajo recorriendo su cuerpo, tocando cada pulgada de ella con sus manos y lengua. Para cuando llegó a su lugar dulce, Sydney se retorcía de necesidad y se volteó para estar sobre él. Ella se deslizó sobre su masculinidad y lentamente movió sus caderas hasta que se unieron como uno solo, Jax los hizo dar la vuelta para estar de nuevo sobre ella. Su empuje se volvió rápido y continuado hasta que Jax gimió: —Ya vengo. —Sydney murmuró: —Estoy lista. —Estallaron juntos en el clímax, cayendo sobre sus espaldas, jadeando por aire.

Jax se volteó sobre un costado y tocó su mejilla. —¿Syd? ¿Estás llorando?

Ella se volteó para mirarlo y se rió divertida. —Lágrimas de alegría. Vaya. Nunca había sentido lo que acabas de hacerme sentir. Me llevaste hasta allá y luego más allá.

Jax se inclinó hacia adelante y le besó la punta de la nariz. —Me alegra que estés complacida. Tú también estuviste bastante increíble. Había querido hacer esto contigo desde la primera vez que nos vimos.

—Lo sé.

Él se incorporó sobre un codo. —¿Lo sabías? ¿Cómo?

—Tus ojos te delataron.

—¿De verdad? ¿Y sentiste lo mismo?

—Dios no. Tú eras demasiado presumido y seguro de ti mismo. Eso puede funcionar con las otras chicas en tu vida pero no conmigo.

—Eres una diva. Entonces ¿cuándo deseaste saltar sobre mis huesos y hacerme cosas dulces?

—Hace una hora aproximadamente. —Rió Sydney. —Si pudieras ver tu cara en este momento.

—Tonterías. Yo te atrapé mirándome y también mis muchachos.

Sydney frunció el ceño. —¿Tú y tus muchachos hablan sobre mí?

—No sobre esto. Pero tus ojos también te delataron. Y hace más de una hora.

—Está bien, vaquero. Lo admito pero no estaba segura hasta ahora.

Jax se recostó sobre la espalda y trajo a Sydney a su lado. —¿Qué dices sobre otra ducha, más rápida esta vez, y nos vamos a la Barbacoa de la Serpiente de Cascabel? Me muero de hambre.

—Está bien. Yo te sigo. Así no tienes que traerme de regreso.

—Pero, ¿y si quiero regresar y hacerte el amor dulcemente?

—Mmm... eres todo un semental. No te puedes quedar en los días de trabajo. No quiero sufrir las miradas de tus trabajadores en la mañana cuando descubran que dormiste aquí.

—Tal vez llegué temprano al trabajo.

—Ellos no son estúpidos. Ya lo has demostrado.

—Está bien, lo haremos a tu manera. Pero no esperes que me prive de demostrarte afecto frente a ellos. Lo descubrirán bastante rápido, porque querida dama, apenas estamos comenzando.

Jax y Sydney caminaron tomados de la mano hacia el auto de ella estacionado detrás de la camioneta de él. Habían compartido una cena maravillosa llena de risas y besos robados cuando pensaban que nadie los estaba mirando. Aunque a Jax no le importaba mucho. Estaba feliz. Había algo en esta chica que era diferente. Las personas decían que él era caprichoso. *Supongo que lo he sido... pero ¿Sydney? En lo absoluto.*

—Aquí estamos. —Sydney soltó su mano y sacó las llaves de su bolso. Presionó el botón para quitar el seguro y se volteó hacia Jax.

Él la besó en la frente. —No quiero decir buenas noches. Mira, Syd... No sé qué es esto pero estoy seguro de querer descubrirlo. Eres especial.

Sydney sonrió y revolvió su cabello. —Yo también. Ven a tomar café en la mañana antes de comenzar a trabajar. ¿Está bien?

Jax la tomó en sus brazos y la besó. Ella apoyó la cabeza contra su hombro y se abrazaron con fuerza.

—Allí estaré. Buenas noches, —dijo Jax.

Subió a su camioneta y esperó a que ella saliera para dar una vuelta en U. La miró por su retrovisor hasta que las luces de su auto desaparecieron. No vio un hombre de pie en las sombras al otro lado de la calle... observando. Encendió su camioneta y se dirigió a la estación de servicio para cargar combustible. *Es mejor hacerlo ahora y no en la mañana.*

Jax salió de la estación y cinco minutos después se estacionó en la entrada de su casa. Cuando subió los escalones, su padre lo estaba esperando. —¿Papá? ¿Qué sucede? —Insertó la llave en la cerradura y abrió la puerta, encendiendo las luces del pasillo.

—Tenemos que hablar, hijo.

Jax miró a su padre y frunció el ceño. Después de lo que había ocurrido esta noche, lo último que quería era hablar de negocios. —¿Ahora? ¿No puede esperar hasta la mañana? Puedo pasar por la oficina antes de ir a trabajar.

Su padre lo empujó hacia el salón. Miró a Jax. —No. Necesitamos hacer esto ahora.

Jax consideró la seria expresión en el rostro de su padre y se encogió de hombros. —Está bien. ¿Quieres una cerveza?

—¿Tienes escocés?

15

Sydney despertó sorprendida por el sonido de la alarma. Extendió la mano y presionó el botón para cancelarla y se volteó hacia el otro lado. Colocando la almohada sobre su estómago, podía oler a Jax. Sus ojos se abrieron por el recuerdo de cuando hacía el amor el día anterior. *¡Vaya! ¿De verdad lo hicimos?* Sonrió.

Debía estar eufórica. Después de todo, era vigorizante, excitante… increíble. Pero tenía una incómoda sensación en lo profundo de sus entrañas. Sydney se levantó y fue a la ducha. La sensación lo la abandonaba ni siquiera después de secarse y vestirse. Fue a la cocina con sus pantuflas y presionó el botón de inicio en la cafetera. *Algo está mal.* Estas sensaciones no deben ser ignoradas. Las había tenido toda su vida. Dile psíquico, orgánico, como prefieras. Siempre que Sydney sentía una intensa incomodidad tensa como esta que crecía dentro de ella, sucedían cosas. Y nunca eran buenas. Lo frustrante era que nunca sabía qué esperar. La espera era lo peor; preguntarse qué tan malo sería y cuándo recibiría las noticias. Miró el reloj, sorprendida por todo lo que había tardado sentada allí. *¿Dónde estaba Jax? Él vendría a tomar café.*

Sydney escuchó que llegaban los trabajadores. *No Jax.* Se sirvió el café y se dirigió a la sala. Varios minutos después, alguien tocó a la puerta. Abrió la puerta sorprendida al encontrar a dos personas de pie en su porche.

—Buenos días.

Uno de ellos dio un paso al frente. —Hola, ¿es usted Sydney Grey?

—Efectivamente.

—Soy Gordon Summit, el Oficial de Proyecto Contra Incendios para esta área y esta es la Alcaldesa Cindy Givens.

—Sí, sé quiénes son. Estuve en la reunión. Pasen adelante. —Los llevó a la sala. —¿Les gustaría una taza de café? Ya está preparado.

—Para mí no, —dijo Gordon Summit.

La Alcaldesa sonrió. —Me encantaría una café. ¿Con un poco de leche?

—Por favor, tomen asiento. Enseguida regreso. —Sydney llenó su propia taza y regresó con ambos cafés.

—Gracias, —dijo la Alcaldesa Givens. —Me encanta lo que ha hecho aquí. Esta sala es hermosa.

—Gracias. Estoy complacida con los resultados. La Constructora Rhyder en realidad es muy buena. —Sydney se sentó. —¿Qué puedo hacer por ustedes?

—El incendio ha cruzado la frontera. De momento se dirige al noreste. Se han evacuado más personas entre Osoyoos y el área previamente evacuada.

—Oh Dios mío... eso es terrible. —*Aquí estaba, la causa de la "sensación en mis entrañas"*. No tuvo que esperar mucho tiempo.

—Estamos abriendo el Centro Comunitario de Stoney Creek para recibirlos. Lo que significa que el Centro de Control de Incendios necesita de un nuevo lugar donde ser instalado. Su casa fue recomendada. Tenemos entendido que usted cuenta con un estudio en la planta alta que podríamos utilizar como oficina para nuestras reuniones diarias y como residencia para parte de nuestro personal. Tiene una gran pradera donde podríamos instalar tiendas de campaña para nuestros bomberos. El Centro Contra Incendios le pagará por todo esto.

Sydney miró a la Alcaldesa. —Pero todavía estoy en la etapa de remodelación. No tengo la inspección final de la edificación. Legalmente, no puedo usarlo para trabajar.

—Por eso estoy aquí. Y el inspector de edificaciones, —dijo la Alcaldesa Givens. —Está con los trabajadores de Rhyder inspeccionando la residencia. Si resulta en condiciones de ser utilizada, emitiremos una aprobación temporal y le otorgaremos su licencia de negocios.

Se volteó hacia el Oficial de Protección Contra Incendios. —¿Cómo funcionaría todo esto?

—Colocaremos baños y duchas portátiles para los bomberos que asignemos a las tiendas de campaña. Suministraremos las tiendas de campaña y ropa de cama y botes de basura.

—Yo tengo ropa de cama para la residencia y toallas para las duchas, pero no he comprado el mobiliario todavía.

—No es problema. El Centro Contra Incendios puede cubrir los costos. Si puede suministrar las sábanas y almohadas, nosotros traeremos las cobijas. No estamos buscando habitaciones cuatro estrellas.

Sydney se levantó. —¿Les gustaría ver la planta alta?

—Por favor.

Subieron por las escaleras hacia el estudio.

—Esto es perfecto. Veo que ha utilizado el viejo piso de madera. Hermoso, —dijo Gordon. —Ha invertido mucho dinero y esfuerzo en estas renovaciones. Comprenda que le devolveremos su propiedad exactamente como la encontramos. Cualquier tipo de daño, y eso incluye la propiedad exterior, será reparado y pagado por el Centro Contra Incendios. No quiero que se preocupe por eso.

La Alcaldesa agregó, —El pueblo proporcionará mesas de ocho pies y sillas para acá arriba.

Salieron de la casa y caminaron hacia la residencia. —¿Cuántas personas quería hospedar? ¿Y qué hay sobre la comida? —preguntó Sydney.

Gordon respondió las preguntas. —Los bomberos tienen asignaciones de dinero. Comerán en el pueblo. En cuanto al personal administrativo, que seríamos mi persona, nuestra oficial de información, y un par de personas a tiempo completo. El miembro local de la legislatura irá y vendrá, y algunos de Kamloops cuando sea necesario. Digamos cuatro personas permanentes y tres a tiempo parcial. ¿Usted puede suministrar las comidas para nosotros, o preferiría que también comiéramos en el pueblo?

Sydney rió. —Ustedes no querrán comer lo que yo cocine pero si prefieren comer en el comedor y el Centro Contra Incendios cubre el costo de contratar una cocinera, podría funcionar.

—Está bien, algunas veces trabajamos horas largas, impredecibles. Sería bueno trabajar, comer, y dormir en un mismo lugar, —dijo Gordon.

—Todavía estoy buscando una mesa donde quepan todos mis huéspedes cuando abra al público. —Sydney se dirigió a la Alcaldesa. —¿Podría suministrar una mesa extra y sillas para el comedor?

—Podemos hacerlo, —dijo la Alcaldesa Givens.

Se reunieron con el inspector de edificaciones en la residencia. Las duchas y la lavandería estaban completos. Eran las habitaciones lo que faltaba por terminar. Las paredes habían sido pintadas pero los pisos tenían la madera al descubierto. Las molduras todavía no estaban instaladas, ni alrededor de las ventanas. Los gabinetes no tenían puertas.

—Estas habitaciones no están terminadas pero son habitables, —dijo Tim LeFavre, el Inspector de Edificaciones. —No tengo inconvenientes para emitir el permiso. Pero sugiero que cuando traigan las mesas y sillas, también traigan algunas barricadas. Habrá muchos vehículos estacionados en esta propiedad y necesita bloquear donde pasan las tuberías subterráneas. No querrá que alguien estacione sobre ellas.

—Está bien, —dijo la Alcaldesa Givens.

Sydney sacudió la cabeza. —Hay mucho que considerar, me alegra que todos ustedes sepan lo que están haciendo.

—Están bien entonces. ¿Qué dice, Señorita Grey? ¿Está dispuesta a permitirnos invadir su vida privada?

—Es Sydney. ¿Cuándo quieren instalarse?

—Lo más pronto posible. Regresaré al pueblo y haré que Kamloops me envíe por fax un contrato. Regresaré antes del almuerzo. Y si lo aprueba y lo firma, regresaremos para comenzar a instalarnos esta tarde.

—Está bien. Aquí estaré.

Después que se marcharon, Sydney se sentó en la cocina con papel y lápiz. Todavía había algunas cosas que necesitaba para lograr hacer esto. Lo anotó mientras estaban frescas en su mente. Cuando terminó, pensó en Jax. No lo había visto afuera con sus hombres. Sus entrañas le dolían e inconscientemente movió su mano hacia su estómago. Intuitivamente, Sydney sabía que el incendio apenas estaba comenzando. No había terminado. *Falta más.*

Salió a buscar a Brian, el Capataz. Lo encontró en la parte de atrás, cortando molduras. —Está muy agitado todo esta mañana, —dijo él.

—Hola, Brian. ¿Sabes por qué Jax no está aquí hoy?

—Se fue a Kelowna por negocios para su padre.

—¿Oh? ¿Sabes cuándo regresará?

—No lo hará.

—¿Qué significa eso... que no lo hará?

Brian se encogió de hombros. —Todo lo que sé es que su padre me llamó esta mañana y dijo que enviaba a Jax fuera de pueblo indefinidamente y que como Capataz, yo tenía que terminar este proyecto.

Sydney sintió como si alguien la hubiera golpeado en el estómago. *Claro que algo pudo suceder en Kelowna que él tuviera que arreglar. Pero podía haberme llamado.* Su instinto le decía que había más.

—¿Puedo ayudarla con algo más? —preguntó Brian.

Sydney se concentró en el tema inmediato. Jax tendría que esperar.

—Eh... sí. Si las personas del Centro de Control de Incendios se instalan aquí, supongo que tendremos que suspender el resto del trabajo hasta que se acabe el incendio.

—Tiene sentido. Además, cuando comiencen a instalar los cortafuegos, probablemente contraten a la Constructora Rhyder y nuestro equipo para trabajar con ellos. Lo hemos hecho en el pasado y van a necesitar a varios de nosotros allá.

—Está bien. Me traerán el contrato para firmarle esta mañana. Si todo es satisfactorio, probablemente terminen en ese momento. Pero me pregunto si ¿podría quedarme con un par de ustedes para que me ayuden con las cosas que se necesita instalar? Como la lavadora y la secadora en la residencia. Jax iba a suministrarlas luego pero las necesito ahora.

—Sé dónde él las compra. Podemos hacer eso.

—Necesitaré varias cortinas para las duchas, un par de mesas para ocho para el comedor. No me importa cómo son o dónde las consigue, tienda de segunda mano o lo que sea. Funcionarán por ahora.

—Entendido.

—Y si alguien pudiera usar la aspiradora para limpiar la residencia. Yo lavaré las duchas. Oh, necesito cinco persianas para las ventanas en las habitaciones. De nuevo, no me importa cómo son. Luego puedo reemplazarlas. Tengo una lista que te puedo entregar antes de irte.

—No es necesario, las tenemos en inventario. Jax ya las había ordenado. Cuando regrese al pueblo para completar su lista, las recogeré en la tienda. Y no se preocupe por las duchas. Nosotros las lavaremos. Estoy seguro de que tiene muchas otras cosas que hacer.

Sydney sonrió. —Ustedes son fabulosos. De verdad le agradezco esto.

—Nos concentramos en complacer. Tú has sido una cliente soñada, Sydney. Todos hemos disfrutado trabajar para ti.

—No para mí, conmigo.

16

Sydney regresó a la casa y su lista. Pero su mente no podía concentrarse. Su cuerpo se sentía pesado y a rastras al punto de que le dolían los huesos. *¿Por qué continúa esta sensación de pesar que me consume? Ya es suficiente. Se trata de Jax y el incendio. Lidiaré con eso. Vete.* Una vez más su poder intuitivo tomaba el control. *¡Estás equivocada!* No podía sacudirse la sensación de que lo peor todavía no había sucedido. *Está bien, entonces las cosas pasan de a tres. Vamos.*

Se puso de nuevo a trabajar en su lista. Lo siguiente que necesitaba era encontrar una cocinera. *No conozco a ninguna. ¿Quién lo haría? Tal vez Jessie.* Pero ella estaba trabajando en el Hospital en Oliver. *¿La madre de Jessie?* Sydney buscó el número de teléfono y llamó a Nancy Farrow.

—¿Hola?

—Hola, Sra. Farrow. Es Sydney Grey. ¿Cómo está?

—Estoy bien, cariño. Escuché que estás muy ocupada arreglando la casa de la granja. Debe faltar poco.

—Así es y en realidad ansío tenerla terminada. ¿Se enteró del incendio que cruzó hacia Canadá?

—Así es y me asusta.

—Ciertamente. La razón por la que la estoy llamando es para preguntarle si conoce a alguna cocinera que yo pueda contratar por un corto plazo. Alguien que prepare comida tipo campamento. El Centro Contra Incendios está contratando mi casa para instalarse porque el Centro Comunitario ahora es el refugio de los evacuados. Necesito a alguien que prepare las comidas para unas cuatro a siete personas.

—Hmmm... Sabes que hay una viuda, Beatrice Gurka. Se retiró recientemente de un trabajo a tiempo completo y está trabajando en preparación de comidas a tiempo parcial. Apuesto que le encantaría el trabajo. Cuando era más joven, ella y su esposo preparaban comidas para los campamentos en el Okanagan.

—Parece perfecta.

—Espera mientras busco su número para dártelo. No aparece en la guía.

Sydney escuchó a la Sra. Farrow bajó el teléfono. Cuando retornó y le dio el número, Sydney le dio las gracias. Varios minutos después, estaba registrada para una entrevista con la Sra. Gurka a la una en punto. *Otra cosa tachada de la lista.*

Una hora después, el Oficial de Protección Contra Incendios regresó con el contrato.

—Vaya eso fue rápido. —Lo invitó a la cocina, preparó café y se sentó a leer el documento. —Esto es más que generoso y lo cubre todo. —Firmó el contrato y su copia, sonrió y extendió una mano. —Brindemos, Sr. Summit.

—No hasta que me llames Gord.

—Gord es entonces.

Gord tomó su maletón y le entregó un cheque y un sobre marrón. —Aquí tiene el dinero del adelanto. Estoy seguro que lo necesitará como capital de operaciones para instalar todo rápidamente.

Sydney arqueó las cejas. —Gracias.

—No iremos a ningún lado por un tiempo, y queremos que usted sea feliz.

Tomó el sobre. —¿Qué hay aquí?

—Esa es una aprobación de la inspección temporal y una licencia para operar. El pueblo dice que puede arreglar las cosas luego.

Se levantó y buscó el café para Gord. —¿Estaban planeando dormir aquí esta noche?

—Si el camión llega de Kamloops con nuestras camas y cobijas. No se preocupe por alimentarnos hoy.

—Dentro de poco vendrá una señora que podría trabajar como cocinera. Ya le avisaré.

Gord se tomó su café. —Está bien. Me marcho. Regresaremos esta tarde para organizar todo arriba. Oh, habrá dos helicópteros trabajando en el lado este del incendio. Utilizarán los lagos de Osoyoos para llenar sus compartimientos. Un tercero se asignará para revisar el lado norte. Nos gustaría que recargara en su lago. Puede venir e irse sin que se preocupe por los otros chicos. Se surtirá de combustible en Osoyoos y debería llegar pronto para la primera carga.

Sydney se sintió abrumada. Sabía que el nivel de actividad estaba a punto de alcanzar mega proporciones. —Uh... mejor le digo a Brian y los muchachos que se quiten los cascos. No trabajarán más en el proyecto por ahora. Están comprando algunas cosas para mí como la lavadora y la secadora para la lavandería de la residencia y una lista completa de cosas.

—Entonces me quitaré de su camino.

Acompañó a Gord hasta la puerta y lo siguió hasta afuera.

—Me alegra que encontráramos este lugar. De verdad nos ayudará a centralizar las cosas. —Gord hizo una pausa, pareciendo estudiar su rostro. —Y no se estrese por nada de esto. Todo funcionará bien. La ayudaremos. Créame, lo hemos hecho muchas más veces de las que quisiera recordar.

—Gracias. Nos vemos luego.

Sydney se dirigió al otro lado de la casa para darle a Brian las últimas noticias. Brian llamó a los trabajadores para que se reunieran y les dio la orden de suspender el trabajo. Guardaron sus herramientas y recogieron el área de trabajo en caso de que el Centro de Control de Incendios necesitara ese espacio. Luego se dirigieron a la residencia para dejarla lista para los ocupantes.

Sydney regresó a la casa para reorganizarse. La Sra. Gurka llegó y Sydney le informó todo lo que se necesitaba.

—Entonces, ¿qué me está pidiendo? ¿Quiere que la ayude en la cocina? ¿Quiere que me quede o solo esté aquí para las cenas?

Sydney estaba horrorizada. —Por todos los Cielos, no, Beatrice. Soy una terrible cocinera. Necesito a una persona que se encargue de todo. La cocina es suya, así como la compra de los suministros, la planificación de las comidas, y cocinar. Quiero a alguien que me quite esto de las manos y lo controle todo sin interferencia de mi parte. Aunque yo podría ser su asistente, si me necesita. La ayudaré con la limpieza y esas cosas.

La cabeza de la mujer se irguió hacia atrás con sus hombros y sonrió de oreja a oreja. —En ese caso, soy su mujer... y llámame Bea. ¿Cuándo necesita que comience?

Sydney la miró con pena. —¿Ayer?

—Esto es lo que me gustaría. Si tiene espacio para mí, me mudaré hoy mismo. Estas personas tienen horarios extraños. Algunas veces saltan las comidas y luego quieren meriendas a todas horas.

Sydney dejó escapar un suspiro. —Déjame pensar. Tengo una habitación pero...—Se apoyó sobre el codo y colocó una mano sobre su boca. —Está bien, olvida eso de momento. —Tomó un papel y escribió un monto. —Estoy pensando en una cifra fija que incluya el costo de los suministros. Este monto es por una semana que podría extenderse según sea necesario. —Deslizó el papel hacia Bea.

Los ojos de la mujer se abrieron desmesuradamente. —Vaya, mujer. Esto es mucho dinero.

—El gobierno está pagando por todo esto. Han sido más que generosos conmigo y tú mereces lo mismo.

—Hecho.

—No tengo efectivo encima, y no puedo salir ahora. Le daré un cheque que cubra la primera semana. Puedes cambiarlo en el pueblo cuando vayas hoy a comprar la comida. Por cierto, te pagaré la semana completa sin importar cuándo termine el trabajo.

—Regresaré en unas horas, a tiempo para preparar la cena para los que estén aquí y eso te incluye a ti también por cierto. También puedes alimentarte con esto.

Sydney rió. —Espero con ansia comidas caseras.

Bea observó la cocina. —Y yo espero con ansia trabajar en esta hermosa cocina con lo último en tecnología. ¿Te importa si reviso las gavetas y eso? Tal vez quiera traer algunas de mis ollas y utensilios favoritos conmigo.

—Absolutamente. Revisa todo. Me alegra haberte encontrado Bea. Me has quitado un gran peso de mis hombros.

Bea le dio una palmadita en el brazo mientras revisaba las cosas, perdida en sus pensamientos de ollas y equipos.

* * *

Sydney se sentó en el sofá con los pies levantados para disfrutar de unos minutos de paz. Probablemente los últimos por un tiempo. Bea había salido a hacer sus diligencias y esperaba que en cualquier momento llegaran los administradores de la oficina de incendios. Sus pensamientos se dirigieron a la cuadrilla de Rhyder. Se rió. *Pobre Brian.* Cuando llegaron a buscar su lista de compras, había agregado una cama individual, un tocador y una lámpara para Bea. De nuevo, le dijo a Brian que no le importaba cómo fueran siempre y cuando estuvieran limpios y se vieran bien. La habitación adicional todavía estaba vacía y algo evitó que le asignara a Bea la habitación de su Nan. También le entregó las llaves de la edificación y le pidió que hiciera algunas copias. Le estaba pidiendo muchas cosas pero si dividían el trabajo entre ellos, lo terminarían esta tarde. Una vez que se marcharon, fue a la residencia y colocó las sábanas, almohadas y toallas en los gabinetes de la lavandería. Se aseguró de que hubieran muchas toallas y también jabón en las duchas. Colocó algunas sábanas, cobijas y una almohada en el closet de la habitación adicional para Bea.

Había descansado por diez minutos cuando escuchó que llegaban los camiones y fue a la puerta a recibirlos. Gord le dijo que las camas venían en camino y que llegarían en la noche. Sydney lo sacó de la residencia para mostrarle dónde estaban guardadas las sábanas en la residencia y que las duchas estaban listas para ser usadas.

También le dijo que había contratado una cocinera y que servirían la cena.

Gord sonrió. —Ves que te lo dije, todo resultará bien. Mira todo lo que has logrado desde que nos fuimos.

Sydney se quedó atrás para permitir que la primera cuadrilla de Incendios subiera las escaleras con las cajas. Dos de las cuadrillas públicas también entraron llevando dos mesas de ocho pies. Los guió hacia el comedor y ellos abrieron una mesa. Uno de los hombres se volteó hacia ella.

—Colocaremos ésta contra la pared en caso de que necesite otra. Y dejaremos varias sillas en la esquina. —Señaló la esquina cerca de las puertas Francesas.

—Eso es maravilloso. Gracias.

A medida que se desarrollaba un caos organizado, sonó su celular. Sydney corrió hacia la cocina y lo miró en el mesón. La pantalla decía *Salud Interior.* Sus entrañas se tensaron con temor. Lo sabía. *¡Este es! El tercer incidente que cambiaría mi mundo. ¡Este es el verdaderamente malo!*

Sydney tomó el teléfono y lo llevó lentamente a su oído. —¿Hola?

—¿Hablo con Sydney Grey?

—Sí, soy yo. —Las siguientes palabras la golpearon como un martillo hidráulico en una cámara con eco.

—Llamo del Hospital General en Kelowna. Me temo que su abuela, Elizabeth Grey ha tenido un accidente.

17

Sydney se sentó en la sala de espera mientras Jessie fue a buscar algo de café. Su Nan estaba en cirugía. Se había tropezado con las escaleras y se había roto un tobillo. Tener a Jess con ella era una bendición. Cuando llamaron del hospital, le dijeron que pasarían algunas horas antes de que la llevaran a cirugía para reacomodar su hueso. La tenían sedada con morfina y estaba descansado cómodamente.

Jessie regresó con el café.

—Gracias. Estoy muy agradecida de haberte encontrado cuando llegabas a tu casa del trabajo. Significa mucho para mí que estés aquí conmigo. Acabo de hablar con Brian. Todo está arreglado, la habitación de Bea está lista y ella preparó para todos una deliciosa cena de lasaña, ensalada César y pan de ajo. Mañana llega la cuadrilla de incendios con sus tiendas de campaña.

—Te dije que estarían bien. Los chicos del Centro para el Control de Incendios han pasado por esto muchas veces. Saben lo que tienen que hacer. Y Bea parece que es un tesoro.

—Seguro que lo es. Hice que Brian sacara copias de las llaves de la casa y de la residencia. Le entregó una a Bea y una Gord y otra a Kathleen, la Oficial de Información. Están de su cuenta hasta que regresemos. —Sydney se recostó contra la silla y apoyó su cabeza en la pared. —Demonios, Jess. Ha sido un día terrible.

—Ciertamente. Todo lo que tenemos que hacer ahora es sacar a tu Nan de aquí y llevarla a la granja.

—Va a protestar pero no hay otra opción. No puedo quedarme aquí con todas esas personas viviendo en mi casa. Y Nan no puede estar sola al principio.

—Estoy libre en el trabajo por una semana. Lo solicité cuando cambió el estado del incendio. Podré ayudarte con tu Nan. Después de todo soy enfermera.

Sydney volteó para mirar a Jessie. —De verdad eres una buena amiga, Jess. Estoy en deuda contigo.

Jessie frunció el ceño. —Lo tomaré como un cumplido pero las amigas no se deben nada. Una verdadera amiga está allí cuando de verdad cuenta.

Tomó la mano de Jessie y la apretó con fuerza. —Odio que ella viva tan lejos de mí. La primera vez que estoy de mi cuenta y bum, está en problemas.

—Detente. Te estás sintiendo culpable y eso es ridículo. Tu abuela no es una anciana que abandonaras para que se cuidara sola. Apenas tiene poco más de sesenta, trabaja, tiene amigas y una vida propia. Sabes que ella puede cuidarse bien. Esto es un accidente que pudo sucederle a cualquiera de nosotros. Y viniste cuando te necesitó.

Sydney sonrió. —Tienes razón. Nan me hubiera dicho lo mismo.

—Cuéntame, ¿por qué Brian se está encargando de tus cosas? ¿Dónde está Jax?

—¿Jax? Aparentemente, está en negocios aquí en Kelowna por su padre. —El día había sido demasiado caótico para pensar mucho en Jax. No era que estuviera molesta porque él se marchara indefinidamente. Ella no era posesiva. Los negocios son los negocios. Era que no se lo informó él mismo. Después de anoche había pensado que su relación había avanzado a otro nivel. Por todo lo que hablaron, creyó en él cuando le dijo que quería continuar viéndola. Y tenían una cita para tomar café esta mañana. Todo lo que tenía que hacer era llamarla y avisarle. Y Brian dijo que no volvería.

—¿Sydney?

Salió de su ensimismamiento y levantó la mirada para ver al Dr. Vaser caminando hacia ella. Se puso de pie para hablar con él.

—Salió de cirugía y está en recuperación. Está despierta. Todo está bien. Reacomodamos el hueso y colocamos varios tornillos para asegurarlo en su lugar. Tiene una escayola en su tobillo hasta debajo de la rodilla. Debería salir de recuperación y pasar a una habitación en treinta minutos. Podrán verla entonces. Pasará aquí la noche y si todo sigue bien, mañana la daremos de alta.

—¿Qué sucede después de eso?

—Las primeras dos semanas deberá cumplir reposo total con el pie levantado sobre la cama o en una silla. No podrá caminar por unas cuatro semanas. Eso significa que usará muletas. Pero no durante las primeras dos semanas hasta que le retiremos las medicinas para el dolor. Necesitará una silla de ruedas. Luego le colocaremos una escayola para caminar y la enviaremos a fisioterapia. Tardará al menos tres meses para sanar por completo si sigue mis instrucciones.

—Gracias, Doctor. —dijo Sydney.

—¿Tiene a alguien que pueda quedarse con ella durante el primer mes?

—Me la llevaré conmigo a la casa de la granja en Stoney Creek. Aquí Jessie es enfermera y nosotras la cuidaremos.

El Dr. Vaser sonrió y asintió hacia Jessie. —Me parece bien. Deberá regresar en dos semanas para poder revisar la herida y cómo está sanando, luego dos semanas después de eso para colocarle la escayola para caminar o la bota. La enfermera vendrá y las llevará con ella cuando la muevan a la habitación. Nos vemos en la mañana.

—Gracias de nuevo. —Sydney se sentó con Jessie. —Tú y yo podemos quedarnos en la casa de Nan esta noche. Empacaremos sus cosas y las traeremos cuando vengamos a buscarla. No la quiero cerca de la casa. Peleará con nosotras por todo y querrá quedarse en su casa.

La enfermera llegó poco después y les dio en número de la habitación. Sydney no podía creer lo pálida que se veía su Nan cuando entraron a la habitación. Estaba en una habitación privada. La enfermera dijo que era afortunada. Era la única que tenían y decidieron que podría beneficiarse de una buena noche de sueño, así que era suya.

—¿Nan? —dijo ella, suavemente.

Su abuela abrió los ojos. Su boca se curvó en una sonrisa. —Hola, cariño.

Sydney tomó la mano de su Nan. —Ciertamente nos diste un buen susto a todos. Pero estarás bien.

—Estaba llevando la lavandería escaleras arriba y algo colgaba. Lo pise y me frené de repente. Y me caí. El doctor dice que me rompí el tobillo.

—Sí, así fue. La cirugía salió bien. Lo único que necesitas ahora es descansar, ser consentida y sanar.

—El doctor dice que probablemente me vaya a casa mañana. ¿Podrías ir y alimentar a Caesar?

—Jessie y yo nos quedaremos en tu casa esta noche, Nan. No te preocupes por tu gato.

Su abuela le dio una palmadita en la mano. —Eres una chica tan buena.

Sydney sonrió. Su abuela estaba tan drogada, que estaba hablando como si ella fuera una niña. —Nan, voy a salir y te dejaré dormir. Volveremos en la mañana, ¿está bien?

—Está bien. —Los ojos de su Nan se cerraron y se quedó dormida inmediatamente.

Sydney la besó en la mejilla y se marcharon.

* * *

El día siguiente, Sydney sacó dos maletas de su auto. Encontró el porta-gato en el estacionamiento, lo lavó y colocó una toalla en el piso, junto con su juguete favorito. Caesar era caprichoso. Como todos los animales, sabía que algo no estaba bien. Cuando ella lo levantó y lo llevó a la cocina, Sydney mantuvo su atención concentrado en el rostro de ella para que no viera el porta-gatos colocado sobre el mesón con la puerta abierta. Caminó hasta allí mientras frotaba sus orejas y le hablaba con voz suave. Lo tomó por la parte de atrás de su cuello y deslizó su otra mano debajo de su trasero. Lo metió en el porta-gato de retroceso antes de que se diera cuenta de qué estaba sucediendo. Dejó escapar un chillido pero para entonces la puerta ya estaba cerrada y con seguro. Caesar protestó con una serie de maullidos sonoros. Comprendiendo que era inútil, se acomodó en la toalla y se quedó dormido.

Cuando llegaron al hospital, su abuela ya estaba de alta. El doctor le dio a Nan las instrucciones finales y la enfermera le entregó a Sydney una prescripción para los medicamentos para el dolor, instrucciones para bañarse, y una hoja de papel con una lista de equipo médico que debía retirar en la Cruz Roja en Oliver de camino a casa.

Sydney le dio la noticia a su Nan de que iría a casa con ella.

—Oh no, no iré. Quiero estar en mi propia casa, —dijo ella, desafiante.

—Eso no es posible. No puedo quedarme en Kelowna en este momento y no puedes quedarte sola en tu casa.

—Tengo mis amigas y vecinas, ellas me ayudarán.

—Tendrían que mudarse a vivir contigo durante el primer mes. Tienes que hacer reposo en cama durante al menos dos semanas.

—Entonces contrataré una enfermera.

Jessie se inclinó hacia adelante y se sentó junto a Elizabeth. —¿De verdad quieres tener una extraña en la casa contigo cuando nos tienes a Sydney y a mí? Soy enfermera y me encantaría cuidarte.

Elizabeth Grey se ablandó un poco. —Eso es muy dulce de tu parte. Pero hay mucho que hacer para dejar mi casa durante un mes.

—Todo está hecho, Sra. Grey. Sydney se encargó de todo esta mañana.

Elizabeth miró suspicaz a su nieta. —¿De qué te encargaste?

—Bueno, veamos. Empaqué dos maletas de ropa y cosas de baño, traje tu almohada y tu cobija favorita. Empaqué tus documentos personales; hipoteca, seguro, banco, etc., y empaqué tu laptop. Cerré la llave del agua, ajusté tu teléfono en tarifa de vacaciones, ajusté las luces automáticas para encender de noche, cancelé tu periódico, apagué el aire acondicionado, y le informé a tus vecinos para que vigilaran la casa. En el camino hacia acá, me detuve en la Oficina Postal y transferí temporalmente tu correo a mi dirección postal. Y Jessie nos seguirá hasta la granja en tu auto. Estará seguro en la granja. ¿Me faltó algo?

Su abuela trató de ocultar una sonrisa. —Chica presumida. No me gusta que hicieras todo eso sin consultarme. Y no me gusta que me digan qué hacer.

Sydney sonrió. —Estabas drogada. ¿Cómo podría hablar contigo primero?

Su Nan suspiró. —¿Por qué eres tan inteligente?

—Por ti, desde luego.

Elizabeth rió y le dio una palmada en el brazo. —En ese caso, te perdono. Hace tiempo que me muero por ver lo que has estado haciendo con la granja. Así que vamos. ¿Qué estamos esperando?

La enfermera buscó la silla de ruedas y se dirigieron al ascensor. —Espera, —gritó su abuela.

Sorprendida, Sydney se volteó y miró a su abuela que parecía en un estado de shock. Se arrodilló junto a la silla de ruedas. —¿Qué sucede? ¿Qué ocurre?

Elizabeth desvió la mirada de Sydney a Jessie. —Caesar. ¿Qué hiciste con Caesar?

Sydney y Jessie rieron. —Caesar está bien, Nan. Está en su porta-gato en mi auto. Le gustará mucho la vida en la granja. Hay muchos ratones gordos que se llevarán una gran sorpresa.

18

El trayecto fue bastante fácil. Su Nan durmió la primera mitad del viaje. Sydney le dio otra pastilla para el dolor cuando llegaron a Oliver y su abuela estuvo muy cómoda el resto del viaje. Mientras Jessie iba al hospital en Oliver para retirar la silla de ruedas, un par de muletas, un banquillo para la ducha, y un elevador de asientos médico con brazos para el inodoro, Sydney la puso al tanto del incendio y lo que estaba sucediendo en la casa de la granja.

—¿Qué sucedería si evacúan Stoney Creek?

—Trasladaríamos el Centro para Control de Incendios a otro lugar y nosotras empacaríamos y nos mudaríamos de vuelta a tu casa en Kelowna. Ya no necesitaría la granja.

Elizabeth parecía horrorizada. —Oh cielos. Espero que no la pierdas en el incendio.

Sydney pensó en lo que había dicho Jax para calmar sus nervios sobre el mismo tema. *¿Apenas habían transcurrido dos días?* Su corazón se hundió. —Eso no sucederá. Y si sucede, la reconstruiremos.

Era la hora de la cena cuando llegaron a la granja. Tan pronto como Sydney se acercó a la casa, se dio cuenta de algo en lo que nadie había pensado. *¿Cómo voy a meter a Nan en la casa? No hay acceso para sillas de ruedas y ella todavía no puede usar las muletas.*

Estacionó frente a los escalones. —Espera, Nan. Ya regreso.

Sydney entró en la casa y para su sorpresa en el comedor había una mesa llena de personas que estaban comiendo. Al principio no la vieron. El nivel de ruido mientras reían y comían le recordó de un bar ruidoso. —Hola, —dijo. Los comensales dejaron de hablar y la miraron.

Comenzaron a hacerle preguntas al mismo tiempo. Escuchó que alguien decía: —Sydney. Bienvenida a casa. ¿Cómo está tu Nan? —Era Brian. *¿Por qué estaba aquí?*

—Está tan bien como se puede esperar. Pero necesito un poco de ayuda. Tenemos que subirla por el porche desde el auto. Tengo una silla de ruedas.

Gord, el Oficial de Protección Contra Incendios se levantó. —Brian y yo podemos encargarnos. Vamos, hijo.

Siguieron a Sydney hacia afuera. Jessie había llegado y estaba acomodando la silla de ruedas cerca de la puerta del auto. —Hola, Sra. Grey. Soy Gord y este es Brian. Vamos a subirla a esta silla de ruedas y a llevarla adentro. —Gord era alto, con buena contextura y ciertamente en buena forma. —Solo voy a llevarla de lado hacia la puerta. Usted es muy menudita. Si quiere rodear mi cuello con sus brazos, la levantaré y la colocaré en la silla. —Lo hizo tan rápido, que Elizabeth estuvo sentada en su silla de ruedas con la pierna apoyada en el soporte antes de que se diera cuenta. La llevó rodando por el porche y la ubicó de espaldas hacia la escalera.

—Está bien. Brian levanta aquel lado y yo levantaré este. Aguante, Sra. Grey, vamos a levantarla en el aire y sobre los escalones del porche.

Sydney iba justo detrás de ellos para asegurarse de que todo se hiciera con seguridad.

Su abuela arqueó las cejas hacia Sydney, y una sonrisa socarrona apareció en su rostro. Ella asintió hacia Gord. —Me gusta este chico.

Sydney estaba impactada. *¿Está coqueteando?* Nunca en su vida había escuchado a su abuela coquetear con un hombre.

Gord se rió mientras depositaba a Elizabeth en el porche. —Es bueno saberlo ya que vamos a compartir algo de espacio por un tiempo.

—Bueno, esto será muy divertido y llámame Elizabeth.

Él le dio la vuelta a la silla y la hizo rodar hacia la casa, ambos conversando como cotorras.

Sydney y Jessie intercambiaron miradas. —Deben ser los medicamentos, Jess. —Las dos rieron. Se volteó hacia Brian. —Muchas gracias por todo lo que has hecho. ¿Pero por qué está aquí todavía?

—Jax me pidió que me quedara hasta que usted regresara.

Su corazón se aceleró. —¿Jax? ¿Ya regresó?

—No. Lo llamé para informarle sobre el proyecto e informarle lo que está sucediendo aquí. Cuando le dije sobre el accidente de tu Nan, me pidió que me quedara para ayudar. Yo era el único aquí que conoce cómo funcionan las cosas mientras tú estabas fuera. Él quería asegurarse de que la residencia estuviera en condiciones para los huéspedes y no hubiera problemas técnicos con las duchas, etc.

—Eso fue muy amable de su parte.

—También estaba preocupado porque no se había hecho la inspección final y le expliqué todo eso. Ahora que ya regresaste y todo parece estar bien, me marcharé.

—Interrumpí tu cena. Por favor termina de comer antes de marcharte.

Brian se rió. —Me encantaría. Bea es una maravillosa cocinera. Estoy seguro de que hay más que suficiente para ti y Jessie.

Jessie gruñó. —Me muero de hambre. Pero primero llevemos a tu Nan a la cama.

Cuando se reunieron adentro de la casa con Nan, estaba encantada con las renovaciones. —Oh Sydney, es tan hermoso. No tenía idea de que luciría así. Los pisos de madera, la escalera... un trabajo hermoso.

—¿No es así? Vamos a llevarte a la cama, Nan. Debes estar agotada.

—Estoy cansada, pero todavía no, quiero ver la casa. Al menos este nivel.

Jessie empujó la silla de ruedas y Sydney caminó junto a su abuela, mostrándole las cosas que Jax había hecho. Cuando llegaron a la cocina, quedó sin palabras. —Oh... vaya. Me hubiera encantado tener una cocina así cuando vivíamos aquí.

Bea entró afanosa en la cocina llevando los platos vacíos. —¡Hola, Lizzie, bienvenida a casa!

—¿Bea? ¿Eres tú?

—Ya lo creo que sí. ¿Cómo te sientes, cariño?

—De momento, un poco drogada. Estoy segura de que el dolor se aliviará eventualmente.

Sydney intervino. —¿Se conocen?

—Claro que sí. Éramos rivales en las competencias de pasteles en la Feria Anual de Otoño. Bea me ganaba todos los años. Nunca pude hacer el mejor pastel de manzana.

—Eso fue hasta el último año, cuando Pam se robó mi receta y se la dio a Chelsea.

Las dos mujeres rieron y compartieron un momento de nostalgia.

Sydney miró a Bea. —Debes ser la mamá de Pam. La mejor amiga de mi madre.

—Así es.

Sydney miraba a su abuela que la estaba observando de forma extraña. *Oops.* Su Nan no sabía sobre los diarios. *Se supone que no sé sobre Pam.* Continuó hacia la lavandería. —Ven Jess, trae a su majestad. Continuemos con el paseo. —Estaba parloteando para distraer a su abuela hasta que llegaron a la habitación principal.

—Me debatí entre asignarte a ti mi habitación porque es más grande y tiene un baño privado. Luego me di cuenta de que no podríamos hacer entrar la silla de ruedas en ese baño de todas formas. Así que creo que estarás mejor en tu propia habitación y nosotras te llevaremos al baño principal.

—Es una habitación encantadora... para ti. No sé si los naranja y morados sean para mí. Muéstrame mi habitación.

Jessie y Sydney rieron y la llevaron hacia el pasillo. Se detuvieron en el baño. Gord ya había vaciado los dos vehículos y había instalado el elevador de silla.

—Ahora, ese es un buen hombre, —dijo Elizabeth.

—Sra. Grey, ¿por qué no la coloco en el asiento ya que estamos aquí. Fue un largo viaje. Después te llevaremos a la cama. —Jessie llevó la silla de ruedas hasta el baño.

Sydney continuó hacia la habitación. Colocó las maletas fuera del camino y dejó la caja de arena del gato en una esquina y un envase para comida y agua para Caesar en la otra esquina. Caesar estaba muy molesto, golpeando la puerta de su porta-gato.

Jessie llegó con Elizabeth, cuya cabeza se inclinaba en todas direcciones. Sus manos volaron hacia su boca. —Oh, Sydney... esto se parece tanto a mí. Me conoces bien. Los colores cálidos y las flores. Mucho más relajante que tu habitación. —Rieron de nuevo.

—¿Entonces te gusta?

—No, me encanta. Nunca pensé que lo amoblarías tan elegante. Muchas gracias por todo esto.

Jessie la colocó junto al sillón frente a la ventana panorámica y ella y Sydney prepararon la cama.

—Oh mi Dios, miren eso. —dijo Elizabeth.

Se acercaron a ella junto a la ventana. La pradera al lado del bosquecillo de árboles de magnolias estaba llena de tiendas de campaña. Había hombres sentados formando grupos y tendidos en la tierra. Algunos nadaban en el lago.

—La cuadrilla de incendios, —dijo Sydney.

De repente, se escuchó un ruido cada vez más fuerte. Los hombres que estaban nadando en el lago salieron a tiempo para que apareciera el helicóptero con un contenedor. Lo observaron mientras volaba bajo hasta que sumergió el contenedor. Sobrevoló por un rato y se levantó para sacar el contenedor del lago.

El ruido y la cantidad de personas en la granja le dieron a Sydney una pausa. Se sintió como si estuvieran en una zona de guerra. —No estoy segura de que traerte haya sido una buena idea. Demasiado ruido.

—¿Estás bromeando? Si no puedo levantarme durante dos semanas, me volvería loca en casa. Al menos aquí hay ciertos estímulos. Me encanta. Y me encanta mi habitación.

Acomodaron a Elizabeth en la cama.

—¿Estás cómoda? —preguntó Sydney.

—Mmm... mucho.

—¿Tienes hambre?

—No. Creo que necesito una siesta por un rato. Tal vez luego.

Sydney la besó. —Voy a sacar a Caesar de su jaula. Está todo molesto. Cerraremos la puerta para que pueda quedarse contigo durante la noche. Mañana, lo dejaremos explorar la casa.

Dejaron que Caesar explorara la habitación. Olfateó alrededor de la caja de arena y se dirigió a su taza de comida. Tomó un par de bocados y continuó. Sydney lo alzó y lo colocó en la cama junto a Elizabeth. Su Nan acarició sus orejas y le habló suavemente. —Hola, bebé. Aquí estoy. Ven a ver a tu mamá. —Caesar lamió su mano y se acercó un poco. Se acomodó y se aseguró de que su espalda estuviera recostada contra la cadera de ella.

Cuando Sydney y Jessie se marcharon, los ojos de su abuela estaban cerrados. Caesar tenía una pata apoyada sobre su mano. Estaba ronroneando y Nan estaba sonriendo. Cerraron la puerta detrás de ellas.

Las dos chicas se miraron y Sydney dejó escapar un largo suspiro. —Gracias, Jess.

Jessie abrió sus brazos y las dos se abrazaron con fuerza. —Lo hiciste bien, nieta.

Acomodada en su cama esa noche, Sydney pensó que estaba demasiado agitada para dormir. Pero la tensión de los últimos días la había dejado exhausta. Cuando cerró los ojos, el sueño la arropó inmediatamente.

* * *

Sus ojos se abrieron de repente. Percibía un cambio en la habitación. La temperatura había caído y se sentía helada. Los números digitales rojos en el reloj de alarma marcaban las tres y quince de la mañana. Un súbito movimiento llamó su atención y volteó la cabeza. La luz de luna filtrada a través de las persianas resaltaba la negra silueta al pie de su cama.

Un gemido escapó de sus labios. —Oh... — Sydney saltó de la cama y observó la silueta oscurecida. Su corazón latía con fuerza en sus oídos. No podía ver con claridad quién era. *¿Uno de los administradores o bomberos?*

—¿Quién eres? ¿Qué haces en mi habitación?

Tan pronto como habló, la figura se desvaneció en un rocío sin forma. Un momento después había desaparecido de su vista.

Sydney miraba soprendida la oscuridad. Encendió la lámpara junto a la cama, sus ojos buscaban en cada esquina de la habitación. *Nada. ¿Qué diablos era eso?* Dejó la cama y entró en el baño. Se lavó la cara y las manos y observó su imagen en el espejo. *Debió ser un sueño. ¿Qué otra explicación podía haber?*

Regresó a la cama, completamente despierta. *Ahora no voy a dormir.* Tomó el tercer diario de la mesita de noche y comenzó a leer.

.

19

Una Vida Inesperada, 1995-96

Septiembre 02

Querida Yo,

Apenas puedo escribir esto. Pero debo hacerlo porque no puedo ignorarlo más. ¡ESTOY EMBARAZADA! OH DIOS... no puedo creer que de hecho esté escribiendo esto. ¿Y sabes qué es lo peor? No sé quién es el padre. Creo que mi último período fue antes de que se marchara Chaz. Hicimos el amor dos veces esa semana. Entonces dos semanas después, estuve con Danny. Jesús... Ni siquiera sé su apellido. Tuve un pequeño sangrado en Julio y pensé que era porque he estado tan emocional por Chaz. Pero mi cuerpo está cambiando. Ayer fui al médico y es oficial. Nacerá en Abril. No sé qué hacer. Pam es la única que sabe porque se supone que nos mudaremos a Kelowna en Diciembre y comenzaríamos clases en Enero. ¿Cómo se lo digo a Mamá? Se sentirá tan decepcionada de mí. ¿Y Papá? Me odiará incluso más. Tal vez me echen de la casa. Yo usé protección entonces ¿cómo sucedió esto???

Septiembre 05

Querida Yo,

Mamá me mira suspicaz. Esta mañana vomité. Malestar matutino. No puedo posponerlo más. Se lo diré cuando Papá se vaya al granero.

Septiembre 06

Querida Yo,

Mis padres lo saben. Pero no le diré quién es el padre (como si lo supiera). Fue muy difícil cuando mi madre comenzó a llorar. Ella le dijo a Papá. Él se *enojó tanto que salió de la casa y no regresó en todo el día. ¿Recuerdas cuando te dije que ellos no se hablan nunca? ¿Que solo coexisten? Ahora lo único que hacen es hablar... sobre mí. Supongo que en realidad eso no es hablar... sino discutir. Mamá dice que debo hacerme un aborto. Que tener un bebé arruinaría mi vida y que no sería justo para el bebé. Papá dice que eso es un pecado ante Dios. Dijo que debía tener al bebé y darlo en adopción. Mamá le dijo que él no tenía idea de lo doloroso que sería gestar un bebé durante nueve meses y luego entregarlo para siempre. Papá dijo que era el castigo de Dios para mí. Que yo debía pagar por mis pecados. Nadie me preguntó qué quería hacer. No sé qué quiero hacer. Ellos hablan como si fuera su decisión. Tengo tanto miedo, Yo.*

Septiembre 07

Querida Yo,

Les dije a Mamá y Papá que no sabía quién era el padre. Me negué a decirles con quiénes había estado. No he sabido nada de Chaz desde que se marchó y señalarlo a él (si es el padre) arruinaría su vida. No sé cómo contactar a Danny o siquiera su apellido.

De todas formas él no querría tener nada que ver conmigo o el bebé porque está casado y tiene hijos. Papá está enojado conmigo. Todavía están discutiendo sobre qué hacer con mi bebé.

Septiembre 13

Querida Yo,

Estoy tan cansada de sus peleas. Les dije que no era su decisión. Es mía. Legalmente, incluso siendo menor de edad, la mujer embarazada tiene el derecho a decidir si se hace un aborto (si decido hacerlo). Es legal en Canadá. Y si decido tener al bebé, nunca lo entregaría. Es mi bebé y nadie va a criarlo excepto yo (si decido tenerlo). Les dije que si me quedaba con el bebé tendría mi apellido. Estoy tan confundida.

Septiembre 15

Querida Yo,

Esta no es la vida que tenía planificada para mí. Quería ser libre. Tal vez debería hacerme el aborto y recuperar mi libertad. Pam y yo tenemos planes para irnos. Nunca lo entregaría así que el aborto es la única alternativa. ¿Estoy siendo egoísta?

Septiembre 17

Querida Yo,

Papá vino a mi habitación anoche. Dice que no le importa lo que digan las leyes. Esta es su casa, sus reglas, si me hago un aborto, me echará fuera. Esta es una casa de Dios y yo sería una pecadora y no me toleraría debajo de su techo. Si tengo el bebé y decido quedármelo, no aceptaría criarlo con Mamá por mí. Es mi responsabilidad y debo asumir la carga. Y no quiere recordar mis pecados cada vez que vea el bebé. Así que el bebé y yo tendremos que irnos. ¡Mi bebé no es un pecado! Lloré hasta quedarme dormida.

Septiembre 20

Querida Yo,

El doctor dice que necesito tomar una decisión. Si voy a hacerme un aborto, lo mejor sería hacerlo ahora antes de que avance más. Desde afuera, po-

dría tener doce semanas de embarazo si el bebé es de Chaz.

Septiembre 23

Querida Yo,

Oh Dios mío... el malestar matutino es terrible. Mamá me da galletas de soda todas las mañanas. De verdad ayudan a calmar el estómago. ¿Me pregunto cuánto tiempo dura esto?

Septiembre 25

Querida Yo,

He tomado una decisión. No me haré un aborto. No porque Papá me odiaría (ya lo hace) o porque sea un pecado ante los ojos de Dios, sino porque una vida está creciendo dentro de mí. Es parte de mí. ¿Cuán hermoso y maravilloso es eso? Y voy a conservarlo. Le dije a Papá que me gustaría quedarme hasta que nazca el bebé y luego me iré si eso es lo que quiere. No dijo ni una palabra. La parte más difícil fue decirle a Pam. Ella se irá a la escuela en Kelowna sin mí.

. . .

Octubre 03

Querida Yo,

¿Adivina qué? Ya no siento los malestares matutinos. ¡Sí! Pero vaya, mis senos me duelen y se están haciendo muy grandes. Desearía poder compartir esto con Chaz (si es el padre). Es difícil hacer esto sola. Extraño a Chaz aunque todavía estoy enojada con él. Pero este bebé es más importante. Me necesita, aunque él no lo haga. Así que eso es todo.

Octubre 12

Querida Yo,

Mamá y Papá han vuelto a como eran antes. Sin conversaciones. Coexistiendo. Al menos es pacífico. Acción de Gracias fue difícil este año. Fuimos a una cena comunitaria en el ayuntamiento. Todos sabe que estoy embarazada. Mamá mantuvo la cabeza en alto e ignoró las miradas. Se quedó a mi lado todo el tiempo hasta que le rogué que me diera algo de tiempo con Pam. Yo... a mí no me importa lo que piensen. Muchos de ellos tienen sus esqueletos en sus closets, así que al diablo con ellos. Mi Papá se alejó de nosotras tan pronto pudo y se sentó con algunos de los hombres.

. . .

Noviembre 28

Querida Yo,

Hoy me dio una patada el bebé. ¿Cómo puedo describir la sensación? Todavía no se me nota mucho. Mamá dice que lo tengo en la espalda y que generalmente eso significa que es una niña.

Diciembre 20

Querida Yo,

De repente se me está notando. Me veo gorda. Estoy comprando algo de ropa con mis propinas todos días días. Algunas de las amigas de Mamá me regalaron cosas viejas de bebé que tenían guardadas. Todavía no sé nada de Chaz. Pensé que como se acercaba la Navidad quizás me contactaría. Tengo que olvidarlo de una vez por todas. Mi hija será mi vida y tendrá mi amor.

Enero 15

Querida Yo,

La Navidad fue silenciosa. Mamá me compró una cuna y algunas sábanas para la bebé. ¿Te dije que es una niña? Me preguntaron si quería saber qué era y dije que sí. ¡Una niña! No puedo creer que voy a tener una bebé en tres meses. Se mueve mucho. ¿Me pregunto si se parecerá a mí? Oh Dios mío... tal vez se parezca a Chaz. Eso espero. Pero entonces todos sabrán quién es el padre (si lo es). Él nunca me contactó en las festividades así que tomé la decisión de no comunicarme con él. Siempre voy a amarlo pero él me lastimó. Sin embargo, lo perdono. No quiero llevar el peso del odio. Le deseo bien.

Febrero 20

Querida Yo,

Extraño a Pam. Ella llama de vez en cuando. Pero ahora vivimos vidas diferentes y nos estamos distanciando. Ya no nos entendemos tanto. Es aterrador pensar que soy todo lo que esta bebé tiene para cubrir sus necesidades. Dependerá totalmente de mí. ¡Vaya!

Marzo 01

Querida Yo,

Tuve que renunciar a mi trabajo en la cafetería. El doctor me indicó reposo en cama por el resto del embarazo. Mi presión arterial está elevada y el hierro está bajo. Aparentemente esto es común con las madres adolescentes. Papá dice que todo es parte de mi castigo. Es tan negativo.

Marzo 10

Querida Yo,

Mamá y Papá tuvieron una tremenda pelea anoche. Papá estaba hablando de cuando llegue la bebé y cómo confiaba en que yo hubiera hecho averiguaciones en Kelowna. Ellos tienen recursos para ayudarme a instalarme con la bebé allá. Dijo que me daría un mes y entonces tendríamos que irnos. Nunca había escuchado a mi madre gritarle de esa manera. Le dijo que nos quedaríamos todo el tiempo que fuera necesario y que quisiéramos. Y que lo mejor era que se acostumbrara. Yo soy única hija y mi bebé es su nieta y no iba a permitir que él nos alejara de ella. Y si nos echaba de la casa, ella se iría con nosotros y él podría quedarse en la casa y podrirse solo aquí en la granja. Ella parecía una fiera. Papá estaba tan asombrado. La miró con la boca abierta por un largo rato. Mamá no dijo ni una pa-

labra, pero lo fulminó con la mirada retándolo con las manos sobre sus caderas. Con voz baja, derrotada, él dijo, —Está bien, Madre. Tú ganas. — Ahora siento tanto respeto por ella. Probablemente esta fue la primera y única vez que lo enfrentó durante su matrimonio... y eso fue todo para mí. Te amo mucho, Mamá.

20

En pocos días, se estableció una rutina. Cada mañana, el CAO del pueblo, la Alcaldesa y el Sargento de la RPMC conducían hasta la granja para desayunar. Luego, sostenían una reunión arriba con quienes fueran requeridos por la administración y el personal para ese día. Las cifras variaban dependiendo de las exigencias del fuego. Sydney era invitada a las reuniones para mantenerla informada de quiénes vendrían y saldrían y por qué. Eso la ayudaba a supervisar las necesidades de lavandería y lencería en la residencia y para que Bea planificara las comidas. Al final de la semana, Stoney Creek fue colocada en Alerta de Evacuación.

Gord podía sentir su pánico ante las noticias.

—No permitas que te asuste. La alerta le da a todos tiempo para empacar lo que quieran llevarse, hacer arreglos para mover los animales, y estar listos para marcharse solo si llega la orden. Una vez que la RPMC te dice que te vayas, generalmente lo haces en unos treinta minutos hasta dos horas. Es cuando entras en pánico si no estás preparada. Puede que no se ejecute una evacuación pero al menos estarías lista para partir.

—Comprendo. Mi principal preocupación es por mi abuela, no por mí.

—No te preocupes. La mayor parte del tiempo aquí hay cualquier cantidad de personas que te ayudarían con ella. Es raro que estés sola. Pero, será mi misión personal en caso de que ordenen la evacuación, asegurarme de estar aquí. De todas formas debo hacerlo porque este es nuestro comando central.

—Me haces sentir más segura. Gracias.

Su abuela también desarrolló una rutina. Siempre desayunaba y almorzaba en su habitación. Algunas veces descansaba en la cama y en otras ocasiones se acomodaba en la butaca reclinable junto a la ventana donde leía libros, observaba la actividad del helicóptero mientras recargaba su contenedor y al personal de los bomberos en las tiendas de campaña. También había muchos visitantes. Las mujeres que recordaban a Elizabeth de los viejos tiempos y todavía vivían en Stoney Creek, venían a visitarla. Cuando servían la cena, Elizabeth salía y se acomodaba en la sala con una bandeja frente al TV. Sydney se reunía allí con ella y algunas veces también Gord.

Una noche después de su primera semana en la granja, Gord y Elizabeth estaban sentados en la sala terminando de cenar.

Sydney estaba sentada en la mesa con Kathleen, la oficial de información. Observó a su Nan. Parecía que su abuela y Gord se habían vuelto amigos. Ciertamente parecían disfrutar su mutua compañía. Gord se levantó y llevó sus platos vacíos a la cocina. Regresó y llevó a Elizabeth en su silla de ruedas a través de las puertas Francesas.

—Vamos a salir al muelle para tomar nuestro café, —dijo Elizabeth. —No sé quién decidió colocar las puertas Francesas pero fue una idea maravillosa. Abren la casa al lago y dejan entrar mucha más luz.

Sydney pensó en Jax y el día que sugirió colocar las puertas. Su regalo. También fue la primera vez que la besó. Se sentía triste y enojada al mismo tiempo. Su rabia estaba dirigida a sí misma tanto como a Jax. Pero no se lamentaría. *Es lo que es. Una noche de sexo asombroso. Sigue adelante.*

Observó a su Nan y Gord afuera. No podía escuchar lo que decían, pero vio la facilidad con que compartían y reían. Nan parecía feliz. Sonaron las alarmas. Tal vez era porque ella misma tenía un corazón herido y quería proteger a su abuela. *¿Y qué sabemos sobre Gord? ¿Tiene una esposa esperándolo en Kamloops?*

—¿Cuál es la historia de Gord? —preguntó Sydney.

Kathleen miró hacia las puertas. —Es un gran tipo. He trabajado con él durante muchos años. Es un hombre dedicado y comprometido.

—¿Y qué hay de su vida personal?

La otra mujer la miró por un momento. —Está divorciado desde hace años. Creo que a su esposa no le gustaba que su trabajo lo hiciera alejarse tanto, especialmente dado que era durante las temporadas de vacaciones cuando las familias generalmente salen de viaje juntas. Tiene dos hijos adultos y cinco nietos.

Sydney le sonrió. —Sé que no es mi asunto. Pero él y Nan parecen llevarse muy bien.

Kathleen le devolvió la sonrisa. —Y estás siendo protectora.

Ella asintió. —Debes comprender, mientras crecía con mi abuela, ella nunca tuvo novios ni mostró interés hacia ningún hombre. Es la primera vez. Nunca la había visto coquetear tanto como lo ha hecho esta semana. Al principio, pensé que era porque estaba drogada con los medicamentos. Estoy... sorprendida.

—No había visto a Gord tan atraído por una mujer desde que su matrimonio se acabó. No me preocuparía por ella. Cuando menos, será un buen amigo.

Sydney rió. —Entonces vamos a dejarlos solos y permitamos que la naturaleza siga su curso.

Más tarde esa noche, Sydney se sentó en la cama junto a su abuela. Elizabeth estaba recostada sobre las almohadas.

—¿Cómo te sientes? ¿Te está doliendo mucho tu tobillo? —preguntó Sydney.

—El dolor va y viene. Pero me alegraré cuando pueda usar la escayola para caminar y poder andar por la casa. Confinarme a la silla de ruedas es un fastidio.

—Veo que has reducido la cantidad de pastillas que estás tomando. Tal vez cuando vuelvas a ver al médico dentro de una semana, te permita caminar con muletas. No estás tan drogada como cuando llegamos aquí.

—Eso me ayudaría hasta que me coloquen la escayola para caminar o la bota.

—Te ves feliz, abuela. Nunca te había visto reír tanto.

Elizabeth se la quedó mirando. —Te refieres a reír con Gord.

Sydney comenzó a protestar pero su abuela la interrumpió.

—No te hagas la inocente, señorita. Vi cómo nos mirabas a Gord y a mí. Nos hemos hecho amigos. Y eso no es asunto tuyo.

Sydney rió. —Lo sé. Pero vamos, Nan, nunca antes te había visto con un hombre.

Elizabeth se suavizó. —Sabes, después que murió tu abuelo, me sentí tan feliz de estar por mi cuenta. Criarte fue tan feliz para mí y eso era todo lo que necesitaba. Pero después que te mudaste a la granja, comprendí que me había aislado de la vida social. Oh yo iba al bingo y también invitaba a mis vecinas a tomar el té. Pero mi vida social se restringía a eso y mis clientes. Vivía a través de sus vidas, sus hijos y nietos, y sus festividades.

Sydney se sintió mal. —Lamento que te sintieras tan sola después que me mudé.

—No seas tonta. Es perfectamente natural que te vuelvas independiente y vivas tu propia vida. Y de verdad fue lo mejor que me podía suceder. He estado haciendo muchas cosas estos últimos meses. Estaba lista para que Gord llegara a mi vida. Oh, no sé si seremos algo más que amigos. Todo esto es nuevo para ambos. Pero nos sentimos cómodos y reímos muchos. Hemos decidido tomarlo con calma y disfrutarlo. Queremos ver adónde nos lleva.

—Vaya, eso es mucho considerando que solo se conocen desde hace una semana.

Elizabeth rió. —Cuando llegas a nuestra edad, te das cuenta de que la vida es demasiado corta para juegos. Nunca se sabe lo que sucederá mañana.

—Bueno, me siento feliz por ti. —Sydney extendió una mano y tomó la de Nan. —También parece que has aceptado regresar a la granja sin parecer estresada. Tal vez sean los medicamentos.

Su Nan le dio una palmada en la mano. —Si la granja se hubiera visto igual que cuando yo vivía aquí, tal vez los viejos recuerdos no dejarían de abrumarme. Pero esta es una casa nueva, un nuevo comienzo. Y como puedes ver, ahora solo quiero nuevos comienzos.

—Me sorprende todas las visitas que has tenido.

—A mí también me sorprende. No sabía que le importara a tantas personas. Regresar a la granja ha sido algo bueno. —Elizabeth hizo una pausa. —Si puedes comprender esto, me ha dado un cierre con el pasado.

—Mi abuelo fue un hombre difícil ¿no es así?

—Sí, era controlador y difícil de vivir con él. Sus creencias religiosas eran demasiado extremas. Las cosas eran a su manera o de ninguna manera. Pero nunca fue abusivo físicamente. No tomaba. Trabajaba duro y mantenía a su familia.

—¿Lo amabas?

Elizabeth miró las cobijas por un momento. —Lo hice al principio. Ambos fuimos criados en familias que creían que las mujeres debían quedarse en sus casa y cuidar de sus hogares y familias. Ese era el trabajo de una mujer.

—¿Alguna vez soñaste con algo diferente para ti?

—Así fue. Soñaba con ser una cantante como Bárbara Streisand.

—¿De verdad? Que maravilla.

—Aunque no creas que podía cantar, pero ese era mi sueño.

Se rieron. Sydney se levantó y se dirigió al otro lado de la cama. Se subió y se sentó con las piernas cruzadas, mirando a Elizabeth.

—Nunca se lo he dicho nadie, mucho menos a tu abuelo. Él nunca comprendió a tu madre. Pensaba que era salvaje y llena de pecado. Yo la comprendía porque era todo lo que yo quería ser. Era un espíritu libre. Te pareces mucho a ella, sabes.

Era la primera vez que su abuela hablaba abiertamente de su madre. Era un gran cambio. Sydney no estaba segura de cuán lejos podría llevarlo, pero dado que Nan parecía cómoda con la conversación, decidió continuar.

—¿Alguna vez trataste de encontrarla cuando pasaba el tiempo y no sabías nada de ella?

—Sí. Después que tu abuelo murió y nos mudamos a Kelowna. Era allá adonde ella quería ir para continuar estudiando y la buscaba cada vez que salíamos. Una vez que llegó el dinero del seguro de vida de tu abuelo, contraté un investigador privado. Nunca encontró nada. Dijo que o bien ella se había metido en problemas o había cambiado su nombre y por eso no la encontraba.

—¿Qué piensas que sucedió?

—No lo sé en realidad. Ella te amaba y era muy buena contigo. No tenía ningún sentido que se marchara sin ti. Especialmente dado que había peleado por eso con su padre. Él nunca quiso que te conservara después que nacieras. Ella lo hizo y él aprendió a amarte. Cuando ella nos dijo que estaba pensando en mudarse a Kelowna para regresar a la escuela, él quiso que te dejara con nosotros. Pero ella fue enfática en que se irían juntas. Entonces un día empacó una maleta y desapareció.

—¿Dejó una nota?

—Una nota escrita en su computadora, impresa con su impresora. Decía que iba para encontrarse a sí misma y que regresaría después por ti. No la firmó. Solo le colocó un pequeño sello de madera que tenía... una mujer en una posición de yoga.

—Te lastimó. Y estuviste enojada durante muchos años, —agregó Sydney.

—Es cierto. Pero mi rabia era más por haberte abandonado y cómo eso podría lastimarte.

Sydney sopesó sus palabras. —Supongo que si hubiera pasado más tiempo con ella, hubiera sufrido más. Pero no la recuerdo para nada. Tú fuiste mi madre y siempre estuviste allí. Tuve una buena infancia, Nan.

Se quedaron sentadas en silencio durante varios minutos perdidas en sus propios pensamientos.

—¿Alguna vez contactaste a su mejor amiga, Pam? ¿Tenía información?

—Hablé con ella una vez. No la había contactado. Para cuando tú y yo nos mudamos a Kelowna, Pam se había casado y vivía en otro lugar. —Elizabeth la miró con expresión confusa. —¿Cómo sabes sobre Pam y que Bea es su madre?

Es momento de confesar. —Cuando Jax estaba remodelando la planta alta, encontró una caja de madera cerrada con llave debajo de las tablas del piso en el closet de la habitación. Contenía cuatro diarios. Los diarios de mi madre.

Su abuela se sentó derecha. —¿De verdad?

—He leído tres de ellos, Nan. Los primeros dos sobre sobre sus últimos años en la escuela. El tercero es sobre el año en que estuvo embarazada de mí. Todavía no he leído el último.

Se miraron en silencio.

—¿Te gustaría leerlos? —preguntó Sydney.

Observó cómo el rostro de su abuela se trasformaba a través de una serie de emociones. —Todavía no. Creo que es hora de que me acueste a dormir.

Sydney percibió el cambio en su humor. —Comprendo. A mí también me tomó un tiempo. —Bajó de la cama y se dirigió al otro lado. Una vez que su abuela estuvo cómodamente acostada, la besó en la frente. —Buenas noches. Te amo.

Iba a mitad de camino hacia la puerta cuando apenas escuchó hablar a su abuela, su voz tan suave. —¿Habla sobre su padre y yo?

Sydney se volteó y rápidamente pensó en qué palabras debía decir. —Sí, efectivamente. Me temo que ella pensaba que su padre no la quería. Pero sentía mucho respeto por ti. Te amaba mucho.

Los ojos de Nan se llenaron de lágrimas. Sonrió. —Buenas noches, cariño. Te amo.

21

La tarde del día siguiente, Arne Jensen vino a visitar a Elizabeth. Las personas del Centro Contra Incendios estaban trabajando arriba. Bea estaba en el pueblo comprando suministros. Sydney llevó a Nan en su silla de ruedas a la sala y los dejó allí con café mientras que ella iba a la lavandería de la residencia para lavar la lencería y lavar las duchas.

—A pesar de tu tobillo roto, te ves bien, Lizzie, —dijo Arne.

—Gracias. Tú has envejecido bien, ya veo. Supongo que las exigencias físicas de trabajar en la granja te mantienen en buena forma. —En realidad Lizzie estaba sorprendida. Recordaba cuando Mary le decía que él no sabía hervir agua ni usar la lavadora. Habiendo estado solo todo este tiempo, esperaba que estuviera descuidado y delgado. Suprimió una sonrisa. *Chauvinismo inverso.* —Lamento lo de Mary. Se fue demasiado joven. Debe ser muy solitario para ti en esa casa tan grande que tienes.

Arne aclaró su garganta. —Así fue al principio. Pero tenía a mis perros.

¿Sus perros? ¿Entonces Mary fue reemplazada con perros? Siempre fue muy extraño. Elizabeth trató de no parecer sorprendida. —Sírvete. —Señaló las galletas en la mesa para cambiar el tema. —Toma una de las deliciosas galletas de chocolate de Bea. Esa mujer es una excelente cocinera.

—Gracias. —Arne tomó dos. Dio un mordisco a una, y habló mientras masticaba. —Cualquiera cocina mejor que yo, soy terrible.

Humph... no parece que estuviera sufriendo mucho. Elizabeth observó cómo los grumos volaban de su boca y llegaban a la mesa mientras hablaba. *Este hombre no tiene modales.*

—Están sucediendo muchas cosas por aquí. Me sorprende que volvieras a la granja con la

Alerta de Evacuación por Incendio que activaron para Stoney Creek.

—Llegué antes de que sucediera. Necesitaba que alguien me ayudara por un tiempo. Si no hubiera sido porque el Centro Contra Incendios está instalado en la granja, Sydney se hubiera quedado conmigo en Kelowna. Pero me alegra estar aquí. De hecho es muy emocionante con todas estas personas por aquí. Ya sé que son malas circunstancias pero ha sido bastante divertido.

—Mejor aquí que en mi casa. No me gusta tener mucha gente alrededor.

—Mmm... te pareces mucho a como era Frank. Un tanto solitario.

Arne la miró por un momento. —Fuiste buena amiga de Mary. Sé que ella nunca se adaptó al aislamiento.

—No, es cierto.

—Pero tú lo hiciste. Incluso trabajabas en los campos con Frank.

—Bueno, yo venía de una familia de granjeros, ella no. Y tuve a mi hija para mantenerme ocupada.

Arne se ahogó con la galleta y comenzó a toser.

—¿Estás bien? Toma un sorbo de tu café.

—Estoy bien.

Sydney regresó por la puerta de atrás y se reunió con ellos. Tomó asiento en el sofá y miró a Arne. —¿Ya empacó las cosas que piensa llevarse si somos evacuados?

—No. No me iré de la granja.

Las dos mujeres parecían impresionadas. —Pero tenemos que hacerlo si la RPMC dice que es necesario que nos vayamos, —dijo Elizabeth.

—Le dije a las personas del triage que podían llenar mi casa con rociadores, pero que no me marcharía. Si llega la evacuación, yo me quedaré. No pueden obligarme. Si dejo la propiedad, pueden evitar que regrese y si me resisto pueden arrestarme porque estaría en terreno público. Mientras permanezca en mi propiedad, no hay nada que ellos puedan hacer. Mi casa está bien surtida con alimentos y agua.

—¿Por qué haría eso? —preguntó Sydney. —Podría estar arriesgando su vida.

Elizabeth intervino. —Y las vidas de las personas que tendrán que cuidarte.

—He vivido toda mi vida en esa casa. Si el fuego llega, lucharé por mi casa y esa es mi elección.

Elizabeth podía darse cuenta de que Arne se estaba agitando. —Bueno, esperemos que no llegue a eso. Odiaría que alguno de nosotros perdiera nuestras casas o nuestras vidas. Mantente a salvo.

Arne sonrió y se relajó. —Entonces, ¿estás planeando regresar a Kelowna tan pronto como puedas?

—Eso haré. Sin embargo debo decir que con todas las renovaciones que Sydney ha hecho, la granja definitivamente tiene cierto encanto.

Le dirigió una mirada en blanco a Sydney. —Ella es como Chelsea, ¿no es así? Pero más bonita... y claro más joven. —Arne se levantó. —Bueno, solo quería presentar mis respetos y asegurarme de que estuvieran bien. Ya es hora de marcharme.

—Gracias por visitarnos, —dijo Elizabeth.

Sydney lo acompañó a la puerta. Elizabeth la escuchó abrir la puerta.

—Hasta luego, —dijo Sydney. La puerta se cerró y Sydney regresó a sentarse en el sofá.

Su Nan sacudió la cabeza. —Nunca me gustó ese hombre. Es tosco.

—No lo conozco en realidad. Siempre ha sido educado conmigo y se ofreció a ayudar si hacía falta. Pero aún así...—la voz de Sydney se desvaneció.

—El problema es que Mary me dijo cosas sobre él. Tu abuelo era controlador y exigente pero Frank nunca me puso una mano encima a mí, a tu madre, o a ti. Mary no tenía a nadie. Yo era la única con quien podía hablar. Y tenía hematomas. Nada que se viera. Mary me dijo una vez que siempre la golpeaba donde pudiera ocultarlo con la ropa. Eso es cruel y calculador.

—Eso es horrible.

—Sí, ella no era feliz. Quizás si hubiera tenido hijos pero Arne era estéril por un mal caso de paperas cuando era niño.

—Tal vez eso lo volvió malo.

—Bueno, suficiente sobre él. Hablando de tus renovaciones, seguro desearía ver lo que hiciste arriba.

—Sabes una cosa, tomé algunas fotos del antes y después. No las he cargado a mi celular todavía. Con tanto movimiento. Al menos puedes darte una idea de lo que hicimos allá arriba.

—Maravilloso. —Elizabeth empujó su silla de ruedas hacia atrás y la hizo girar para salir de la sala. Pero no calculó bien y tropezó la mesa con su tobillo. —Maldición. —Su rostro se contorsionó con dolor.

—Ouch. Déjame ayudarte. —Sydney enderezó la silla de ruedas, asegurándose de no tocar la mesa. —¿Estás bien?

—Sí, gracias. Eso fue estúpido. ¿Podrías llevarme a mi habitación? Creo que tomaré una siesta.

* * *

Sydney fue a su habitación y se sentó frente a su laptop. Conectó el celular a la computadora y comenzó a descargar las fotos en un nuevo archivo. Miró por la ventana mientras se procesaban las fotos. La vida había estado muy agitada durante los últimos meses. Había conocido a muchas personas maravillosas. Y le encantaba tener aquí a su abuela. Una vez que el incendio estuviera bajo control y todos se marcharan, estaría sola. De alguna manera ese prospecto no era tan emocionante como parecía cuando llegó a la granja. *Pero eso se llama crecer. Tal vez cuando arranque con el negocio me sienta más cómoda y establezca una rutina.*

Miró la laptop. La descarga estaba completa. Las fotos eran fabulosas. Sydney casi había olvidado cómo lucía la casa antes de comenzar las renovaciones. Las fotos del estudio aparecieron finalmente. *¿Qué?* Miraba a dos de las fotos que tenían parte de la pared de espejos en ellas. Fueron tomadas desde distintos ángulos pero cada una mostraba un reflejo en el espejo en el mismo lugar, la silueta de un hombre. Era oscuro, sus facciones inidentificables. Sintió un escalofrío que recorrió su espalda. Sydney revisó las fotos que había tomado de ese lugar exacto directamente, no a través del espejo. No había nada allí. La hora marcada en las fotos reflejaba que fueron tomadas con segundos de diferencia. Y sin embargo, la silueta aparecía en las fotos con los espejos. Observó de nuevo la silueta. *Oh Dios mío... se parece a la que vi en mi habitación la noche que llegó Nan.*

Todo hizo sentido en ese preciso momento; las puertas que se cerraban, las habitaciones frías, las oscuras siluetas, la chica con cabello rosado. Un escalofrío recorrió su espalda.

¿La granja está embrujada? Y si era así, ¿por quién?

22

Sydney conducía por la calle principal de Stoney Creek. Habían transcurrido dos semanas desde el accidente de Nan. Habían regresado ayer a Kelowna para ver al doctor de Nan. El tobillo estaba sanando pero no tan rápido como hubiera querido el doctor. La fractura había sido muy fuerte. Sugirió que continuara sin bajar el tobillo durante unas semanas más y regresara para colocarle la escayola de caminar. Le permitió que caminara con muletas siempre y cuando no aplicara peso a ese pie.

El humo en el valle iba y venía. Tenías días buenos y días malos. Hoy era un día bueno. Las personas estaban circulando en la calle.

Cuando miró hacia la izquierda, gimió. *Allí está.* Acababa de salir de la oficina postal y comenzaba a bajar los escalones. Su corazón latía con fuerza. *¡Mi acosador!* Estacionó en un puesto vacío y lo observó mientras cruzaba la calle. La RV negra iba por la calle momentos después. Hoy estaba conduciendo el auto de Nan, para llevarlo a hacer el cambio de aceite. Se colocó los lentes de sol y bajó un poco su gorra. *Está bien, idiota. Es tu turno para ser acosado.*

Lo siguió a una distancia segura, esperando no atraer su atención. Él cruzó a la izquierda y se dirigió al norte del pueblo. Sydney lo siguió pero con dos autos entre ellos. Varios minutos después salieron del pueblo. Él cruzó a la derecha hacia el río. El área era desconocida para ella. Aparecían nuevas subdivisiones a lo largo del río y antes de que pasara mucho tiempo el extraño cruzó en una de ellas. A medida que se aceraba al cruce, un aviso de madera identificaba esta área como Riverside Estates. Apenas vio las luces traseras de la SUV desaparecer en la entrada al final de la calle. Condujo lentamente por el camino, dio la vuelta y estacionó en el lado opuesto. El vehículo estaba estacionado frente al garaje, y el hombre no se veía por ningún lado. *Vaya, la parcela de la esquina, una propiedad de una acre aproximadamente, justo en la ribera del río. Quienquiera que sea, le ha ido bien.*

Sydney notó que la SUV era el modelo más nuevo de la Hyundai Santa Fe. No lograba ver el número de placas. La parte de atrás del vehículo estaba cubierto con tierra. Sydney buscó los números de la casa pero no pudo encontrarlo. Una mirada por la calle le dijo que estas casas todavía estaban siendo construidas. Algunas estaban ocupadas, otras todavía en venta. Un seto ocultaba a la vista el frente de la casa. Quizás los números estuvieran allí pero no iba a husmear. Sydney condujo lentamente por el camino, observando las direcciones visibles de los demás ocupantes. Las escribió y regresó al pueblo.

La oficina postal tenía un directorio inverso para las direcciones. Sydney encontró una copia y buscó por Cherry Point Road. No aparecía allí.

Uno de los empleados estaba desocupado. —Disculpe, —dijo Sydney. —Estoy buscando un camino en una de las nuevas subdivisiones al norte del pueblo. No aparece en este listado.

—¿Cuál subdivisión?

—Riverside Estates, Cherry Point Road.

—No, no apareció en el directorio de este año. ¿Cuál es el número de la casa?

Sydney sacudió la cabeza. —No lo sé. La casa no está identificada.

—¿Sabe el nombre del propietario?

—No, —dijo Sydney compungida.

El empleado frunció el ceño y se encogió de hombros. —Lo único que puedo sugerirle es que vaya a la compañía de bienes raíces que está manejando esa subdivisión. Ellos podrían ayudarla.

—Gracias.

Sydney se sentó en su auto y estuvo pensando. No podía pensar en una razón por la que ella podría preguntar a un agente de bienes raíces por una casa que ya está ocupada. Despertaría sospechas en el agente. Podría ir a la policía con lo que sabía hasta ahora sobre este tipo. Pero ellos podrían pensar que era ella quien lo estaba acosando a él. *Está bien, esto requiere de ayuda y sé justamente a quien necesito.*

Veinte minutos después, Sydney se dirigía de vuelta a la subdivisión con una renuente Jessie sentada a su lado. —Creo que deberías reportarlo a la policía y dejar que ellos investiguen a este tipo.

—Creo que no tengo suficiente información para que me tomen en serio, Jess. Tocaremos a la puerta y verás si puedes reconocerlo. Si no es así, veremos cómo reacciona cuando yo aparezca en su puerta. Solo voy a confrontarlo y a descubrir por qué me está acosando. Si de verdad es todo aterrador, nos marcharemos e iremos directo a la policía.

Pronto estuvieron estacionadas de vuelta en la casa de Cherry Point Road. La Santa Fe ya no estaba estacionada en la entrada.

—Debe haber salido de nuevo, —dijo Jessie.

Sydney abrió la puerta. —O la guardó en el garaje. Vamos, seguiremos el plan. Si alguien más abre la puerta, inventaremos un nombre de alguien que pensamos vivía en esta casa.

—No me siento cómoda con esto.

—Eso has dicho una docena de veces. De verdad te necesito aquí conmigo. No puedo ir sola y estoy cansada de preguntarme quién será este tipo. —Era tanto una petición como una declaración.

—Está bien.

Las dos mujeres cruzaron el camino y se dirigieron a la entrada. No había forma de ver dentro del garaje. Sydney caminó directo a la puerta y presionó el timbre. Esperaron. Lo tocó de nuevo. Y esperaron un poco más.

Jessie se volteó hacia la entrada. —Vamos. No hay nadie.

Sydney miró en dirección contraria, a lo largo del camino frente a la casa. Tomó a Jessie de la mano y tiró de ella hacia el camino.

—¿Qué estás haciendo? —preguntó Jessie.

—Mirar. —Sydney llegó hasta las puertas Francesas y se asomó hacia adentro. —Parece una oficina. —Hizo girar la perilla de la puerta y le dio un pequeño empujón. La puerta se abrió. —Vamos.

—Syd... detente. Esto es invasión de propiedad privada.

Sydney se volteó hacia Jessie. —No estamos invadiendo. La puerta está abierta. Solo quiero encontrar algo de correo y un papel con su nombre. Entramos y salimos en un momento.

—Si nos atrapan, es un delito. Podríamos ir a la cárcel… eso sin mencionar que tendríamos antecedentes criminales.

Sydney se acercó a Jessie por detrás. —No lo pienses demasiado, Jess. —Le dio un empujón a través de la puerta abierta. —Ve.

Mientras Jessie se quedaba congelada inmóvil. Sydney revisó el escritorio. No había nada que identificara al hombre. Trató de abrir las gavetas pero estaban cerradas con llave. Revisó debajo de las cosas en su escritorio para ver si encontraba una llave escondida pero no tuvo suerte. —Nada. Revisemos el pasillo o tal vez la gaveta de papeles en la cocina. Tiene que haber algo de correo en algún lado.

Las dos mujeres avanzaron hacia el pasillo. Allí había una mesa junto a la puerta con algunos papeles encima. Sydney los revisó sin resultado. Frustrada se volteó para buscar la cocina. —Esta casa está demasiado limpia y ordenada. —A mitad de camino después de las escaleras hacia la planta superior, una voz resonó detrás de ellas.

—¿Qué están haciendo aquí?

Jessie dejó escapar un chillido y Sydney se quedó congelada. Volteó la cabeza y levantó la mirada. De pie a mitad de camino estaba un hombre desnudo, excepto por una toalla alrededor de su cintura. Su cabello mojado caía sobre su rostro. No podía moverse y entonces de repente algo hizo clic. Todo lo que pudo decir fue: —¿Jax?

—Jesús, Jax. Nos diste tremendo susto, —dijo Jessie.

—Y ustedes a mí. —Sus ojos se dirigieron a la puerta del frente. —La puerta tiene puesto el seguro. ¿Cómo entraron aquí?

Jessie se encogió de hombros. —Tocamos la puerta y nadie respondió. Pensamos que no había nadie en casa. ¿De quién es esta casa por cierto?

—No me han dicho cómo entraron aquí. —Jax se dirigió a Jessie, ignorando a Sydney, lo que a ella le parecía bien. Estaba sin palabras.

—Bueno, las puertas Francesas estaban abiertas, —dijo Jessie con una risita y levantó las manos. —Y aquí estamos.

Jax parecía confuso y enojado. —Así que no saben quién vive aquí. No sabían que yo estaba aquí. ¿Pero entraron de igual forma? Eso es un delito y lo saben.

—Sí, se lo dije a Sydney pero ella estaba decidida. —Jessie miró a Sydney que todavía parecía impresionada. —¿Entonces por qué estás *tú* aquí en medio del día desnudo?

—Estoy autorizado para estar aquí y estaba tomando una ducha.

Sydney volvió a la vida de repente. Tantos pensamientos y emociones mezcladas juntas en su cabeza y las palabras brotaron sin ningún sentido del orden o control —Se ocultaba de mí. Eso es lo que hace aquí. Pensaba que estabas trabajando para tu padre en Penticton. Hmmm... —Se dirigió hacia las escaleras. —¿Entonces qué *estás* haciendo aquí en esta casa? ¿Alguna tipa está escondida arriba en una de las habitaciones? ¿Sabe que la abandonarás mañana y desaparecerás?

Jessie habló primero. —Sydney... ¿Qué...

El rostro de Jax se tornó rojo y Sydney lo interpretó como una señal de culpabilidad. Se sentía desatada y las palabras continuaban brotando. —¿O tienes un romance con la esposa del tipo que es propietario de esta casa. Un pequeño encuentro mientras él está lejos acosándome a mí.

Ahora Jessie estaba sin palabras.

Jax parecía completamente confundido. —¿Acosador? ¿De qué estás hablando?

Antes de que Sydney pudiera continuar con su diatriba, un ruido en el exterior llamó la atención de todos. Sydney se volteó para ver que se cerraba la ranura del correo y las cartas caían en el piso. El tiempo se detuvo por unos segundos que parecieron una eternidad. Sydney corrió por el piso y levantó un sobre para leer el nombre.

No.

Arremetió contra Jax. —¿Tu *padre* es el dueño de esta casa?

Jessie se acercó y leyó el nombre en el sobre. Sus ojos se abrieron desmesuradamente. —No sabía que tu Papá vivía aquí.

—Sí, esta es la casa de mi padre. Pero si ustedes no lo sabían, ¿qué hacen aquí?

—Porque yo seguí al hombre que me ha estado acosando durante dos meses. Tu *padre.*

—Eso es ridículo. Mi padre no es un acosador, —replicó Jax. —¿Qué sucede Sydney?

Sydney dejó caer la carta que estaba dirigida a *Wesley Rhyder* de nuevo al suelo con el resto del correo, pero no antes de que otro sobre llamara su atención. Lo levantó y se lo quedó mirando. Este tenía su nombre completo impreso en negrilla.

—Oh Dios mío...—*Esto no es posible, ¿o sí?* Toda su rabia y las emociones que había sentido desaparecieron. Una mirada a Jax y sus ojos se abrieron desmesuradamente. *¿Qué significaba esto?* —¿Lo sabías?

Jax parecía afligido. —¿Saber qué? Yo... no estoy seguro de que estemos hablando de lo mismo. Mira, necesitas hablar con mi padre. Yo no puedo hablar contigo en este momento.

Jessie miraba del uno a la otra. —¿Qué está sucediendo con ustedes dos? ¿Alguien quiere darme una pista?

—Tengo que salir de aquí. —Sydney se dirigió a la oficina y luego a la puerta. Hizo girar la perilla en sentido contrario y trató de abrir la puerta. Lo intentó repetidas veces. Se volteó con pánico. —¿Podría alguien abrir esta maldita puerta?

Jax estaba congelado como un zombi, sus ojos fijos en el piso. Jessie se apresuró hacia ella y abrió la puerta.

Sydney atravesó la puerta corriendo, se detuvo y se volteó de nuevo hacia Jax. —Cuando tu padre vuelva a casa, dile que lo mejor será que lleve su trasero a la granja. Lo espero antes de que termine el día.

23

Sydney no podía conducir. Lanzó las llaves a Jessie y subió al asiento de pasajeros.

Jessie esperó hasta que estuvieran en camino antes de hablar. —¿Estás bien?

—¿Me veo bien? —gritó Sydney. Miró a Jessie. —Lo siento. Oh, Jess, ni siquiera sé por dónde comenzar. Esto es un enredo demasiado grande.

—Bueno, comienza por el principio.

—¿El principio? —preguntó ella.

—Sí. ¿Qué dio inicio a este enredo?

Sydney pensó en eso. —Lo que lo inició fue que me acosté con Jax.

La cabeza de Jessie se volteó a los lados. —¿Te acostaste con Jax? ¿Cuándo?

—Hace un par de semanas. La noche que el incendio cruzó la frontera.

—¿Y no me lo contaste?

—Iba a hacerlo. Fue mágico, Jess... el mejor sexo que he experimentado... aunque no soy tan experimentada... yo...

—Estás balbuceando, Syd. ¿Entonces por qué no me lo dijiste?

—Me hizo creer que significaba algo. Que no era una más de sus chicas. Pero el día siguiente se marchó del pueblo y no llamó nunca. Lo supe por Brian. Luego sucedió lo del incendio y el accidente de Nan. Todo se complicó. Esta es la primera vez que lo veo o hablo con él desde esa noche. Algo cambió después de dormimos juntos. Lo viste. Estaba hostil y evasivo.

—Bueno, acabábamos de meternos en la casa de su padre.

—Es más que eso, Jess. Me dijo que hablara con su padre.

—¿Y qué fue todo eso?

Sydney llevó una mano a su boca. —Oh Dios, aquí es donde de verdad se complica todo.

—Vamos a intentarlo. Tengo algunas células en el cerebro.

Sydney le dirigió una media sonrisa a su amiga. —En los diarios de mi madre, se refiere a todos por una inicial. Como Jess sería J, excepto por un chico con el apodo Chaz, de forma que si sus padres leían su diario no sabrían quién era nadie.

Jess sonrió. —Típico pensamiento adolescente.

—Ella amaba a Chaz. Fueron juntos a la graduación y se acostó con él esa noche. Y unas cuantas veces más después de eso hasta que él se fue para ir a la universidad. —Sydney hizo una pausa para organizar sus pensamientos.

—¿Y?

—Varias semanas después, con el corazón roto, se fue de fiesta con un trabajador de un parque de diversiones que estaba casado. Se emborrachó y se acostó con él una vez. Uno de ellos es mi padre. Ella no sabía cuál.

—Lo siento, Jess. Pero ¿qué tiene eso que ver conWesley Rhyder?

—El segundo nombre de Wesley Rhyder es Charles. Chaz es un apodo para Charles.

—¿Entonces tu madre se acostó con el padre de Jax?

—Basada en el comportamiento de Jax, eso pienso. ¿Lo entiendes ahora?

—Entonces si él es Chaz, podría ser tu padre.

—¿Jess? Concéntrate un poco más.

Jessie estaba en silencio.

—¿Me estás escuchando? ¿No lo entiendes?

—Lo entiendo. Tú y Jax podrían ser medio hermanos, —dijo Jess, con voz suave.

—Medio hermanos que durmieron juntos.

Jessie casi se sale del camino. Se detuvo a la orilla del camino y miró a Sydney. —Oh, Syd...

Sydney rompió en llanto y Jessie la abrazó mientras lloraba.

—Esto de verdad es muy complicado. —Dijo Jessie. —Pero tal vez no sea Chaz.

Sydney sopló su nariz y apoyó la cabeza en el asiento. —Jax está alterado. No podía hablar conmigo. Creo que tal vez Wesley es Chaz. De alguna manera descubrió que estuvimos juntos y se lo dijo a Jax.

—Tu abuela debe saberlo.

Sydney se volteó hacia Jessie. —¿Por qué sabría quién es Chaz?

—Tal vez no lo conozca como Chaz pero debe saber con quién fue tu madre a la graduación.

—Claro. Estoy tan alterada que no estoy pensando. Pero no quiero involucrarla todavía en esto. Voy a esperar hasta hablar con Wesley Rhyder. ¿Por qué no me lo dijo? No lo comprendo.

Jessie comenzó a retroceder hacia la carretera y se detuvo. —Tal vez es por eso que te ha estado observando. Si tu madre no sabía quién era tu padre, él tampoco está seguro.

—Todo lo que sé es que ya es hora de averiguarlo. No más secretos.

Condujeron a casa cada una perdida en sus pensamientos. Jessie estacionó en la entrada. Mientras salían del auto, sintieron que caían gotas. Se voltearon hacia el sur y vieron que se acercaban nubes negras.

—Finalmente una buena noticia. No ha llovido en dos meses, —dijo Jessie.

Entraron a la casa. Bea salió de la cocina para saludarlas.

—Hay mucho silencio aquí. ¿Dónde están todos? —preguntó Sydney.

—Todos están en Osoyoos. Hay una gran reunión allá. Aparentemente vendrán muchas lluvias fuertes. Ya está lloviendo en Washington. Yo pude decírselos anoche. Mis huesos artríticos me están doliendo desde entonces.

—¿Sabes por tus huesos si va a llover? —preguntó Sydney.

—Absolutamente. No necesitan estaciones climáticas ni meteorólogos que lean las pantallas de las computadoras.

Sydney le dio un abrazo a Bea. —Eres tan graciosa, Bea.

—Y algunas veces solo tienes que asomarte por las ventanas. Esto podría ser lo que necesitan para controlar ese incendio, —dijo Jessie.

Bea asintió. —Solo podemos esperar. ¿Te quedarás un rato? Me gustaría ir al pueblo para hacer algunas diligencias. No quería dejar tu Nan sola en la casa.

—Por supuesto ve. ¿Dónde está mi abuela?

—Lizzie está tomando una siesta.

Sydney tocó el brazo de Bea. —Gracias por estar aquí.

—No hay problema. Hay sándwiches y ensalada en el refrigerador si tienen hambre. Y también café recién preparado. Volveré para preparar la cena de nosotras cuatro si te quedas Jessie.

—Aquí estaré, —dijo Jessie.

Las chicas fueron a la cocina y armaron un plato de comida y se sentaron en la isla. Estaban en silencio.

—Me agrada que haya silencio si se presenta Wesley Rhyder, —dijo Sydney. Tan pronto dijo las plabras, escuchó el timbre de la puerta. Sydney se congeló.

—¿Quieres que te de algo de privacidad? —preguntó Jessie.

—No... necesito tu apoyo.

Jessie llevó los platos y tazas al fregadero y siguió a Sydney a la sala. Se sentó mientras Sydney iba hacia la puerta.

Tan pronto como lo vio, Sydney reconoció al Sr. Rhyder como el hombre que creía que la estaba acosando. —Sr. Rhyder, por favor pase adelante.

La siguió hacia la sala.

—Creo que ya conoce a Jessie.

—Así es. Hola.

Jessie asintió con la cabeza. —Sr. Rhyder.

—Jess nos acompañará. Está aquí para darme su apoyo y es discreta.

Parecía un poco inseguro pero tomó asiento en el borde del sofá. —Quiero disculparme contigo. Jax me dijo que pensaste que te estaba acosando. Ciertamente no fue mi intención asustarte. Egoístamente, he visto todo este asunto desde mi propia perspectiva sin considerar tu lado en esto.

Sydney se sentó frente a él. —Y cuál es su perspectiva, Sr. Rhyder.

Respiró hondo. —Conocí a tu madre. Fuimos juntos a la escuela. De hecho, estaba enamorado de ella. —Hizo una pausa, parecía afligido. —Umm... tu madre y yo, nosotros éramos... —su voz le falló.

—Usted es Chaz, ¿no es así? —preguntó Sydney.

Sus cejas se arqueron. —¿Cómo sabes eso? A mi conocimiento, nadie sabía que ella me llamaba así.

—Jax encontró sus diarios ocultos debajo del piso cuando comenzó la renovación arriba en su habitación. Permítame ayudarlo en esto. Sé que usted y mi madre fueron amantes. Sé que se marchó con su familia después que terminó la secundaria. Y sé que le rompió el corazón.

—¿Ella escribió eso? —preguntó el Sr. Rhyder en voz baja.

—Efectivamente. No sabía quién era Chaz hasta hoy. Ella lo amaba y esperaba que usted le escribiera. Nunca lo hizo.

—Oh pero sí le escribí. Y por favor llámame Wes, —protestó. —Le escribí una vez a la semana durante dos meses. Nunca respondió a ninguna de mis cartas así que dejé de escribirle. Traté de llamarla un par de veces, pero estaba en el trabajo.

—¿De verdad?

—Sí. No comprendo.

Parecía sorprendido de que Sydney pareciera inclinada a creerle. *¿Pero qué sucedió con las cartas?*

—Entonces ¿por qué estaba usted, a falta de una mejor palabra, acosándome?

—La primera noche que te vi cuando tropezaste conmigo en el restaurante, me sorprendí. Te pareces tanto a tu madre que por un momento pensé que era ella. Claro que suena ridículo porque ella tendría mi edad ahora, no pude dejar de pensar en quién eras y por qué estabas en Stoney Creek. Así que me quedé y te observé. Luego descubrí que eres la nieta de Elizabeth y supe que eras la hija de Chelsea.

—¿Y qué hay de las otras veces? ¿Por qué no vino a hablar conmigo directamente?

—¿Y decirte qué? Quería acercarme pero no tenía idea, y todavía no la tengo, de qué te dijeron de tu padre y tu madre. Cuando finalmente decidía hablar contigo, cada vez que conducía hasta la cabaña o hasta aquí, o estabas rodeada de personas o estabas dormida.

Sydney estaba enojada. —En vista del desastre en que esto se ha convertido, le sugeriría que no lo intentó lo suficiente. Han pasado dos meses.

—Tienes razón y supongo que todas las veces que no logré hablar contigo me daba una buena excusa para posponerlo un poco más y lo lamento.

Sydney suspiró. —Bueno, todo lo que sé de mis padres viene de los diarios de mi madre. Mi abuela no podía hablar sobre eso. Mientras crecía, mi Nan guardó dentro mucha rabia hacia su hija y también mucho dolor. El tema era tabú.

—¿Puedo pedirte que compartas conmigo lo que has descubierto en los escritos de Chelsea?

—Claro. Mi madre escribió que estaba triste porque usted la había dejado y que no saber más de usted le rompió el corazón. Ella cometió un error varias semanas después que usted se marchara cuando ella y su mejor amiga, Pam, fueron a una fiesta con unos trabajadores de un parque de diversiones. Se acostó con uno de ellos. Luego le dijo que estaba casado. Ella cargaba con la culpa de no saber cuál de los dos era mi padre.

—No comprendo por qué no trató de averiguarlo. Si hubiera sido yo, la hubiera apoyado.

—Pero ella nunca supo más nada de usted. Ella...

—Pero...

Sydney levantó una mano. —Ya sé. Dice que le envió cartas pero obviamente ella nunca las recibió. Escribió que si yo era de Danny, él no querría tener nada que ver con ella porque ya tenía una familia. Y pensó que usted la había olvidado y no quería arruinar su vida.

Los ojos de Wes se llenaron de lágrimas. —No podía estar más equivocada. Cuando me enteré que estaba embarazada, la historia era que se acostaba con todo el mundo. La llamé para preguntarle directamente si eras mía y su padre respondió. Me dijo que la bebé no era mía y que ella no quería tener nada que ver conmigo. Fue muy rudo y me culpó por echarla a perder. También dijo que ella no se iba a quedar con la bebé y que no quería que volviera a llamar nunca más.

Sydney lo miró fijamente. —¿Y le creyó? Debió saber lo controlador que él era con Chelsea y mi abuela.

—Claro que lo sabía. Por eso le escribí otra carta. Al final, le creí porque ella nunca me respondió a la docena de cartas que le escribí.

Sydney se dio cuenta de algo. —Nan me dijo que él era una criatura de hábitos diarios. Uno era recoger el correo en los buzones rurales. Debió ocultar las cartas.

—Es la única explicación, ¿no te parece? —dijo Wes.

Una voz habló desde el pasillo. —Y es la correcta.

Wes, Jessie y Sydney miraron en dirección a la voz. Elizabeth se balanceaba con sus muletas en la entrada.

24

Elizabeth entró a la sala, y se sentó junto a Sydney. —Hola, Wes. Por Dios, todavía te ves igual que hace dieciocho años. Solo un poco de cabello gris a los lados.

Wes le respondió con una débil sonrisa. —Sra. Grey. Lamento enterarme de su accidente.

—Gracias. Pero si puedo ser un poco filosófica por un momento. Algunas cosas suceden por una razón. Estoy comenzando a creer que este accidente fue providencial. Como lo fue que Sydney decidiera mudarse de vuelta a Stoney Creek.

—¿A qué te refieres, Nan? —preguntó Sydney.

—Que si no fuera por todo lo que ha sucedido en los últimos dos meses, ninguno de nosotros estaría sentado hoy aquí. Y de verdad créanme, ya es hora.

Sydney tomó la mano de Nan. —¿Cuánto escuchaste de nuestra conversación?

—Todo. Me despertó el timbre. No iba a imponerme en la conversación hasta que Wes mencionó las cartas.

Por un momento, todos se miraron entre sí. Wess tomó la palabra. —Sra. Grey, ¿puedo preguntarle qué sabe usted sobre el Sr. Grey interceptando mis cartas a Chelsea?

—Llámame Elizabeth. Creo que mi esposo le ocultó las cartas. Si yo lo hubiera sabido en ese momento, hubiera levantado el techo. Tanto si él estaba de acuerdo con la relación como si no lo estaba, no era su decisión. Ella tenía dieciocho años. Lo que hizo contribuyó a su tristeza y como madre eso es imperdonable.

—Si usted no lo sabía en aquel momento, ¿por qué cree que retuvo las cartas?

—Después que murió el padre de Chelsea, elegí mudarme a Kelowna con Sydney. Alquilé la granja a una familia que quería trabajar aquí. Fui al galpón a empacar las herramientas de Frank para llevarlas con nosotras. Encontré las cartas guardadas en su caja de herramientas. Las tengo que Kelowna. Supe lo que había hecho. Las leí. Fue la primera vez que supe cuán íntima había sido la relación entre ustedes. Chelsea nos dijo que había tenido más de una pareja y que no podía identificar quién era el padre. Pero no dijo con quiénes había sido. Le dio a Sydney el apellido Grey al nacer.

Wes la miró molesto. —Entonces ella nunca supo que yo la amaba y que no la había olvidado.

—Pensé en devolvértelas con una carta de explicación pero me enteré que te habías casado y que tenías tu propio hijo. En aquel momento, me pareció cruel abrir viejas heridas y perturbar tu nueva familia. Chelsea había desaparecido y aún no sabíamos si eras el padre de Sydney. —Elizabeth hizo una pausa. Parecía afligida. —Y, me temo, que fui un poco egoísta. ¿Y si resultabas ser el padre de Sydney? Quizás querrías llevártela lejos de mí y no podría soportar perderla a ella también. Era todo lo que tenía. Estaba equivocada.

—Creo que tal vez todos tomamos alguna decisión que en retrospectiva parece equivocada. Pero lo retrospectivo no refleja la vida real ni las circunstancias de entonces.

La sala tenía una fuerte carga emocional. Nadie parecía saber qué decir a continuación.

Jessie aclaró su garganta. —Si me permiten opinar. Me he sentado en silencio solo escuchándolos a todos y me doy cuenta de que algo no está bien en todo esto.

—Adelante, Jess, —dijo Sydney.

—Sydney no solo está luchando con la idea de que usted pueda ser su padre, Wes. Ella y Jax podrían ser medio hermanos. Jax es un año mayor que Sydney. ¿Cómo es eso posible? Hubiera tenido que nacer en su último año de secundaria mientras salía con Chelsea.

Sydney se congeló. Sus ojos se abrieron desmesuradamente. —He estado tan alterada hoy, que no pensé en eso. —Miró a Wes esperando su respuesta.

La cara roja de Wes mostraba su vergüenza. —Es porque Jax no es mi hijo biológico. Lo adopté cuando tenía dos años. Mi...

—Oh Dios mío... entonces aunque usted sea mi padre, Jax y yo no somos familia. —Sydney dejó escapar un largo suspiro. —Gracias a Dios por eso.

Elizabeth parecía confundida. Wes se notaba compungido.

—Esa no es toda la historia, me temo que Jax nunca supo que fue adoptado. Los vi a ti y a Jax juntos aquella noche afuera del restaurante. Cuando se abrazaron y besaron supe que tenía que decirle la verdad. Fui a su casa esa noche. Estaba devastado.

—¿Entonces marcharse del pueblo fue por usted y él, no por él y yo? —preguntó Sydney.

—No completamente. Me temo que hay más. Jax es hijo de mi hermana mayor. Es mi sobrino. Yo estaba en el segundo año de la universidad cuando mi hermana y su esposo murieron en un accidente aéreo. Mis padres estaban demasiado mayores para encargarse de Jax. Yo llevaba diez meses saliendo con una chica. Ella se enamoró de Jax y decidimos casarnos y adoptarlo. Creo que fuimos demasiado idealistas. El matrimonio no funcionó. Sin embargo, con el tiempo Jax comenzó a llamarnos

Papá y Mamá y dejamos que lo hiciera. Él era feliz. Siempre quise decirle pero nunca pensé que sería bajo estas circunstancias.

Sydney se sintió desanimada. —¿Entonces podríamos ser primos?

Wes sonrió. —Lo siento, Sydney. Desearía haber hablado antes.

Elizabeth miró a Wes y luego a Sydney. —¿Por qué están tan alterados porque seas pariente de este chico Jax?

Sydney miró a su abuela. Era el momento de las verdades. —Porque Jax y yo nos acercamos mucho estos últimos dos meses. Hace dos semanas, el día antes de tu accidente, tuvimos intimidad. —Sus ojos se llenaron de lágrimas. —Oh, Nan.

Elizabeth la abrazó y acarició su cabello. —Lo siento tanto, Sydney. Qué tela de araña hemos tejido entre todos.

Sydney sintió la fuerza de su abuela. Absorbió de su energía y se enderezó determinada a permanecer fuerte. —Entonces, ¿qué hacemos ahora?

Jessie intervino de nuevo. —Necesitamos una prueba de paternidad para ver si Wes es tu padre. Puedo ayudarlos con eso si quieren.

Wes habló primero. —Absolutamente. ¿Sydney?

—Claro.

—El tipo de sangre puede descartar la paternidad o establecer una paternidad potencial. Un bebé debe tener el tipo de sangre del padre o de la madre, o una combinación de ambos. Wes, ¿cuál es tu tipo de sangre?

—Soy tipo O.

—Elizabeth, ¿cuál era el tipo de sangre de Chelsea?

—Ella era A.

—Entonces la sangre de Sydney tiene que ser A u O.

Sydney se veía triste. —Soy tipo O.

—Entonces no podemos descartar que Wes sea tu padre. Sin embargo, no es prueba de que lo sea. Solo significa que podría serlo. Pero deben comprender que el tipo O es el más común de todos. Danny también podría ser tipo O.

—¿Qué hacemos ahora? —preguntó Sydney.

—Una prueba de ADN. Si quieren venir al hospital mañana conmigo, puedo hacerlo por ustedes. Tenemos los kits. Es muy simple. Tomamos una muestra del interior de sus mejillas. Lo envío a través del hospital a los Especialistas de ADN en Penticton. Los resultados tardarán un par de semanas. El costo es de ciento noventa y cinco dólares.

—Yo insisto en pagarlo, —dijo Wes.

Sydney le agradeció.

Elizabeth se dirigió a Wes. —Cuando vuelva a Kelowna para que me coloquen la escayola de caminar, puedo pasar buscando las cartas si las quiere de vuelta.

—Muy amable de su parte. Sí, me gustaría tenerlas, —dijo Wes. Estudió el rostro de Elizabeth por un momento. —¿Puedo preguntarle si en algún momento tuvo noticias de Chelsea? ¿Sabe dónde está?

—No, nunca lo supimos. Traté de encontrarla cuando nos mudamos a Kelowna pero no había rastro. Sabía que algún día se marcharía pero nunca esperé que dejara a Sydney. Durante años estuve cegada por la rabia y pensé que la había abandonado. Pero ahora que veo más claramente, recuerdo cómo era como madre y cuánto amaba a Sydney. Estoy comenzando a pensar que fue blanco de un crimen.

Wes miró a Sydney. —¿Hay algo en los diarios que puedan sugerir por qué se marchó como lo hizo?

—Solo he leído los tres primeros. Los primeros dos eran de sus últimos años en la escuela y la angustia típica adolescente. El tercer diario terminaba cuando estaba próxima a darme a luz. Estoy por comenzar el último diario, lo haré esta noche. Veremos.

Wes asintió. —Será mejor que me marche. Creo que todos estamos un poco abrumados de momento. ¿Les parece bien si las paso buscando y vamos juntos al hospital? —Wes miró a Sydney ansioso.

—Está bien.

Se dirigió a Elizabeth. —Hablaremos en otra ocasión, estoy seguro. —Elizabeth estrechó su mano. Impulsivamente, extendió los brazos para abrazarlo.

Sydney lo acompañó hasta la puerta. —Lamento haber irrumpido en su casa hoy.

Wes sonrió por primera vez. —Está bien. No solo te pareces a Chelsea, sino que tienes mucho de su personalidad. Como tú, ella era impulsiva. Y percibo fuerza en ti. Ella también la tenía.

—Gracias. Nos vemos en la mañana.

Sydney cerró la puerta y regresó a la sala y se inclinó hacia adelante y le dio un beso a su abuela. —Me alegra tanto que estés aquí, Nan.

25

Sydney y Yo, 1996-97

Abril 10

Querida Yo,

Yo, Chelsea Grey, soy una ¡MADRE! Así es, querida Yo. Y nunca adivinarás cuándo nació. El 1 de Abril. En mi cumpleaños. Mi fuente se rompió el 31 de Marzo y estuve en trabajo de parto durante doce horas. Oh Dios mío... pensé que moriría. Fue tan doloroso. ¿Pero sabes una cosa? Cuando vi aquella pequeña criatura en mis brazos, todo eso fue olvidado. Es pequeñita, solo cinco libras, catorce onzas. Pero está sana y proporcionada. Es muy normal que una madre adolescente tenga un bebé pequeño. Y ella llegó con dos semanas de anticipación. También es normal para mamás adolescentes. Es tan hermosa, tiene mechones de fino cabello rubio y cremosa piel blanca. Sus ojos son oscuros con un toque de gris. Pero pueden cambiar. El doctor dice que probablemente sean azules como los míos. Esta última semana fue difícil porque no estaba tomando suficiente leche. Pero parece que ya tengo suficiente leche y se está acostumbrando a una rutina. Justo a tiempo porque el doctor casi le indica una fórmula pero todo está bien.

Sydney releyó la narración, una y otra vez. Todas las dudas que su madre pudiera haber experimentado durante su embarazo desaparecieron una vez que nació. Chelsea la amó tan pronto como la vio. *Me amaba.* Fue un momento agridulce para Sydney, saber que su madre la amó desde el momento de su nacimiento sin saber por qué la abandonaría un año después, hacía tantos años.

Abril 20

Querida Yo,

Amo a mi mamá. Papá está gruñón porque no puedo ayudarlo a preparar los campos para la primera cosecha de heno. Mamá le dijo que contratara a alguien para ayudar porque en este momento yo estaba muy ocupada con la bebé. Es agotador, tratar de dormir mientras Sydney duerme y lavar la ropa, etc. Sydney de verdad duerme bien. Mamá me ayuda cuando Papá está en los campos. Es firme en que yo debo hacer todo sola. No esperaba que un bebé necesitara atención las veinticuatro horas del día y me ha hecho abrir los ojos. Pero estoy tan feliz de no haberme hecho un aborto. En cuanto a darla en adopción, ni siquiera lo consideraré nunca, nunca, nunca.

Mayo 15

Querida Yo,

A Sydney le encanta que la bañe y ahora sonríe. Me encanta la hora del baño y la amo tanto. Está ganando peso y el doctor está contento con su salud. En una nota personal, voy a comenzar a hacer yoga y meditación. Nunca salgo de la casa y necesito ponerme en forma. El autobús de la biblioteca móvil pasa cada dos semanas. Estoy leyendo un libro llamado 'Estar Aquí Ahora' por Ram Dass. Trata sobre los principios del Yoga y cómo un hombre transformó su vida, así como, sobre nuestro lado espiritual.

Junio 30

Querida Yo,

No tengo mucho tiempo para escribir en mi diario. Paso todo mi tiempo libre haciendo yoga, leyendo y meditando. Papá piensa que el libro de Ram Dass es basura. Dice que la meditación es individualista, egoísta y me convierte en perezosa. Dice que todo lo que tengo que hacer es rezar los Domingos y recibir los beneficios. Me dijo que íbamos a comenzar las lecciones de los Domigos de nuevo y me revelé. Dije que ahora soy un adulto y tengo suficiente edad para hacer mis propias elecciones. Le dije que era espiritual y no religiosa y que el poder superior en el que creo es amoroso y no lleno de odio y castigo. Se enojó y comenzó con 'mi casa, mis reglas'. Una mirada de mamá y se cayó. Mamá está cambiando. Qué triste que le tomara tanto tiempo ¿Crees que deba decirle que estoy leyendo sobre los viajes astrales? Vaya se volvería loco con eso. Probablemente me diría que soy un demonio o una bruja.

. . .

Julio 15

Querida Yo,

Papá permitió que Mamá cuidara a Sydney para que yo pueda trabajar con él en los campos con la primera cosecha de hecho de la temporada. Se sintió bien estar afuera en el aire fresco y recibir los rayos del sol. Fue la primera vez que en realidad disfruté trabajar. Mira lo que encontré en una tienda de artesanía. ¡Un sello de yoga! Lo uso en todo. ¿No es genial?

Sydney observó el símbolo. Lo había visto muchas veces. Después de todo el Yoga era el negocio. *Este debe ser el sello que Nan dijo que había usado en la carta que dejó el día que desapareció. Qué extraño que yo gravitara hacia el yoga y la meditación, y mi madre también lo practicara.*

. . .

Agosto 22

Querida Yo,

Sydney tiene casi seis meses. ¿Y adivina qué? Sus ojos son azules. Se sienta y se da la vuelta. Está tratando de gatear. Es una bebé tan feliz, siempre sonriendo y riendo. Incluso Papá la mira de forma diferente ahora. Antes, actuaba como si no existiera. Mamá lo obligó a cargarla el otro día. ¿Puedes creer que fue la primera vez? Sydney extendió sus manos y tocó sus mejillas y rió. Él se relajó por completo e incluso sonrió.

October 13

Querida Yo,

He estado muy ocupada. Ayudé a Papá con la segunda cosecha de heno y estoy trabajando a medio tiempo en la cafetería. Sydney está gateando por todos lados. Tuvimos que adaptar la casa para que sea segura. Es el amor de mi vida. Ahora está comiendo comida blanda y una botella de leche en la noche. Así que finalmente estoy en una rutina normal. De verdad me gusta la meditación y me en-

cantan los ejercicios de yoga. Me siento en paz. Es la primera vez en mucho tiempo. Algunas veces me pregunto por Chez y si será feliz. Ahora está en mi pasado y debo mirar hacia adelante. Y amo mi música. Cindy todavía es mi favorita y Madonna. Pero ahora hay alguien nuevo que también me gusta, Gwen Stefani, Melissa Ethridge. Y desde luego, dos Canadienses con un estilo diferente, Sarah McLachlan y Diana Krall. A Papá le gusta Diana Krall, solo porque canta algo del Jazz de los grandes que él conoce.

Enero 2

Querida Yo,

Las Navidades estuvieron tranquilas como siempre. Solo nosotros cuatro. Papá dio gracias en la cena. Pidió que rezáramos por unos minutos. Lo complací. La Navidad es una época para la familia y dar gracias. Mamá me ha estado enseñando a cocinar, en realidad lo disfruto. Imagínate. ¿Yo? Ayer vinieron algunos amigos de mis padres y sus familias para la cena de Fin de Año. Mamá y yo cocinamos durante dos días y servimos un banquete con rollos de repollo, perugi de queso y cebollas, jamón horneado, ensaladas y deliciosos postres. Rara vez invitamos a nadie y fue muy divertido. El Idiota vino. Todavía me asusta. Siempre me está mirando. Diría algo pero últimamente he estado pensando mucho en mi vida y la de Sydney. Estoy considerando ir a Kelowna. Si me voy, no tendré que preocuparme más por el Idiota.

Febrero 8

Querida Yo,

¡CAMINA! Tiene diez meses y Sydney ya camina. Es muy adelantada. Solo unos pasos y allí va. Pero tiene en su rostro esa mirada testaruda, desafiante que Mamá dice sacó de mí, y se levanta y lo vuelve a hacer. Tan linda. He estado en contacto con Servicios Sociales. Tienen un programa para madres solteras adolescentes que quieren volver a la escuela. Las clases para entrenarme como Técnico de Laboratorio comienzan el 1 de Junio. Tienen una guardería para Sydney. Me ayudarán a mudarme a un apartamento y puedo recibir cheques de servicio social hasta que me gradúe y consiga un empleo. Pam todavía está en Kelowna. Conoció a alguien en la escuela y están viviendo juntos. Es hora de hablar con Mamá y Papá sobre eso.

. . .

Febrero 20

Querido Yo,

¿Por qué mi Papá es tan idiota? Hemos estado peleando por una semana sobre mi mudanza a Kelowna. Piensa que debo quedarme aquí donde tengo familia y amigos. Le dije que no quería pasar mi vida trabajando de mesera. No tiene nada de malo ser mesera. Trabajan duro y todo pero tengo otros sueños. Quiero poder ganar un salario decente y cuidar de mi hija. Le recordé que él quería que yo asumiera la responsabilidad por mi vida y por Sydney y eso es lo que estoy tratando de hacer. Varios días después, dijo que estaba complacido de que estuviera pensando sobre mi futuro y el de Sydney pero que si quería volver a la escuela, debía dejar a Sydney aquí con ellos. Una vez que termine y tenga un empleo, entonces podría llevármela. Le expliqué cómo funciona el programa y que sin Sydney no calificaría para su programa que era solo para madres solteras adolescentes.

Febrero 25

Querida Yo,

Papá no cede. Yo tampoco. Tengo tres días para informar a Servicios Sociales si me registraré para comenzar el 1 de Junio. No le gusta que extraños vayan a atender a Sydney mientras yo estoy en la escuela. Le expliqué que la guardería está en la escuela así que puedo verla en los recesos y las personas son calificados y con experiencia. Mamá está triste de verme ir pero dice que es mi decisión.

Sydney bajó el libro y apagó la lámpara. Quería leer más pero no podía mantener los ojos abiertos. *No lo comprendo. Ella me amaba. De verdad me amaba. ¿Por qué me abandonó? ¿Y qué le sucedió a ella?*

26

Sydney miraba por la ventana de la SUV negra... la que pensó durante meses que pertenecía a un pervertido. Observó el perfil de Wes y luego de nuevo por la ventana. Hasta ahora su conversación había sido un poco forzada. Hablaron sobre el clima, las renovaciones de la granja, el incendio... pero nada a nivel personal. Había estado lloviendo desde anoche. Un buen indicio para los bomberos.

Finalmente, Wes comenzó a hablar. —Algunas veces me pregunto si las cosas hubieran resultado diferente si simplemente hubiera regresado para ver a Chelsea cara a cara, en lugar de esperar a que me contactara. Pero había tantas cosas en mi contra en aquel entonces. Mis padres, las clases en la universidad... —su voz se desvaneció.

—¿No fue usted quien dijo ayer que la retrospectiva es una cosa maravillosa pero que no tiene nada que ver con la realidad?

Wes sonrió. —Así fue. No en esas mismas palabras pero el mismo significado.

—¿Puedo preguntarle algo?

—Claro.

Sydney se volteó hacia Wes. —Si hubiera contactado a mi mamá, y resultaba que yo no era hija suya, ¿todavía la hubiera querido a ella en su vida... conmigo?

Wes se tomó un momento para responder. —Si eso fuera hoy, absolutamente. ¿En aquel entonces? Hubiera querido hacerlo. Pero la presión de tu abuelo y de mis padres hubiera sido enorme. Quién sabe lo que hubiera ocurrido.

—Eso es sincero. Ya sabe, incluso si usted y mi madre hubieran continuado juntos conmigo, con el fallecimiento de su hermana y Jax lanzado en medio, ambos hubieran estado sometidos a demasiada presión y hubieran terminado como usted y su ex–esposa.

Wes dirigió hacia ella una mirada rápida y sonrió. —¿Cómo eres tan inteligente?

Sydney rió. —Solo digo, las cosas podrían no haber sido felices para siempre después de eso. Y mi punto es, no recuerdo a mi madre así que sé aunque sé que me perdí de tener una madre como los demás chicos, Nan fue una influencia estable y positiva en mi vida. La amo muchísimo y ella es como mi mamá. Mi infancia fue feliz.

—Me alegra escuchar eso. Actualmente con los divorcios y padres solteros no hay patrones. Ser feliz es lo que cuenta.

—Eso es cierto. Entonces olvidemos los 'debería, hubiera, pudiera'. Es lo que es. Lo importante es adónde vamos a partir de aquí.

Wes hizo silencio por un momento. —Definitivamente posees la fuerza de tu madre.

—Gracias.

—Entonces lo estás superando. Quiero decir ¿todo el asunto con Jax?

Sydney sintió como si la hubieran golpeado en el estómago. Se enderezó. —¿Podríamos no hablar de eso en este momento? Comprendo por qué Jax desapareció después de que usted hablara con él aquella noche. Hasta que sepa si somos primos, simplemente no puedo procesarlo. Puedo hablar de cualquier cosa excepto esa.

—Desde luego. Jax opina lo mismo. Lamento haberlo mencionado. Pero su desaparición después de aquella noche fue para alejarse de mí también. Está acumulando mucha rabia en mi contra por no decirle antes sobre su adopción. Y también me culpa por el dolor que estás atravesando. Irse para Kelowna por un tiempo fue un buen escape.

Sydney observó su perfil nuevamente. Los tres estaban sufriendo. —Supongo que es el momento para resolver algo de esto para todos. —Necesitaba cambiar el tema. —¿Qué lo hizo regresar a Stoney Creek?

—Bueno, mi matrimonio se acabó y tenía la custodia completa de Jax. No quería criarlo en la ciudad. Tenía un excelente trabajo en una empresa de arquitectos, buen dinero, prospectos a futuro en el área ejecutiva, pero decidí mudarme de vuelta para acá y abrir mi propia compañía. La vida de los pueblos pequeños es mejor que el caos de cubrir las expectativas de una gran empresa y ser un padre soltero. Aquí podía pasar más tiempo con Jax.

—¿Jax nunca ve a la ex-esposa?

—Sí. Siempre pensó que ella era su madre y ella lo amaba como si lo fuera. Se casó de nuevo y tiene dos niñas pero siempre han tomado en cuenta a Jax.

Sydney se quitó los zapatos y apoyó los pies en el tablero. —¿Cómo tomaron sus padres que se mudara de vuelta para acá? Apuesto a que no les gustó.

Wes frunció el ceño. —No, no les gustó. En aquel entonces no les gustaba nada que yo hiciera desde enamorarme de Chelsea hasta adoptar a Jax, y casarme. ¿Qué te hizo pensar que ellos no aprobarían que me mudara de nuevo a Stoney Creek?

—Mi madre mencionó en sus diarios que eran controladores como mi abuelo. Y que mi abuelo pensaba que tus padres eran presumidos.

Wes rugió con carcajadas. —Chelsea tenía razón. Ellos eran y todavía lo son pero han aceptado mis elecciones.

—Ella también dijo que ellos tenían grandes planes para usted y que ella no era lo suficientemente buena para ellos.

—No creo que fuera que ella no fuera suficientemente buena. Ellos pensaban que no era el momento apropiado para nosotros. Fue tu abuelo quien trató de meter esos pensamientos en la cabeza de Chelsea porque no le gustaba mi familia. Creo que era él quien no se sentía suficientemente bueno y estaba tratando de protegerla.

—Supongo que tienes razón pero era un hombre difícil. Supongo que todos los padres piensan que saben lo que es mejor para sus hijos. El truco está en dejar que lo descubran ellos mismos, que cometan sus propios errores.

Wes la miró sorprendido. —Gracias. Eso es algo que necesitaba escuchar en este momento. Sin darte cuenta, acabas de ayudarme con una gran decisión de negocios que he estado analizando.

Sydney sonrió. —Encantada de poder ayudar.

Entraron al estacionamiento del hospital en Oliver y fueron a buscar a Jessie. Una vez que tomaron las muestras del interior de sus mejillas, Wes llevó a Sydney de vuelta a Stoney Creek. Se detuvieron en la Barbacoa de la Serpiente de Cascabel y estacionaron. —¿Qué te parece si almorzamos antes de llevarte a tu casa?

Sydney apretó los labios. —Lo siento. ¿Podemos ir a otro lugar? Este es... nuestro lugar, mío y de Jax.

Wes pareció impactado. —Oh cielos, lo siento. Absolutamente. —Salieron del estacionamiento y se dirigió a la calle principal. Entraron a una pequeña cafetería. —Aquí tienen excelentes especiales para almorzar. Nada de comida elegante pero buena.

Ordenaron la comida y mientras esperaban, Sydney observó la cafetería. Una sonrisa socarrona apareció en su rostro. —Y este era tu lugar.

Wes arqueó las cejas. —Mi lugar.

—Tuyo y de mi madre. Ella trabajaba aquí.

—¡Uh... ya! Tienes razón. Cuando estábamos en la secundaria, veníamos aquí con nuestros amigos al mediodía para comer papas fritas y refrescos. Y después de patinar en invierno veníamos a tomar chocolate caliente para calentarnos.

El almuerzo fue fácil y Sydney se sorprendió de lo cómodos que se sentían juntos. Pasó una hora y se dirigieron a la granja.

Wes subió por la entrada y se inclinó sobre ella para abrir la puerta. —Entonces... supongo que ahora esperamos. Solo quiero decir que por muchas razones espero no ser tu padre. Pero por otro lado, si lo soy, me sentiré orgulloso de llamarte hija. Eres una buena mujer.

—Gracias, y a pesar del hecho de que por un par de meses yo pensé que eras un pervertido, creo que eres un buen hombre. Puedo darme cuenta de por qué mi madre lo amaba. —Compartieron sonrisas y ella salió del vehículo.

Elizabeth y Gord estaban sentados en el comedor terminando su almuerzo cuando Sydney entró en la casa.

—¿Cómo les fue, cariño? —preguntó Elizabeth, dando una palmada a la silla junto a ella. —¿Tienes hambre?

—Bien. Almorzamos en el camino de regreso. —Se dirigió a Gord. —Toda esta lluvia debe tener algún impacto en el incendio, espero.

—Estamos esperando más lluvia esta noche pero lamentablemente, al ser una zona árida probablemente genere deslizamientos de tierra más que frenar el fuego. Lo que necesitamos es que el viento disminuya su fuerza. Al menos los helicópteros y los bomberos tienen el día libre. Mañana reevaluaremos todo. Los bomberos están volviendo bastante mojados y sucios así que tienen la lavandería a máxima capacidad.

—Debería buscar las toallas y sábanas de la residencia y llevárselas a ellos, —dijo Sydney.

Bea entró al comedor con tres tazas de café. —Ya está hecho. Lo hice esta mañana. Siéntate y toma café con tu Nan.

—Oh Bea, eres un cielo, como si no tuvieras suficientes cosas que hacer. Podía haberlo hecho esta tarde.

—Ya tienes suficientes cosas en qué ocuparte. Ven... siéntate.

—Cuando todo esto termine, voy a extrañarte.

—No, no lo harás. Y te diré por qué. Porque cuando inicies ese negocio tuyo y tengas esos retiros de yoga, nadie querrá comer tu comida. Tendrás que contratarme para que venga y cocine por ti.

La boca de Sydney cayó abierta mientras todos reían. —Vaya si eres bastante presumida... y tienes razón.

27

Gord estaba junto a la pared con un puntero y golpeó el mapa. —Aquí pueden ver el nuevo límite del incendio.

Sydney se recostó contra la silla y observó la mesa. La casa estaba llena hoy porque habían llegado al punto que estaban esperando. Era un gran día con grandes noticias. Acababan se subir por las escaleras después que Bea les sirvió a todos unas delicias de desayuno y café.

—Los vientos han disminuido y eso les dio el tiempo que necesitaban. El incendio está controlado en un setenta y cinco por ciento en ambos lados de la frontera. La Alerta de Evacuación será cancelada para Stoney Creek. Cerca del setenta y cinco por ciento de los evacuados de Osoyoos pueden volver a sus casas. Y ya no será considerado un incendio de interface.

Habló la Alcaldesa. —¿Cuándo piensas que puedan volver a sus casas?

—Probablemente más tarde esta mañana, una vez que los aviones de observación y las cuadrillas en tierra verifiquen la información. Deberíamos recibir la orden en un par de horas. Los pocos que todavía no podrán regresar serán hospedados en Osoyoos. Me gustaría desocupar el Centro Comunitario de Stoney Creek y arreglarlo para realizar una reunión con la comunidad esta noche.

—¿Qué podemos hacer para ayudar? —preguntó el Oficial Administrativo en Jefe del pueblo.

—El personal aquí presente preparará volantes sobre la reunión de esta noche. Nos gustaría distribuirlos en los negocios, en la escuela para que los niños puedan llevarlos a sus casas para sus padres después de la escuela, y dejar algunos en la oficina postal, etc. Si pudieras facilitarnos algo de personal para ayudarnos a distribuirlos y subirlo a su página web, se lo agradeceríamos.

—Hecho.

—Sydney, nos marcharemos esta tarde de regreso al Centro Comunitario. De esa manera los residentes podrán acercarse y hacer preguntas durante los próximos días. Pero en cuanto a mí, uno de los oficiales administrativos y Kathleen permaneceremos en la residencia hasta que se acabe el fuego. Si todo sale bien, probablemente estemos aquí hasta finales de la semana. Y por favor, no envíes a Bea a su casa hasta que nos marchemos. —Todos rieron.

El CAO se dirigió al grupo. —Contactaremos al personal de limpieza y veremos si pueden limpiar el Centro cuando todos salgan. Sydney, enviaremos a alguien a buscar el movilizarlo y limpiar este espacio.

Gord agregó a las palabras de la Alcaldesa. —La mayoría de los bomberos serán enviados a casa. Mantendremos una cuadrilla en la pradera. Un helicóptero se encargará de los puntos calientes y llenará su contenedor en Osoyoos. Será mucho más silencioso por aquí.

Sydney se excusó de la reunión. Ya sabía lo que necesitaba saber. El resto era sobre procedimientos y no la involucraban a ella. Cuando bajó las escaleras, su Nan estaba sentada en la sala tomando café con Bea. Les informó lo que estaba sucediendo y se dirigió a la residencia para encargarse de la lavandería.

Una hora después, Gord se reunió con ella en la residencia. —Acabamos de recibir la orden. Me dirijo al Centro a hacer los arreglos para que los evacuados se marchen a sus casa y trasladar el resto a Osoyoos. El personal de oficina está trabajando arriba imprimiendo los volantes. Uno de ellos los llevará al pueblo y el otro se quedará para empacar el centro. Nos veremos para almorzar.

Sydney terminó sus tareas en la residencia y regresó a la casa para encontrar a Brian esperando por ella. —Hola. ¿Cómo estás?

—Bien. Pasé por aquí para ver si estaba disponible para venir conmigo a ver una mesa de comedor. Jax la encontró en una oferta y piensa que es lo que estás buscando. La familia la tiene apartada para ti.

Escuchar el nombre de Jax la sobresaltó. —¡Umm… sí! ¿Quieres ir ahora?

—Desde luego. Iremos en mi camioneta y si quieres podemos traerla con nosotros.

Se dirigieron hacia Stoney Creek. —Está justo al sur del pueblo.

—Fue muy amable de Jax pensar en mí. Espero que me guste.

La casa era inmensa. El comedor miraba a los jardines de atrás y tenía ventanas del piso al techo. La mesa en sí era para seis personas con los extremos plegados en ambos lados. Si levantaba uno de los extremos agregaba tres puestos más. Con ambos extremos levantados podía acomodar a doce personas sentadas. La mesa en sí era de pino natural teñido con un acabado claro mate. Las vetas azules en la madera aumentaban su belleza.

Los insectos que destruían los pinos arrastran un hongo azul en sus bocas que ayuda a romper las defensas del árbol. Sydney deslizó su mano sobre la mesa. —Vaya, esta mesa es increíble. Me encanta que la madera fue dejada al natural para que las vetas azules resaltaran. Que los extremos se plieguen es ingenioso. —Las patas y soportes estaban enfrentados y pintados en azul naval. Las sillas de madera también eran azul naval con el asiento en madera de pino. —¿Cuántas sillas tienen?

—Doce sillas.

—Asombroso. Hagamos negocio.

Veinte minutos después, se dirigían de vuelta al rancho con su compra.

—Hay un camión con trabajadores de la alcaldía detrás de nosotros. Apuesto a que nos seguirán hasta tu casa para llevarse las mesas y sillas, —dijo Brian.

—Todo estará extrañamente silencioso cuando se marchen.

Brian bromeó. —Solo tú y tu abuela... y los fantasmas.

La cabeza de Sydney se irguió hacia los lados. Brian estaba sonriendo. —¿Disculpa?

Brian se tornó rojo. —¿No sabía sobre eso?

Sydney observó su perfil. —¿Sobre qué?

—Vaya, hubiera pensado que con todas las normas al respecto, lo habías escuchado. Cuando comenzamos las renovaciones, uno de los muchachos juraba haber visto una chica de pie en el bosquecillo de árboles de magnolias. Entonces, la semana pasada, uno de los bomberos no podía dormir. Era cerca del amanecer y caminó hacia allá para ver el lago. Miró hacia la casa y vio un hombre de pie en una de las habitaciones... la de tu Nan.

Sydney se sintió en shock, recordando la oscura silueta que había visto de pie junto a su cama.

—¿Lo describió?

—Era alto y delgado, llevaba vaqueros acanalados y lentes redondos de pasta. No reconoció al hombre y pensó que podía ser alguien visitando tu familia. Cuando la figura notó que lo estaba mirando, desapareció. No retrocedió y se alejó de la luz... solo se evaporó en el aire. De verdad lo asustó mucho y los muchachos se burlaron mucho de él por eso.

Estaba impresionada. Y ahora sabía exactamente quién era el hombre. *O debería decir, quién es el espíritu... mi abuelo.*

Cuando subieron por la entrada, el camión con los trabajadores de la alcaldía los siguió. Dos hombres bajaron y se aceraron a la camioneta de Brian. —Finalmente encontró su mesa, —dijo uno. —En buen momento. Podemos llevarnos las sillas y mesas y ayudarlos a instalar esta.

Sydney aplaudió. —Gracias, chicos.

Antes de entrar en la casa, llegó Gord.

En cuestión de minutos, la mesa de comedor estaba en su lugar. Bea tenía en la estufa calentando una enorme olla con un guiso y sándwiches envueltos en el refrigerador. Sydney invitó a Brian y a los trabajadores a almorzar. Bea y Elizabeth ya habían comido así que sirvieron la mesa para seis.

Bea colocó los platos con sándwiches en la mesa y trajo tazas humeantes con el guiso. —Nada de galletas hoy. Todas se ablandaron por la humedad de la lluvia.

—Aquí hay suficiente comida. No las necesitamos, —dijo Sydney.

Elizabeth se sentó en la sala, admirando el comedor. —Se ve tan natural y con la pared de piedra, le da calidez a la sala. Es una excelente elección.

—Lo que me convenció fueron los extremos plegables. No quería una mesa gigantesca cuando no fuera necesario. Y las sillas extra pueden guardarse en el almacén, —agregó Sydney. Observó sus invitados a almorzar. —Continúen, todos a comer. Vamos a bautizar mi nueva mesa.

Durante el almuerzo, Gord les informó lo que estaba sucediendo en el pueblo. —Todos los evacuados están en camino a sus casas o hacia Osoyoos. Mi personal está organizando todo para la reunión de esta noche.

Una hora después, Gord subió las escaleras y ayudó a su personal a terminar de empacar. Todas las cajas fueron cargadas en su camión y se marcharon. Los trabajadores de la alcaldía cargaron todas las mesas y sillas en la parte de atrás para llevar al pueblo. Llegó otro vehículo.

Sydney abrió la puerta a dos mujeres que llevaban suministros de limpieza. Ella sonrió. —Pasen adelante. Hoy ésta es la gran estación central. —Se presentaron como el personal de limpieza. Una llevaba una máquina de vapor para el piso y una caja de implementos de limpieza, mientras que la otra llevaba una pulidora. Sydney las llevó escaleras arriba y las dejó allá para hacer su trabajo. Las mujeres no tardaron mucho en terminar y estar listas para marcharse. —Vaya, son rápidas. Muchas gracias, señoras.

Bea salió por la puerta con las dos mujeres. —Yo también voy al pueblo. Regresaré en dos horas.

—Espera, Bea. —Sydne fue a su habitación y regresó. —Aquí está tu cheque completo por esta semana.

—Gracias, cariño. Nos vemos luego.

Sydney fue a buscar a su Nan y la encontró sentada en su butaca en la habitación. Tenía un libro en su regazo, pero estaba mirando por la ventana.

—Solo nosotras dos, Nan. La casa está tan silenciosa y tranquila.

Elizabeth se rió. —Una extraña ocurrencia desde que llegué aquí. Estoy viendo empacar a los bomberos. Parece que se marcha la mitad de ellos.

Sydney se sentó en la ventana sobre el banco que Jax había construido. —Espero volver a una vida normal y que terminen el trabajo que falta. Será agradable tener la casa para nosotras solas. —Miró a su Nan. —Al menos hasta que regreses a Kelowna.

Las dos mujeres se miraron en silencio.

—Probablemente todavía tengamos tres semanas más de todas formas, —dijo Elizabeth.

—¿Has pensado en quedarte? Ciertamente te ves contenta aquí.

Su Nan miró al lago por la ventana. —Admitiré que estoy más cómoda aquí de lo que pensé que estaría. Has convertido la vieja casa en un hogar campestre acogedor. Pero... tengo que regresar a Kelowna en algún momento. Es hora de que tú vueles por ti misma.

—Lo sé. Me emociona comenzar con el negocio y eso me mantendrá más que ocupada.

—Sin embargo no tendrás que traerme arrastrada hasta aquí. Vendré con frecuencia. Después de todo, esta es *mi* habitación.

Sydney rió. —Sí, así es. Nadie más puede dormir aquí. La habitación adicional será una habitación de huéspedes para otras personas que vengan de visita.

—¿Puedo traer algunas cosas de la casa para colocarlas aquí? Como mis propios cuadros y detalles? ¿Y aquella hermosa cobija tejida en crochet que me compraste para mi cumpleaños para colocarla sobre la silla?

—Desde luego, lo que quieras.

Elizabeth extendió la mano y apretó la de su nieta. —Estoy muy orgullosa de ti, lo sabes.

Intercambiaron sonrisas cálidas. —Gracias.

Sydney se levantó y se estiró. —No he hecho ejercicios durante semanas. Ya terminaron de limpiar el estudio. Creo que subiré para hacer algunos estiramientos de yoga y meditación. —Sydney hizo una pausa. —¿Puedo hacerte una pregunta?

—Dispara.

—Mi madre escribió en su último diario sobre estudiar y practicar yoga y meditación. ¿No te pareció extraño que yo eligiera estudiar lo mismo y hacer una carrera con eso?

—Sí. Me impresionó cuando lo mencionaste por primera vez. Pero en ese entonces no hablábamos de tu madre... es mi culpa. Era otro recordatorio para mí de lo mucho que te pareces a ella.

—Me sorprendió cuando lo leí en el diario que tal vez sea memoria genética.

—Excepto que tú naciste antes de que Chelsea se involucrara en esa práctica. Tal vez sea más una experiencia sensorial. Eras solo una bebé pero con frecuencia ella practicaba sus rutinas delante de ti. Te reías con algunas de las posiciones de contorsionista que hacía con su cuerpo.

Sydney la miró pensativa. —Tal vez sea algo de eso. Bueno... me marcho.

—Antes de irte, he estado pensando. ¿Podrías darme los diarios de Chelsea? Estoy lista para leerlos ahora.

Sydney la miró sorprendida pero se sintió complacida. —Estoy a mitad del último. Te daré los tres primeros.

Sydney fue a su habitación a buscar los diarios. Era difícil de creer el cambio de cien por ciento que su abuela había dado con relación a su madre. Ahora hablaban con facilidad sobre Chelsea y cuando tenía preguntas, Elizabeth estaba preparada para responderlas.

Dicen que no puedes volver a casa. Pero eso es exactamente lo que su Nan necesita hacer.

28

Sydney subió las escaleras hacia el estudio. *Vaya. Nunca pensarías que nadie estuvo aquí arriba.* Fiel a su palabra, Gord había cumplido. Las paredes estaban intactas y los pisos limpios con vapor y pulidos. *Parece nuevo. Y lo es.* Sonrió. Sydney caminó por el estudio un par de veces, balanceando los brazos y calentando las piernas. Pensaba en sus clases. Sydney quería enseñar todos los niveles; principiantes, intermedio, avanzado y clases delicadas para personas con limitaciones físicas. Sus clases incorporarían mente, cuerpo, y espíritu mediante la combinación de ejercicio, filosofía, respiración, dieta y meditación. Sus meditaciones incluirían prácticas de Earthing en temporada.

Abrió el gabinete y sacó una alfombrilla, un cabezal y una almohada. De otro gabinete sacó un aparato para CD. Para su trabajo de yoga, cargó el álbum *El Gran Misterio* de Desert Dwellers. Sydney comenzó con ejercicios de estiramiento, seguidos de yoga intermedio, continuando con posiciones más avanzadas. Mantuvo cada posición durante dos o tres minutos, el tiempo requerido para estimular su flexibilidad. Una vez que pasó su punto de relajamiento y su respiración se suavizó, Sydney cambió las posiciones. La rutina total tomó una hora completa.

Recargó el álbum *Yellow Brick Cinema*, música de relajamiento para la meditación y se sentó en la alfombrilla en la posición de lotus. Con sus piernas dobladas y cruzadas, colocó sus manos sobre las rodillas, su pulgar y dedo índice formando un círculo. Sydney se concentró en sus ejercicios de respiración, dejando que la música fluyera por su cuerpo. Sintió la calidez y protección de la luz sanadora de la energía blanca universal que avanzaba desde los dedos de los pies, a través de sus piernas para llegar a su torso, empujando a la mala energía arriba de ella. Se concentró en esta calidez, borrando todos los pensamientos de su mente. Ascendió a su pecho y hombros, empujando algo de la mala energía por sus brazos, hacia sus manos, saliendo de su cuerpo a través de las puntas de sus dedos. Sus músculos se relajaron. La calidez se trasladó hacia su cuello y su cabeza hasta que toda la tensión salió por la parte de arriba de su cabeza. Los músculos en su frente se relajaron, seguidos por sus mejillas, hasta que su barbilla se relajó y sus dientes dejaron de estar apretados, dejando sus labios un poco separados. Completó su ejercicio y se sintió libre de toda tensión.

La vibración de la música tántrica pulsaba a través del piso hacia su cuerpo. Se sentía una sola con la habitación. Su respiración era profunda y relajada. Su cuerpo físico se sentía ligero, su mente clara. Sydney se perdió en la música hasta que ésta finalizó. Mantuvo la posición, sin querer moverse. El CD se recargó y comenzó de nuevo. Este estado de suspensión era tan agradable, que no quería romper su hechizo eufórico.

Y entonces sucedieron dos cosas.

El característico olor de las magnolias llenó la habitación. El dulce aroma penetrante con un toque de vainilla llenó sus fosas nasales y ella inhaló la familiar esencia profundo en sus pulmones. A continuación, escuchó una voz que le hablaba.

¿Una voz? ¿Es eso lo que es?

No una voz de las que hablan en voz alta sino de las que hablan en la mente. Suave e implorante, la 'voz' susurraba: *Ten cuidado. Por favor ten cuidado.* Estas palabras fueron seguidas por el sonido de sollozos. No eran pesados ni fuertes, pero hacían eco en su cabeza como si hubieran viajado desde un lugar a gran distancia para alcanzar acceso interno con su mente.

Sydney abrió los ojos. Estaba mirando la pared con espejos y permaneció en la posición de loto mientras su cuerpo se reorientaba a su estado físico. Miró el espejo y dejó que sus ojos recorrieran la habitación a través del reflejo en el espejo.

La maravilla, incredulidad, pero sobre todo el miedo, congeló su mirada en un sitio del espejo.

A unos cinco pies detrás de su hombro derecho, estaba una joven mujer. La misma chica que había visto en el árbol. Estaba inmóvil, descalza con vaqueros desgastados, una camiseta blanca, y esa melena de largo cabello rosado. *Mi amiga imaginaria.* Pudo escuchar una débil resonancia de sollozos en su ojo mental. El rostro de la chica estaba húmedo por las lágrimas que brotaban de sus ojos azules.

Sydney deshizo su posición de loto y dio la vuelta sobre la alfombrilla. La habitación detrás de ella estaba vacía. Se volteó de nuevo y miró en el espejo. Nadie. Al levantarse, sacudió las piernas y brazos, recuperando su equilibrio físico. Se acercó a la ventana y miró hacia afuera a los campos por el camino.

La mujer me dio una advertencia. ¿Por qué estaba llorando? ¿De dónde salió ella? ¿Y cuidarme de qué?

Para todas sus preguntas sin respuestas, había una cosa de la que Sydney se sentía segura.

Esta chica no es ni nunca fue una amiga imaginaria sino un espíritu. ¿Quién es ella?

* * *

El fin de semana trajo el fin del incendio, al menos en el lado Canadiense. La última cuadrilla se marchó a casa. Y el Centro Contra el Incendio regresó a Kamloops el día anterior, excepto Gord. Él se marcharía mañana. Él y Elizabeth cargaron en sus celulares la información de contacto de cada uno. Gord insistió en llevarla a cenar esta última noche. Era el Día de Canadá, 1 de Julio, el día que Canadá celebra la federación. Pero Stoney Creek y Osoyoos habían cancelado las celebraciones para ese año debido al incendio.

Elizabeth avanzaba a la velocidad de un caracol con sus muletas pero al menos tenía movilidad. Gord la llevó a un restaurante Griego en Osoyoos que miraba al lago. Era una noche cálida y observaron a los nadadores saltar del bote y a los niños pequeños hacer pozos en la arena.

—Había olvidado lo tranquilo que es el extremo sur del Okanagan. Kelowna también tiene hermosas playas, pero mucho más tráfico en esta época, —dijo Elizabeth.

—He disfrutado vivir en Kamloops. Ha sido bueno para mí financieramente y en cuanto a mi carrera, pero mi retiro está próximo. Siempre me ha gustado el Okanagan. —Miró a Elizabeth. —Ya sabes, Lizzie... tal vez me mude más cerca de aquí. —Tomó su mano.

Elizabeth sonrió. —¿Cuándo es tu fecha?

—Mi cumpleaños es en Febrero. Me gustaría marcharme antes de que comience la temporada de incendios del próximo año. Podría poner la casa en venta cuando regrese en caso de que tarde un poco. Necesito reducir el espacio y podría mudarme a un apartamento hasta que me marche.

Elizabeth pensó en sus palabras. —Me encantaría verte más cerca. Si tenemos la intención de vernos exclusivamente, es un trayecto de dos horas ida y vuelta. Pero no quiero desarraigarte por mí. Todo esto es nuevo para ambos y no estoy listo para nada demasiado permanente, ya sabes. Quiero decir, si no funciona entre nosotros, podrías arrepentirte de un cambio en tu vida.

—Bueno, antes de todo, tenemos unos ocho o nueve meses antes de que me mude. Para entonces sabremos cómo estamos juntos. Planifiqué mudarme a algo más pequeño cuando me jubilara. Si no funciona, podría comprar una casa o apartamento en Kamloops. Pero mis hijos están dispersos desde Kamloops a Kelowna a Vernon. Así que mi preferencia para retirarme es estar en algún lugar del Okanagan, en lugar del Río Thompson por ejemplo.

—Entonces espero con ansias tenerte más cerca. —Elizabeth apretó su mano.

Gord se enderezó en su silla mientras el mesero les traía sus platos con carne souvlaki, arroz, y ensalada Griega. —Tengo la impresión de que a Sydney le gustaría que te quedaras aquí y no regresaras a Kelowna.

—Eso creo también. Pero me faltan dos años para jubilarme. No me veo renunciando a mi negocio en este momento. Mi planificación financiera está atada a este último par de años. Además, ella necesita arrancar con su negocio y ser independiente.

—Umm... esta carne está tan suave. —Gord terminó de masticar y tragó su bocado especioso. —¿No fue por eso que ella vino a Stoney Creek en primer lugar?

—Ese era su plan pero con todo lo sucedido, creo que se está aferrando a mí porque se siente insegura. Una vez que vuelva a casa, ella encontrará su camino.

—¿Cuándo piensas que volverás a casa?

Elizabeth tomó un sorbo de vino tinto. —Iba a marcharme cuando me colocaran la escayola de caminar, pero ha sido tan caótico con todas las personas del incendio en la granja. Tal vez me quede un par de semanas más aunque solo sea para disfrutar de la tranquilidad.

Gord rió. —¿Y para asegurarte de que Sydney esté bien?

—Puedes ver a través de mí.

—Has sido una buena madre y abuela para ella. No quiero inmiscuirme. Pero parece un poco estresada esta semana. ¿Está todo bien?

Elizabeth evaluó la pregunta. No estaba segura de compartir sus asuntos privados con nadie. *Esto es nuevo e incómodo. Pero si Gord y yo tendremos una relación, necesitamos confiar el uno en el otro y ser nuestros confidentes.* Notó que se relajaba mientras contaba a Gord toda la historia sobre su hija y Wes Rhyder. Al principio vaciló cuando le dijo sobre Sydney y Jax porque ese era un asunto personal de Sydney, no suyo. Pero continuó y en un momento él lo supo todo.

—Jesús. Con razón quiere que te quedes. En este momento necesita de tu apoyo. Creo que deberías quedarte por un tiempo. Estás cobrando el seguro médico y si tus clientes de peluquería pueden esperar, es necesario.

—La mayoría de mis clientes las he tenido por años, están tratando de apoyarme. Y si pierdo algunas, puedo encontrar otras nuevas.

—Entonces quédate. Tal vez incluso por más tiempo si es necesario. Estamos en verano y es mi temporada más ocupada. De todas formas voy a estar muy ocupado con los otros incendios por unos meses, así que nuestro tiempo juntos será escaso. Además tú todavía necesitas ayuda. Una vez que comiences la terapia física, podrás manejarte sola.

Elizabeth se rió extasiada.

—¿Qué?

—No estoy acostumbrada a tener a alguien que me cuide. Ha pasado mucho tiempo desde que un hombre me decía qué hacer.

Gord bajó su tenedor y extendió la mano sobre la mesa. Enlazó los dedos con los de ella. —Escucha. No te estoy diciendo qué hacer. Solo estoy sugiriendo lo que yo haría. La elección depende de ti.

—Gracias. Fue una mala elección de palabras de mi parte... vieja programación. Si en realidad pensara que tú me dirías qué hacer, te enviaría a empacar tus maletas.

Ambos rieron. —Apuesto a que sí.

Terminaron su cena y se marcharon del restaurante. En lugar de dirigirse al norte hacia Stoney Creek, Gord tomó hacia el sur y condujo hacia la frontera con USA. Doblaron a la derecha en la Autopista Crowsnest y subieron al Anarchist Lookout que se encuentra a unos mil quinientos pies por encima de Osoyoos.

Estacionaron y salieron del vehículo. —No había estado aquí desde que era una chica, —dijo Elizabeth.

—Han pasado muchos años para mí también.

Encontraron una gran roca donde sentarse y observar al sol ponerse en el oeste. Eventualmente, el cielo comenzó a oscurecerse y se enfrió el aire de la noche.

—¿Sientes la brisa? Me encanta la brisa nocturna. Sin ellas, las temperaturas del desierto serían insoportables, —dijo Elizabeth.

—Es gracioso cómo los visitantes se sorprenden porque algunas áreas en Canadá tienen desiertos. Piensan que todo es frío y nieve.

Elizabeth sonrió. —Nuestra geografía es bastante diversa.

Observaron mientras se encendían las luces en el pueblo. Brillaban como estrellas contra la oscuridad.

Gord se levantó para ayudar a Elizabeth a levantarse y le acercó las muletas. Cuando llegaron al auto, él abrió la puerta para ella y colocó las muletas en el asiento de atrás. Se volteó hacia Elizabeth que estaba junto a la puerta esperando por él para que la ayudara a sentarse en el auto. Antes de hacerlo, Gord la tomó en sus brazos y la abrazó con fuerza contra su pecho. Inclinó su cabeza hacia la de ella y encontró su boca. Su beso fue corto y dulce, una prueba para ver si sus sentimientos eran iguales. Él retrocedió y la miró a los ojos. Elizabeth sonrió y sus labios se juntaron con un poco más de pasión esta vez. Elizabeth cedió a la sensación y sintió una calidez que la envolvía.

Mientras conducía por la montaña, ella saboreó el momento. Habían compartido varios besos rápidos en las semanas recientes pero hasta ahora este fue su primer beso apasionado que cimentó sus sentimientos mutuos Elizabeth sonrió para sí misma mientras observaba las luces abajo en el camino. *¿Cuán romántico es esto? Los jóvenes piensan que tienen la exclusividad del mercado del romance. ¿Quién dice que no puedes tener diversión y romance después de los sesenta?*

29

Brian la llamó desde la Constructora Rhyder para decirle que los hombres volverían a mediados de la semana para continuar su trabajo en la propiedad. Le había pagado a Bea por el resto de la semana e insistió en quedarse con ella y Elizabeth. Sydney se sentía agradecida. Había estado ayudando a Bea en la cocina con algunas comidas y había aprendido algunos excelentes trucos de cocina. Pero tenía la intención de aprender más. Claro, su Nan era una excelente cocinera. Pero balancearse sobre las muletas mientras cocinaba no era una opción. Para cuando Bea se marchó, Sydney había aprendido a arreglárselas adecuadamente en la cocina.

El celular de Sydney vibró en su bolsillo. Lo sacó y miró la pantalla. —Hola, Jess. ¿Qué hay de nuevo?

—Hola, detesto tener que decirte esto. Pero recibí una llamada del laboratorio sobre tu muestra de ADN.

El corazón de Sydney comenzó a latir con fuerza. —¿Ya? Apenas ha pasado una semana.

—Lo siento, no tengo el resultado. Desafortunadamente, tu muestra fue comprometida y está contaminada. Necesito que vengas para tomarte otra muestra.

Sydney dejó escapar un profundo suspiro. —Está bien. ¿Cuándo quieres que vaya?

—¿Puedes venir hoy mismo? Tenemos un paquete que vamos a enviar al laboratorio esta tarde. Me gustaría incluir el tuyo.

—Voy en camino. Nos vemos allá.

Buscó a su abuela para decirle adónde iba.

—¿Puedo ir contigo? Es un hermoso día para pasear y aquí está muy silencioso.

—Claro.

Veinte minutos después se dirigían al hospital en Oliver.

—Será mejor que no dañen ésta. Ahora tendremos que esperar más aún por los resultados, —dijo Sydney.

—Qué lástima. Esto terminará pronto, cariño y tendrás tu respuesta. ¿Has hablado con Jax?

—No. Nos estamos evitando mutuamente. ¿Qué podemos decirnos hasta que sepamos si somos parientes? Y si resulta que somos primos, será vergonzoso para ambos. Y nosotros pensábamos que teníamos algo especial.

—Desearía poder hacer algo para ayudarte. Pero no puedo. Algunas veces siento que soy un fracaso como madre y abuela. —Elizabeth miró por la ventana.

Sydney estaba asombrada. —Oh Nan, ¿por qué dices eso? Eres una gran abuela. Y Chelsea escribió bien de ti como madre en sus diario.

Elizabeth gruñó. —En realidad nunca conocí a mi hija hasta que comencé a leer sus libros. Me refiero a que reconocí que era más fuerte y libre en su pensamiento que yo. Admiré sus carácter y personalidad. Pero en realidad no supe ni comprendí las angustias que sentía sobre su padre. Ella siempre se le enfrentó, algunas veces con rabia y otras con humor. Yo pensaba que había encontrado la manera de lidiar con su forma de ser. Yo estaba equivocada y ella sufrió por eso.

—No te culpes. Los adolescentes y sus padres siempre tienen relaciones tensas y problemas entre sí. Creo que el último año después que mi madre me tuvo, te comprendía y te amaba mucho más. —Sydney miró a su abuela y vio una lágrima correr por su mejilla. —Eres una buena persona, Nan. Hiciste lo mejor que pudiste y eso cuenta.

—Gracias, cariño. Solo desearía haberme enfrentado antes a tu abuelo.

—Se llama madurez.

Elizabeth se rió. —Allí vas, actuando toda inteligente de nuevo. Eres mucho más madura que yo a tu edad.

—Eso es porque creciste en una vida protegida y tu Abueno continuó protegiéndote. Por el contrario, yo estuve más expuesta a la vida. La televisión, los vídeos, y la internet han expuesto a los niños a más cosas que en tu época cuando crecías en la granja.

Un auto se atravesó junto frente a ella. Presionó los frenos para evitar un impacto. —Qué idiota. ¿Puedo preguntarte algo?

—Claro.

—¿Crees en Dios?

Sydney pudo sentir la silenciosa mirada de su abuela.

—Si así quieres llamarlo. Yo creo en un poder superior. Ciertamente no tenemos el control, ¿no te parece?

—¿Por qué nunca me enviaste a la iglesia cuando nos mudamos a Kelowna?

—Fui a la iglesia con Fran y Chelsea porque él lo exigía. Y en aquellos días, Stoney Creek no estaba muy poblado. La única vida social era a través de la iglesia. Lo disfrutaba. Pero siempre creí que si Dios estaba en todas partes y lo veía todo, entonces estaba en mi jardín. Así que cuando estaba de rodillas trabajando en el jardín, podría rezar y él me escucharía.

—Tiene sentido.

—También creo que solo necesitas seguir una sola regla para ser una buena persona, la Regla de Oro. No hagas a los demás lo que no quieres que te hagan. Para mí, eso resume todo lo escrito en la biblia, el Corán, Torah y el Tripitaka Budista.

Sydney asintió. —Te recuerdo hablando de la Regla de Oro cuando era niña.

—Cuando Frank decidió que la iglesia se había vuelto demasiado liberal, hacíamos reuniones de oración los Domingos en las mañanas. La pobre Chelsea tenía que leer los versículos y decirle lo que ella pensaba que significaban. Luego los discutían.

—Umm... Recuerdo que me ocultaba en el árbol de magnolias y lo escuchaba llamarme para mis lecciones. Yo era demasiado pequeña para leer pero recuerdo que él me leía las escrituras. Yo no las entendía para nada y algunas me asustaban. Me quedaba escondida hasta que escuchaba ese tono en su voz que me indicaba que si lo presionaba un poco más, se pondría realmente furioso y me quitaría mis privilegios.

—Y es por eso que yo no te enviaba a la iglesia en Kelowna. Las asustó tanto a ti y a tu madre con su impresión de la biblia de fuego y azufre. Yo creía que ir a la iglesia debería ser una opción que fuera deseada y disfrutada. Así que decidí enseñarte la regla de oro y dejar que tú descubrieras el resto cuando fueras adulta.

Llegaron al hospital y entraron. Encontraron a Jessie y tomaron otra muestra de Sydney.

—Lo lamento tanto, Syd. Debe ser terrible esperar por esto, —dijo Jessie.

—No es tu culpa. Estoy bien. —Sydney le dio un abrazo a Jessie. —¿Por qué no cenas con nosotras esta noche? Seremos solo nosotras y Bea ahora que todos los demás ya se marcharon a sus casas.

—Allí estaré.

—Nos vemos a las seis.

Caminaron lentamente por el hospital con Elizabeth usando sus muletas y sosteniendo su pierna derecha en el aire. Sydney la hubiera colocado en una silla de ruedas, pero su Nan insistió en ser independiente. Sydney miraba alrededor mientras avanzaban lentamente hacia la entrada. Sentado en una silla en el área de espera, vio a Arne, su vecino. Él ya las había visto y sus miradas se encontraron. No había forma de ignorarlo. Se levantó y caminó hacia ellas.

—Buenas tardes, señoras. ¿Está todo bien?

—Sí, Arne. Solo vinimos por una prueba, —dijo Elizabeth. —¿Y tú?

—También. Estoy esperando por unos rayos-x de mi espalda. Me la torcí levantando unas balas de heno.

Elizabeth continuó caminando. —Cuídate mucho. El dolor de espalda puede ser terrible.

—Feliz día, señoras. —Arne miró a Sydney que no había pronunciado ni una palabra. La miró arriba y abajo, asintió y sonrió. —Sydney.

Sydney asintió en respuesta. —Cuídate, —dijo ella, siguiendo a su abuela hacia las puertas eléctricas. *¿Por qué algunos hombre piensan que está bien desvestirte con la mirada y esperan que te sientes halagada?* Para cuando llegaron al vehículo, Sydney se sentía enojada con ese hombre. Ayudó a su Nan a acomodarse en el asiento para pasajeros y dio la vuelta hacia el asiento de conductor. Se dio cuenta de que la camioneta de Arne estaba estacionada justo junto a ellas. No había mucho espacio entre las dos. Cuando extendió la mano hacia la puerta, miró por la ventana para pasajeros del vehículo de su vecino. Lo que vio la hizo detenerse de repente. Se acercó y observó a través de la ventana. Había una pila de libros en el asiento delantero de la Biblioteca Regional de Okanagan, Sede en Oliver. El montón de libros se habían deslizado a un lado y se dispersaron en el asiento. Un libro en particular llamó su atención. Un libro de Yoga. *¡Arne!*

Entró en su vehículo y trató de visualizar el prospecto de su viejo vecino sentado en una alfombrilla en posición. Una risita escapó de su boca.

—¿Qué es tan gracioso?

—La camioneta de Arne está estacionado justo al lado. Hay varios libros de la biblioteca sobre el asiento. Uno es de Yoga.

—Pues eso es muy gracioso, —dijo Elizabeth, riendo.

—¿De verdad piensas que le guste el Yoga?

Su abuela se encogió de hombros. —Quién sabe. Tiene problemas con la espalda y el Yoga es un ejercicio suave y efectivo.

Sydney sacudió la cabeza, retrocedió con el auto. Una vez en la autopista de camino a su casa se olvidó de Arne.

Pasaron una tarde agradable con Jessie y Bea. Sydney insistió en que por la duración de su tiempo con ellas, Bea no se consideraba como empleada. Era parte de la familia, una de ellas. Sydney le dijo que tenía la intención de trabajar con ella en la cocina y aprender de ella. Cuando llegara la hora de la comida, cenaría con ellas, comería y socializaría. La limpieza la realizarían juntas. Jessie y Sydney dejaron que Elizabeth y Bea dirigieran la conversación por haber compartido su infancia y años juveniles en Stoney Creek. Fue una noche divertida y llena de risas. Demasiado pronto, Jessie tuvo que marcharse y llegó la hora de dormir.

Sydney se acomodó debajo de las cobijas, recostada contra las almohadas. Una vez más tomó el diario y continuó leyendo.

* * *

Febrero 26

Querida Yo,

Lo hice. Me inscribí. No les he dicho nada a Mamá ni a Papá. Si se lo digo a Mamá en confidencia ella se lo dirá en algún momento y ya me cansé de discutir con él. Me siento mal por no decírselo. Me quedan unas diez semanas antes de marcharme y no quiero más de la furia de Papá. No puedo esperar para comenzar mi nueva vida. Que piensen que he cedido a los deseos de Papá.

Marzo 10

Querida Yo,

Servicios Sociales encontró un apartamento en un sótano para mí a un par de calles de la escuela. Puedo irme a mediados de Mayo, dos semanas antes de comenzar las clases. Me darán algo de dinero para comprarle a Sydney su mobiliario en el Ejército de Salvación. Solo me llevaré el cochecito, los juguetes favoritos de Sydney, y su ropa. Tendré una maleta y una mochila con mi laptop. ¡COMENZÓ LA CUENTA REGRESIVA!

. . .

Marzo 23

Querida Yo,

Mamá me preguntó hoy si todavía planeaba irme para la escuela. Le mentí. Ya lo sé Yo, le mentí a mi madre. Le dije que no podría entrar para la clase del 1 de Junio y probablemente lo haría para Diciembre. Me siento terrible por mentirle a Mamá. Con suerte, un día lo comprenderá. Papá gruñó y lo dejó pasar porque esa fecha estaba lejos.

Abril 1

Querida Yo,

Hoy es mi cumpleaños y de Sydney. Mamá nos preparó una torta de cumpleaños combinada y me compró una alfombrilla de yoga. Era de parte de Mamá y Papá pero sé que fue ella quien lo ordenó. Le compraron a Sydney un osito de peluche que era tan grande como ella. Le encanta. Imagínate... mi Sydney tiene un año. Camina o tal vez deba decir que ahora corre y se mete en todas partes. Es una lindura. La amo con locura.

* * *

Sydney cerró los ojos y sacudió la cabeza para permanecer despierta. Quería continuar leyendo. En un estado de somnolencia leyó el siguiente comentario. *¿Qué?* Se detuvo y comenzó de nuevo. Cuando terminó, se incorporó en la cama y lo leyó de nuevo. Su cabeza daba vueltas y su cuerpo se puso helado. *¡Qué barbaridad!*

* * *

Abril 4

Querida Yo,

¿Adivina qué? Anoche vi una biografía de Cyndi Lauper en la televisión. Ella estaba vestida a la moda. Nunca encontraría su estilo de ropa en Stoney Creek (risitas)... probablemente tampoco en Kelowna. Su ropa no se combina con pequeños pueblos agricultores ja ja ja. Pero lo que de verdad me encantó fue su cabello. ¡Teñido de rosado! ¿Puedes creerlo? Tan genial. Ahora que podía hacerlo. Y... ya me conoces, Yo... SI, LO HICE. Teñí mi cabello rosado como el de Cindy Lauper. Mamá y Papá salieron. No sé qué pensarán. Oops... demasiado tarde.

30

Jax tomó su celular. —Hola, Jess. ¿Qué hay de nuevo?

—Hola, Jax. No estoy llamando demasiado tarde, ¿cierto?

—No. Estoy limpiando la casa tratando de hacer que me de sueño.

—Oh, ¿entonces estás de vuelta en tu propia casa?

—Sí. Necesitaba distanciarme de mi Papá. Y después que Syd supo que estaba de vuelta en el pueblo, no había necesidad de ocultarme.

—¿Cómo estás manejando todo esto, amigo? —preguntó Jessie.

Él se dejó caer en un sillón y subió los pies sobre la mesa. —Estoy enojado, realmente enojado. ¿Cómo está Syd?

—Creo que ha superado la parte de la rabia. Comprende por qué desapareciste como lo hiciste. Ella dejó tranquilo a tu Papá y le dijo que la retrospectiva no es la realidad y que todos tienen que continuar hacia adelante.

Jax pensó en eso por un momento. —Probablemente tiene razón pero Papá dejó pasar demasiado tiempo para hablarme sobre mi pasado. Y debería haberse acercado a Sydney mucho antes sobre sus sospechas de que pudiera ser su padre.

—No puedo hablar por tu Papá sobre eso, pero él le dijo a Sydney que no tenía idea de qué le habían dicho a ella sobre su pasado y no había querido imponerse y alterar su vida. Creo que era un punto válido.

—Supongo que sí.

—Mira, quería decirte que el laboratorio contaminó la muestra de Sydney. Ella vino hoy al hospital y tomamos otra muestra. Así que va a tardar un poco más antes de que sepan la verdad. Le dejé un mensaje a tu Papá.

—Diablos. Pobre Sydney. Esto debe ser muy duro para ella.

—Es duro para todos ustedes.

Sonó el timbre y Jax fue a ver quién era. —Hay alguien en mi puerta. Mejor voy. Gracias por llamar, Jess.

—No hay problema. Hablaremos pronto.

Jax abrió la puerta y encontró a su padre allí de pie, parecía un poco inseguro.

—Acabo de llegar de Kelowna y vi tus luces encendidas. ¿Puedo pasar? —preguntó Wes.

—Claro. —Jax lo invitó a entrar a la sala. —¿Quieres una cerveza?

—Sí, gracias. —Wes se sentó en el sofá.

Jax regresó a la cocina y le entregó una botella a Wes. Regresó al sillón. —¿Cómo están las cosas en Kelowna?

—Bien. Todo está saliendo bien. —Wes hizo una pausa para tomar un trago de cerveza.

—Estaba hablando con Jess. Me dijo que hubo que tomarle otra muestra a Sydney.

Wes sacudió la cabeza con disgusto. —Como si ella no estuviera suficientemente estresada. Escuché que el incendio se acabó y todos los bomberos se marcharon.

Jax dijo, —Sí. Brian y la cuadrilla volverá a la granja mañana para reanudar el proyecto.

—Eso... ésto está bien. Lamento que tuvieras que dejar tu trabajo, hijo. Sé lo que ese proyecto significa para ti.

Jax se encogió de hombros. —Podría usar unos días libres. Estoy organizando la casa.

—Todavía estás enojado conmigo. Finalmente nunca hablamos sobre eso la noche en que te lo dije. Entonces cuando viniste para trabajar en la línea de fuego con la retroexcavadora, nunca te vi. ¿Podemos hablar ahora?

Observó el rostro de su padre. Jax se dio cuenta de lo cansado y estresado que parecía. Todo este asunto lo estaba afectando también. —No podía hablar de esto cuando me dijiste que era tu sobrino y no tu hijo. Creo que lo hubiera manejado mejor si no hubiera sucedido nada entre Sydney y yo. Todo este asunto del insesto es demasiado... pensar al principio que podíamos ser hermanos y luego quizás primos, estaba demasiado abrumado.

—Lamento que resultaras lastimado. Mi razonamiento parecen excusas y repetir lo mal que lo manejé todo no va a mejorar las cosas. Pero tienes que saber que adoptado o no, eres mi hijo y siempre lo serás. —Wes tomó un par de tragos para relajarse y calmar su nerviosismo. —Te amo, hijo.

Jax se relajó un poco. —Lo sé. Has sido un buen padre conmigo. Sé que ser un gran padre es más que sangre. Y epa, todavía somos parientes consanguíneos. —Observó cómo parte de la tensión desaparecía del rostro de su padre. —Estaba hablando con Jess sobre algo de esto. Ella me ayudó a ver las cosas un poco más en perspectiva. Creo que tal vez pueda liberarme de la rabia, Papá. Yo también te amo.

Los dos hombres se sentaron en silencio durante varios minutos. Wes habló primero. —Gracias. ¿Quieres... —Wes hizo una pausa. —¿Quieres hablar un poco de los negocios?

—Seguro.

Wes abrió el maletín que llevaba debajo de su brazo. Sacó una carpeta y se la entregó a Jax.

—¿Qué es esto?

—Ábrelo y mira. —dijo Wes.

Jax leyó los documentos dentro de la carpeta. Sus cejas se alzaron y miró a su Papá. —¿Qué significa esto?

—Significa que Desarrollos Rhyder se traslada a los proyectos Comerciales y que esa no es la dirección que tú debes seguir. Le he ofrecido la dirección de la División de Stoney Creek a Josh Peterson. Es un buen hombre y está más que calificado.

—Sí, estoy de acuerdo. Es una buena elección. ¿Pero esto? —Jax levantó los documentos.

—No podría dejarte por fuera y permitir que comiences de nuevo desde cero. Te has ganado tu lugar en esta compañía y quiero ayudarte. Mis abogados han creado una empresa subsidiaria, Construcciones Jax Rhyder, Remodelaciones y Renovaciones Residenciales. Es tuya y puedes tener tu propia cuadrilla si quieren quedarse contigo.

Jax quedó sin palabras. —Pero dijiste que Desarrollos Rhyder no podría sustentar tanto el área comercial como el residencial.

—Los abogados encontraron una forma. Y cuando estés establecido, podemos lidiar con tu separación de Desarrollos Rhyder. Será tu compañía y la dirigirás como prefieras.

—No sé qué decir.

—Puedes agradecer a Sydney. Fue ella quien me abrió los ojos para dejarte andar tu propio camino.

El rostro de Jax se nubló y bajó los documentos.

Wes observó un cambio en su actitud. —Jesús. Lo siento. No debí mencionar a Sydney.

—No, está bien. Es solo que... —Jax respiró hondo. —No sabes lo que significa esto para mí. Claro, me encantaría tener mi propia compañía. ¿Pero puedo pensarlo un poco?

Wes parecía confundido. —No lo comprendo. Pensé que te emocionarías con esto.

—Oh, Papá, créeme, lo estoy. Pero si resulta que Syd y yo somos parientes, será difícil estar aquí, ¿entiendes? Necesitaré algo de tiempo para resolver esto y ella también.

Wes suspiró. —Desde luego. Lo entiendo. Dejémoslo para cuando todo esto esté resuelto.

Cuando tu mente esté más clara, sabrás qué hacer.

—Gracias, Papá.

31

Sydney salió de la cama y caminó hacia la ventana. Se sentó en el asiento construido en la ventana y observó la noche. Una luna parcial brillaba sobre el lago brindando suficiente luz para ver el bosquecillo de magnolias. Observó los árboles, absorbiendo lo que su madre había divulgado con el último comentario que había leído. Ahora sabía sin ninguna duda que quien ella pensaba cuando era niña que era una amiga imaginaria, y quien había visto estas últimas semanas, era su madre, Chelsea Grey. Le producía un peso que presionaba su pecho. Si el espíritu de su madre estaba aquí junto con el espíritu de su abuelo, significaba que ella estaba muerta. Un escalofrío recorrió su cuerpo.

Este nuevo conocimiento abría el camino a nuestras preguntas para las cuales Sydney no tenía respuestas. *¿Por qué estás aquí en la granja? ¿Cómo moriste? ¿Qué estás tratando de decirme?*

Una puerta se abrió en el pasillo. Sydney escuchó el movimiento de Nan con las muletas en el piso de madera. Elizabeth entró en el baño y unos minutos después, salió para continuar por la casa. Un movimiento en los gabinetes de la cocina llamó la atención de Sydney y se reunió con su abuela.

—Hola, Nan. ¿No puedes dormir?

—Tengo mucha hambre. No puedo dormir cuando tengo hambre. Bea tiene pollo y ensalada de papas que quedó de la comida en el refrigerador. ¿Quieres un poco?

—Para mí no, gracias. Buscaré un poco de granola. —Sydney abrió la puerta, y encontró lo que buscaba. —Siéntate, buscaré la comida para ti. —Sacó un plato y varios utensilios, también los envases con la comida del refrigerador, y los colocó en la isla. —¿Qué te parece un vaso de limonada?

—Sí, por favor, —dijo Elizabeth.

Sydney sirvió limonada para ambas y volvió a la isla. Se sentó en un banquillo frente a Nan. Observó a su abuela mientras comía unas pasitas, nueces y frutos secos.

—¿Por qué no estás dormida? —preguntó Elizabeth.

—Estaba leyendo el último diario. Casi lo termino. Te escuché cuando te levantaste y decidí acompañarte. —Sydney no le había dicho sobre las cosas paranormales que habían estado sucediendo en la granja. No quería alterarla. Pero había llegado el momento de considerar lo que podrían ser duras verdades. —Nan... mi madre escribió que se había teñido el cabello de color rosado como Cyndi Lauper. ¿Lo recuerdas?

Elizabeth soltó una risita y asintió mientras masticaba una pierna de pollo. —Sí. Era diferente pero le iba bien. Estaba loca por la música de esa mujer. No conocíamos a la cantante, pero ambas parecían tener personalidades similares. Espíritus libres. Tu abuelo, desde luego, se puso furioso.

Sydney decidió ir al grano de una vez. —Cuando estaba en Kelowna en Mayo, te pregunté por mi amiga imaginaria. Desde que volví a la granja, la he visto en más de una ocasión.

Elizabeth bajó su tenedor y limpió sus manos con una servilleta. Observó a su nieta. —¿Has visto aquí a tu amiga imaginaria de la infancia? ¿Recientemente?

—Así es. Y no es imaginaria, Nan. Es un espíritu. Me dijiste que yo la llamaba Candy. ¿Sabes por qué?

Elizabeth dijo que no con la cabeza, sin quitar los ojos del rostro de Sydney.

Sydney respiró hondo y habló con un susurro apenas audible. —Porque su cabello era largo y me recordaba el algodón de azúcar... rosado candy.

Las dos mujeres se miraron fijamente en silencio. Elizabeth levantó una mano para cubrir su boca. Sydney extendió una mano para tomar la otra mano de su Nan.

—¿Mi madre todavía tenía el cabello rosado el día que desapareció?

Su Nan aclaró su garganta. —Sí, lo tenía. ¿Quieres ir a mi habitación y traer mi bolso, por favor?

Trajo el bolso de Elizabeth y lo colocó sobre el mesón.

Su Nan sacó su billetera y sacó una foto. Se la entregó a su nieta.

Sydney observó la foto. —Oh Dios mío… es ella. —No podía quitar los ojos de la foto. —Creo que ella no se escapó, Nan. Le sucedió algo. Su espíritu está atrapado aquí entre los dos mundos. La vi en el estudio el otro día y ella estaba llorando. Me rogó que tuviera cuidado.

Elizabeth apretó su mano con fuerza. —¿Cuidado con qué?

—No lo sé. Desapareció sin decírmelo. Algo en mi interior me dice que lo que le sucedió a ella, ocurrió aquí. Ella nunca dejó la granja ese día. —Los ojos de su abuela se llenaron de lágrimas. —¿Estás bien?

Elizabeth habló en un susurro. —Siempre he sabido en el fondo de mi corazón que algo le sucedió a Chelsea. Una madre sabe. Pero era más fácil creer que se había alejado de nosotros. Era más fácil estar enojada con ella todos estos años que permitirme aceptar que se había ido para siempre.

—Oh, Nan, también están sucediendo otras cosas.

—¿Qué clase de cosas?

—Un hombre de pie junto a mi cama en la noche cuando estaba dormida. Uno de los bomberos vio a una joven mujer en el bosquecillo de magnolias y otro vio a un hombre al amanecer en la ventana de tu habitación. Su descripción coincide con la de mi Abuelo. —Sydney observó a su abuela con atención, evaluando sus expresiones faciales.

Elizabeth se enderezó y estiró sus hombros. —He tenido sueños. Tu abuelo me visita en ellos. Algunas veces se sienta y llora... otras veces, dice que lo lamenta. La última vez, me pidió que 'la ayudara'.

—Es como si ambos estuvieran tratando de advertirnos sobre algo, —dijo Sydney.

—Oh, Sydney. No a mí sino a ti. Tu Abuelo quiere que yo te cuide y si Chelsea está viniendo hacia ti, te está advirtiendo sobre un peligro.

Sydney respiró hondo. —Ciertamente parece así.

—¿Cuánto te falta para terminar el diario?

—Algunas páginas. ¿Por qué? —preguntó Sydney.

—Ve a buscarlo. Vamos a terminarlo juntas. Podría contener algo más que nos dé una pista sobre lo que le sucedió a Chelsea.

Sydney limpió el mesón.

Elizabeth tomó sus muletas. —Ven a mi habitación.

Cuando Sydney fue con su abuela, Elizabeth se había subido a su cama, apoyada contra las almohadas. Dio una palmada al otro lado de la cama. —Ven aquí, como cuando eras pequeña.

Sydney subió a la cama junto a su Nan. Abrió el diario y comenzó a leer, repitiendo algunos comentarios de cuando decidió inscribirse en las clases del 1 de Junio de ese año y hasta la parte en que Sydney descubrió que su madre tenía cabello rosado.

Su abuela lloraba suavemente. Sydney acercó las toallitas y las colocó junto a su abuela. —Nunca lo sospeché. Debería haber confiado en mí. No se lo hubiera dicho a su padre. Algo está muy mal cuando una hija no puede confiar en su madre.

—¿Estás bien?

Su Nan le ofreció una tenue sonrisa. —Sí, estoy bien. Por favor, continúa.

* * *

Abril 6

Querida Yo,

Sabíamos que se acercaba. ¿No es así, Yo? Mamá solo sonrió por mi cabello rosado. A Papá le dio todo un ataque. Dijo que si Dios hubiera querido que yo tuviera el cabello rosado, lo hubiera tenido de nacimiento. Mi defensa fue que muchas chicas se tiñen el cabello. Es divertido. Él dijo que solo aquellas personas del medio artístico que no tenían moral teñían su cabello de colores extraños. Y dado que yo nunca sería una artista, no me conseguiría un trabajo y probablemente me despedirían en el café. No. A todos les gustó. Bueno, no a algunos clientes pero mi encantadora personalidad los conquistó. Ja ja ja.

Abril 11

Querida Yo,

He estado revisando mis cosas, decidiendo qué me voy a llevar. Estoy manteniendo mi ropa limpia y la de Sydney al día. Le dije a Mamá que estoy limpiando todas mis cosas de la infancia y ropa vieja para abrir más espacio. Luego empaqué las cosas que quiero conservar y buscar luego y las guardé en el closet. Puedes estar orgullosa de mí, yo lo estoy. Mi habitación NUNCA había estado tan ordenada.

Abril 25

Querida Yo,

Todavía no le he dicho a Pam que nos vamos para allá porque quiero darle una sorpresa. Otra razón es que me temo que ella pueda cometer un error y decirle a su mamá. No le he dicho a nadie en la cafetería que me voy. Tendré libre un par de días antes de irnos. Otra cosa por la que me siento mal, es que ellos han sido muy buenos conmigo. No puedo arriesgarme a que Papá lo escuche de alguien. Podría decirles y él no puede detenerme, pero la vida sería un infierno. Y si Papá me sigue a la estación del autobús y me avergüenza delante de todas las personas. No... es mejor así.

Mayo 10

Querida yo,

El Idiota trató de hablar conmigo hoy. Dijo que Papá le había dicho que yo estaba pensando en marcharme más adelante este año. Me sorprendió porque casi pensé que sabía que me marcharía en cinco días. Dijo que debía quedarme aquí con las personas que me quieren, no solo Mamá y Papá, sino personas como él que me conocen de toda la vida. Casi me reí delante de él. ¿Él me quiere? Es más bien lujuria lo que siente por mí. Siempre lo descubro mirando mis senos o me volteo y lo encuentro mirando mi trasero. Está bien... la mayoría de los hombres hacen eso. Nunca me molestó cuando Chaz lo hacía (risas). Pero, Yo, el Idiota parece tan tenebroso y me hace sentir sucia. Así que me alegro de que ya no lo volveré a ver.

. . .

Mayo 13

Querida Yo,

DOS DÍAS MÁS... PA RAM PAM PAM (ese es un repique de tambores). Mamá y Papá se irán temprano el 15. Van a Vernon a pasar el día recogiendo unos repuestos para equipos de la granja. Nos iremos mientras ellos están fuera. Lo siento Mamá (lágrimas)

Mayo 14

Querida Yo,

Todavía no he empacado nada. Sin embargo temo que Mamá o Papá vean algo fuera de lugar. De verdad, estoy tan nerviosa que si comienzan a hacer preguntas, sé que no podría mentirle a ella y sería una escena muy fea. Y tú, Querida Yo, mañana volverás a mi escondite con mis otros diarios. Así que la próxima vez que te escriba, estaré en mi apartamento con Sydney. Tengo toda la mañana para empacar. Luego, llamaré al café y les diré que me voy. Tomaré un taxi a la estación del autobús. Una noche más... ¡ESTOY TAN EMOCIONADA! Debo irme y terminar la carta de cinco páginas que le he estado escribiendo a Mamá durante toda la semana.

La dejaré en la mesa de la cocina cuando nos marchemos. Estoy tratando de explicarle por qué lo hice de esta manera. No quise ponerla en una posición en que le mintiera a Papá. Eso echaría a perder las cosas entre ellos. Le agradezco por apoyarme y por todo lo que ha hecho por Sydney. Y cuánto lamento todos los problemas que le causé a ella y a Papá. Y que la llamaré mañana en la noche para que no se preocupe después que esté instalada en mi nuevo hogar (feliz). Nos vemos en Kelowna, Querida Yo.

* * *

Sydney bajó el diario y se volteó hacia Nan. Tenía muchas preguntas pero de momento, ellas se necesitaban mutuamente. Se deslizó entre los brazos de Nan y apoyó la cabeza en su hombro. Las dos mujeres se abrazaron.

Elizabeth habló primero. —Tenías razón. Chelsea nunca se marchó ese día.

Sydney se sentó. Su abuela estaba estoica. Miraba directo al frente sin pestañear.

—Eso es lo que estoy pensando, —dijo Sydney, en voz baja.

Elizabeth se volteó hacia ella. —Hay muchas cosas que no cuadran. Primero, hasta la noche anterior, Chelsea estaba planeando irse contigo. ¿Qué sucedió la mañana siguiente para hacerla cambiar de opinión y dejarte con la esposa de Arne, Mary? Segundo, ella planeaba llamar al café para decirles que no volvería. En la cafetería no supieron nada más de ella. Llamaron al día siguiente de la desaparición de Chelsea para preguntarnos si ella no se presentaría a trabajar. Y tercero, nunca me dejó ninguna carta de cinco páginas diciendo todo eso. ¿Por qué mentiría sobre eso en su diario?

—Pero me dijiste que había dejado una carta.

—Sí, media página escrita en la computadora. Todo lo que decía era que se marchaba para encontrar una mejor vida para ella y para ti, pero que estaba de acuerdo con Papá en que Sydney estaba mejor en la granja conmigo hasta que ella estuviera instalada. Nos pedía que te cuidáramos y decía que se mantendría en contacto. Eso es todo. Y nunca la firmó sino que usó el sello con el que siempre estaba jugando.

Sydney tomó el diario y buscó la página donde Chelsea mencionaba haber encontrado el sím-

bolo de Yoga y lo había estampado en la página.
—¿Es este el sello que colocó en la carta?

Elizabeth lo miró y asintió. —Ese es. Ya terminé los otros tres diarios. Déjame este. Voy a leer su último diario desde el comienzo hasta el final. Tú vuelve a la cama y hablaremos más mañana.

—Está bien, buenas noches. —Sydney besó a su abuela y regresó a su cama, que estaba cómoda y cálida, pero el sueño la evadía. Encendió el la chimenea eléctrica para mayor ambiente y comodidad, pero no el calentador. Se recostó contra las almohadas, Sydney observaba las llamas generando sus sombras alrededor de la habitación mientras analizaba lo escrito por su madre. Amanecía cuando finalmente se quedó dormida.

32

Para cuando Sydney despertó, Nan y Bea ya habían desayunado. Bea había dejado un plato con tocino y huevos revueltos en el refrigerador para ella junto con una taza de fruta. Calentó el plato en el microondas y sirvió café de uno de los termos.

Se sentó a comer en la isla, escuchó a Nan entrar por las puertas Francesas desde el patio. Elizabeth entró a la cocina. —Está despierta.

—Buenos días. Me costó mucho quedarme dormida. ¿Y tú?

Su Nan se sentó en la isla con una botella de agua. —Dormí muy poco, me temo. Escucha. Llamé al Sargento Reynolds. Le dije que tenemos nueva información y que quería reabrir el caso de Chelsea. Debería llegar en cualquier momento. Bea se marchó al pueblo. No le dije nada sobre los espíritus, pero le dije sobre los diarios. Será discreta.

—Siempre he creído en los espíritus, pero nunca esperé que mis creencias fueran puestas a prueba... y por mis propios familiares.

Elizabeth se agitó en el banquillo. —Sabes que no creo que debamos decirle a la RPMC sobre nuestros espíritus. Si piensan que nuestra evidencia se basa en un gran embrujo, no nos tomarán en serio. Creo que deberíamos dejar que los diarios contradigan su expediente.

Sydney lanzó el último trozo de fruta a su boca. —Umm... estoy de acuerdo contigo. —Llevó los platos al fregadero y miró por la ventana. —Oh, por todos los Cielos, debe ser Miércoles. Olvidé que Brian y los muchachos regresaban hoy. —Los observó descargar sus herramientas y materiales.

—Creo que escuché movimiento en la entrada. Debe ser el Sargento.

Sydney se alejó de la ventana. —Yo lo dejaré entrar. Nos reuniremos en la sala.

Varios minutos después, se habían hecho las presentaciones de rigor y los tres estaban sentados. Elizabeth le preguntó al oficial si estaba familiarizado con el caso.

—Sí. Leí el expediente antes de venir. Para resumir, el expediente establece que usted y su esposo estaban ausentes ese día y que su hija dejó una nota diciendo que se marchaba para establecerse en otro lugar. Le pedía a usted y su esposo que cuidaran de Sydney hasta que ella estuviera instalada y trabajando. Le pidió a su vecina Mary que cuidara a su nieta hasta que ustedes regresaran a casa y se marchó llevando una maleta. El seguimiento de aquella época confirmó que Chelsea nunca tomó el autobús para salir del pueblo. Se supuso que debió irse pidiendo aventones o alguien conocido la recogió y le dio un aventón. Nadie la vio en el camino ni en el pueblo ese día. ¿Es así el reporte que usted recuerda?

—Sí, así es, —dijo Elizabeth.

—Había una nota de seguimiento diciendo que usted había recibido una llamada de Servicios Sociales en Kelowna. Y que Chelsea y Sydney no se presentaron para la cita que tenían con ellos ese día. Tenían un apartamento para ella y ella debía comenzar sus estudios en dos semanas. ¿Es correcto?

—Sí. Les dije sobre su nota y ellos dijeron que algunas veces las madres jóvenes se asustaban cuando llegaba el momento de establecerse por sí mismas y su comportamiento podría ser impredecible. Me aseguró que Chelsea se pondría en contacto eventualmente.

—El destacamento hizo seguimiento con el destacamento de Kelowna. Hicieron su investigación y no encontraron nada nuevo. Se concluyó que dado que era mayor de edad y nada sugería ningún crimen, no había nada más que hacer. Para bien o para mal, ella podía marcharse si quería hacerlo.

—Así es. Pero creo que sí hubo un crimen y no creo que se marchara del pueblo, —dijo Elizabeth.

—Por teléfono mencionó que tenía nueva evidencia, algunos diarios.

—Se encontraron cuatro diarios cuando comenzaron las renovaciones en la granja. Pertenecen a Chelsea. Sydney y yo los leímos. Es el último diario el que nos genera sospechas sobre su desaparición. Están en esa bolsa sobre la mesa.

—¿Puedo verlos?

—Absolutamente. Querrá llevárselos con usted. Pero por ahora todo lo que necesita hacer es leer los últimos comentarios.

El oficial leyó la última página. —¿Por qué no me dice cómo piensa usted que esto cambia las cosas?

—Hasta la noche anterior, ella estaba planeando marcharse, Chelsea estaba emocionada. No podía esperar a tomar a su hija y marcharse juntas mientras nosotros estábamos fuera. Algo sucedió el día siguiente para que cambiara de opinión. En aquel entonces, acepté lo que habían dicho en Servicios Sociales de que podría haber entrado en pánico a última hora. Pero esa no era su naturaleza. Era un espíritu libre y aventurero. Y todos esos comentarios en los diarios contradicen esa suposición y hay otras discrepancias.

—¿Cuáles son?

—Chelsea dice que me escribió una carta de cinco páginas. Usted lo acaba de leer. Todo lo que encontramos fue una nota impresa de la computadora, sin firma, solo un sello. Ella dijo que llamaría a la cafetería para informarles que no volvería. Ella era muy responsable y cortés con su trabajo. Nunca los llamó. Tampoco contactó a la Trabajadora Social para decirle que había cambiado de opinión. Chelsea no era así.

—Está bien. ¿Algo más?

—Sí. Chelsea era una buena madre y siempre que dejaba a Sydney con Mary le empacaba de todo en un bolso, aunque solo fuera por una hora. Mary y yo acostumbrábamos reírnos de eso. Recordé esta mañana que Mary me dijo que en el bolso había una botella de leche, un pañal y un cambio de ropa guardado todo de forma apresurada como si hubiera tenido prisa por marcharse. Chelsea dice en el diario que tendría toda la mañana para empacar. Un pañal no sería suficiente para todo el día hasta que yo regresara a casa. Y siempre incluía en el bolso el oso de peluche favorito de Sydney. Ella no tomaba la siesta sin él. No estaba en el bolso.

Sydney se mantuvo en silencio y escuchó hablar a su abuela. Tenía una pregunta. —¿Cómo llegamos el bolso y yo a casa de Mary? ¿Chelsea la llamó o me llevó hasta su granja?

—No. Arne vino a hablar con tu abuelo. Dijo que Chelsea le preguntó si él y Mary podían cuidarte hasta que nosotros regresáramos. Le dijo que una amiga enferma le pidió que la ayudara por unos días. Dijo que ella te entregó a ti y el bolso, y salió por la puerta con una maleta.

Sydney sintió la conocida sensación de una roca en sus entrañas. —Mi madre escribió que se llevaría una maleta y un bolso con sus cosas. Arne dijo que una sola maleta. Y ella escribió sobre tomar un taxi hasta la estación del autobús. ¿Por qué dejaría una maleta y se marcharía caminando? Y dejó los diarios que planeaba llevarse. ¿Él es el único testigo?

—Así es, —dijo el Sargento.

—Algo no está bien. Él no me agrada y no le tengo confianza. Es tenebroso.

El oficial devolvió el diario a la bolsa plástica. —¿Ha hecho algo para hacerle sentir de esa forma?

—No. Es su actitud y la forma en que me mira.

—¿Entonces qué sucede ahora? —preguntó Elizabeth.

—Usted dijo por teléfono que había contratado un investigador privado para tratar de encontrar a Chelsea después que se mudó a Kelowna; y que él no consiguió ningún rastro. ¿Y nunca supo de ella en todos estos años?

—No, nada.

—Revisaremos los diarios, haremos algunas preguntas. Necesitaremos hablar con el Sr. Jensen de nuevo. Mientras tanto, no le digan nada sobre nuestra conversación o los diarios. —El Sargento se puso de pie. Les entregó una tarjeta de presentación de RPMC con el número de expediente escrito en la parte de atrás. —Si piensan en otra cosa, por favor, llámenme. Estaré en contacto, señoras.

Sydney lo acompañó hasta la puerta y se reunió con su Nan. —¿Qué piensas? ¿Reabrirán el caso?

—No tengo idea. Están entrenados para ocultar sus reacciones y no revelar lo que están pensando.

* * *

Brian caminó alrededor de todo el granero estudiando la estructura y se detuvo en las puertas.

—Buenas tardes, Brian.

Dio la vuelta y se encontró con Arne detrás de él. —Hola, Sr. Jensen. ¿Cómo está?

—Estaré mucho mejor cuando termine la primera cosecha de heno. ¿Cómo está tu Papá?

—Bien, señor. Está de viaje en este momento. Creo que finalmente se ha adaptado a estar jubilado y lo está disfrutando.

—Hmph... no le veo el sentido a eso. Siempre he creído que las manos ociosas son herramientas del Diablo.

Brian se quedó mirando al hombre. *Idiota.*

—¿Y para qué estás observando el granero?

—Necesitamos reparar la herrería de la puerta. Luego vamos a pintar todo el exterior. Algunos de los muchachos están terminando la residencia interior. El resto de nosotros pensamos comenzar a pintar todos los exteriores. Pero dejaremos el granero de último, para no estar en su camino mientras transporta las balas de heno.

—Yo debo terminar en un par de días. Después será todo tuyo.

—Está bien. También tenemos que construir una terraza en la casa. —Brian se volteó para regresar a la residencia.

Arne aclaró la garganta. —Entonces ¿qué hacía aquí la RPMC esta mañana? Las señoras están bien, espero.

El capataz se volteó de nuevo hacia el granjero. —No estoy seguro. En la mañana escuché a Bea y Elizabeth hablando sobre su hija. Ya sabe, ¿la que desapareció cuando Sydney era una bebé?

—Sí, lo recuerdo.

—Elizabeth mencionó algo sobre unos diarios. No escuché toda la conversación.

Las cejas de Arne se arquearon. —¿Diarios?

—Eso creo. Cuando estábamos renovando el interior de la casa, Jax encontró una caja de madera debajo del piso. Estaba cerrada con llave. Se la entregó a Sydney. Tal vez eran los diarios.

Arne observó la casa. —Así que la vieja casa guarda secretos, ¿eh?

Brian se dio cuenta de que estaban chismeando sobre algo de lo que no sabían nada. —Supongo. No estoy muy seguro de qué se trataba. —Se dio la vuelta y comenzó a alejarse para terminar la conversación. —Debo regresar al trabajo. Nos vemos.

—Sí, hasta luego.

Brian rodeó la casa y llegó a la terraza. Tocó a la puerta y esperó. Sydney abrió la puerta y le sonrió ampliamente.

—Bienvenido de nuevo. Pasa adelante.

El capataz entró al salón y se quitó las botas y la siguió hacia la sala.

—Hola, Elizabeth.

—Hola, Brian. De vuelta al trabajo ¿eh?

—No me sentaré con la ropa de trabajo. Quería que supieran que dos de los muchachos están trabajando en la residencia. Dos más van a terminar la terraza en la parte de atrás y yo estaré trabajando en los escalones del frente. Será un poco ruidoso por unos días.

Sydney se rió. —No hay problema. Ha estado muy silencioso desde que se marcharon los del Centro Contra Incendios. Un poco de ruido nos ayudará a adaptarnos.

—Por razones de seguridad, me gustaría pedirle que entraran y caminaran por el almacén.

—Podemos hacerlo, —dijo Sydney.

—Vi a Reynolds aquí esta mañana. ¿Está todo bien?

Elizabeth pasó una mano por su cabello. —Solo unos pequeños asuntos familiares. Nada de qué preocuparse.

—Bien. —No era asunto suyo. Mientras las mujeres estuvieran bien, él no iba a husmear.

—¿Qué hay de ti? Te vi hablando con Arne. Parecías un poco molesto, —dijo Sydney.

Brian se tornó rojo. —Es un idiota, disculpen. Me preguntó por mi Papá y le dije que está disfrutando su jubilación. ¿Saben qué me dijo? Que las manos ociosas son herramientas del Diablo.

Elizabeth rió. —Él es un religioso de la vieja escuela. No tan fanático como era mi Frank, por cierto. No le prestes atención.

El capataz no iba a comentarles sobre el resto de la conversación con Arne. —Mejor regreso al trabajo. Solo quería informarle sobre el cronograma de trabajo.

Sydney lo acompañó. —Gracias, Brian.

El hombre se reunió con su cuadrilla y discutieron los planes para los próximos días. Una vez que los hombres comenzaron a trabajar en la terraza de atrás, llevó su camioneta hacia los escalones del frente, descargó el material y herramientas, y comenzó a trabajar. Sus pensamientos se desviaron hacia Jax. *Algo sucede. ¿Por qué no está aquí trabajando con nosotros? Este proyecto era su bebé.* Jax le dijo que se tomaría un tiempo libre y que él, Brian, sabía lo que había que hacer. *Esto tiene algo que ver con Sydney. Lo sé. Jax no ha estado en la granja desde antes del incendio. Lamentable. Hacían una linda pareja.*

33

Unos días después, Elizabeth y Sydney estaban sentadas en el porche recientemente ampliado y tintado fuera del comedor, mirando a los trabajadores pintar la residencia. Brian estaba en el frente de la casa aplicando una capa de acabado a los escalones del porche.

Se suponía que debían estar en Kelowna para que le colocaran la escayola para caminar pero el doctor tuvo una emergencia. Llamaron de su oficina para que fueran a principios de la próxima semana.

Elizabeth tomó un trago de su limonada. —Me encanta ese color ladrillo que elegiste para el exterior. Tú me conoces, me encantan los pasteles. Pero el contraste con el techo negro es muy rico, aunque un poco fuerte.

—Por eso elegí el blanco para los ribetes, para apagarlo un poco, —dijo Sydney. —Para la próxima semana, deberían terminar.

—Entonces seremos solo tú y yo. El lunes, me pondrán mi escayola para caminar.

—Y no habrá quien pueda detenerte.

Elizabeth rió. —No puedo esperar a conducir de nuevo. No estoy acostumbrada a depender de otras personas para que me lleven a algún lugar.

Sydney sonrió. —Bueno, todavía no estoy lista para dejarte ir a tu casa.

—Y yo no estoy lista para irme. Espero disfrutar algo de paz y tranquilidad contigo cuando se vayan los trabajadores.

Las dos mujeres se sentaron en silencio mientras disfrutaban de la suave brisa que refrescaba el calor del día. Sydney observó el bosquecillo de Magnolias. —Es gracioso que mi madre y yo nos ocultáramos en el bosquecillo, subíamos al mismo árbol, y nos sentábamos en la misma rama.

—Ciertamente, ¿no te parece?

—Sabes, siempre que ella estaba presente en la casa, la habitación olía a magnolias.

—La unión entre madre e hija es muy fuerte, incluso en espíritu. Anoche tuve un sueño extraño. De nuevo, tu abuelo me estaba visitando. Estaba muy sereno esta vez y me dio un mensaje para ti.

Sydney miró a su Nan. —¿Para mí? ¿Qué dijo?

—Habló muy lentamente de forma intencional. Dijo, *'Dile a Sydney que use las llaves'*. Fue extraño porque me sonrió con una mirada muy dulce y tierna. Y ambas sabemos que Frank no era así. Se levantó y caminó hacia la puerta, se volteó y dijo, *'Las llaves... úsenlas'*. Y desperté en ese momento.

Sydney sacudió la cabeza, sintiéndose frustrada. —¿De qué sirve un par de espíritus que todo lo que dicen nos confunde aún más? ¿Cuáles llaves? ¿Qué están tratando de decirnos, Nan?

Elizabeth rió. —Lo siento, me pareció gracioso. La mayoría de las personas estarían aterradas de tener espíritus a su alrededor y tú te quejas por su incapacidad para comunicarse. Creo que tal vez somos tú y yo las que tenemos el problema, cariño. ¿Sabes que cuando eras pequeña hacíamos rompecabezas? Tomábamos primero las piezas de las orillas y armábamos el borde. Lo que pasa es que todavía no hemos armado el centro. Tal vez pronto tenga sentido.

—De verdad me alegra que hablemos de todo esto. Tener una granja embrujada me asustaba. Si se riega la voz, mi negocio podría no arrancar nunca.

—Bueno, los espíritus se quedan por una razón. Sabemos quiénes son los nuestros y depende de nosotros resolver nuestro misterio.

—He estado leyendo en la internet sobre espíritus que no han cruzado al más allá sino que se quedan suspendidos entre el mundo terrenal y el espiritual.

—¿Qué has aprendido?

Sydney tomó un trago de su limonada. —Existen muchas razones por las que un espíritu no continúa hacia adelante. Algunas veces, si fueron malas personas de forma física, tienen miedo de entrar en el mundo espiritual. Piensan que tendrán que responder ante un poder superior por sus faltas. Otros, que murieron de forma violenta o repentina, todavía no han descubierto que están muertos y quedan atrapados entre dos paralelos. Y otros, se quedan intencionalmente para cuidar a sus seres queridos, para protegerlos.

Elizabeth se removió en su silla para cambiar el ángulo de su escayola. —Parece que este último es el caso de Frank y...—se desvaneció su voz, levantó la barbilla y continuó. —...y Chelsea.

Sydney extendió una mano para tocar su brazo. —Debe ser difícil para ti pronunciar esas palabras después de tantos años preguntándote por mi madre.

—Así es. Pero como dije antes, siempre he sabido dentro de mí que algo le sucedió. Es solo que no estaba lista para aceptarlo y decirlo en voz alta. Ahora estoy lista y quiero saber la verdad.

—En mi investigación, leí algunas cosas interesantes. Los filósofos Griegos llamaban a estas almas 'caminantes'. Creían que eran mediadores o mensajeros que caminaban entre el mundo de los vivos y el mundo de los muertos.

—Caminantes. Me gusta este término. Si el Sargento no reabre el caso de Chelsea, le diremos sobre nuestros caminantes. Podemos citar la filosofía Griega; hacerles saber que sabemos de qué estamos hablando. —Elizabeth asintió desafiante. —Dime más.

Sydney le sonrió a su Nan. —Leí un libro sobre un hombre que murió y regresó a visitar a su hermana. Le dijo que pasamos por una variedad de transiciones cuando pasamos a la otra vida. Primero, nuestro cuerpo físico muere, liberando el alma hacia el universo. El alma puede visitar otros miembros de la familia que fallecieron anteriormente. Los ven en su forma física, terrenal para poder reconocerlos. Esto es muy reconfortante para la nueva alma. Esta fase de transición es donde el alma ve la vida que vivió en el plano terrenal y hace las paces con sus transgresiones, buenas o malas. No hay un patrón de tiempo para esta transición. El tiempo no existe.

—Fascinante. ¿Y se supone que esta es una historia real?

—Así es. ¿Quieres más limonada?

—Sí, gracias.

Sydney llevó los vasos a la casa para servir más limonada y regresó.

Elizabeth tomó una de sus muletas y la apoyó en la orilla de su asiento debajo de su muslo. Levantó la pierna sobre la muleta y la estiró. —Así se siente mejor. —Tomó el vaso que le llevó Sydney y tomó un trago. —Mmm... deliciosa. Dime más, cariño.

—De acuerdo con la historia, esta transición es donde el alma tiene tres opciones, o bien reencarnar de nuevo en el plano terrenal o permanecer como un caminante. La última opción, si el alma está lista, es para trascender de alma a espíritu. Un espíritu regresa al clan del que se originó. Aparentemente, hay diferentes clanes. El alma encuentra su clan y se reúne con ellos como un Ser de Luz. Es una especie de simplificación pero ese es el detalle del asunto.

—Entonces estás diciendo, si creemos en esta teoría, es que Frank y Chelsea no son espíritus todavía, sino almas, 'caminantes' digamos. —Resumió Elizabeth.

—Está bien. Y si fuéramos lo suficientemente inteligentes para descubrir lo que están tratando de decirnos, podrán retornar a sus clanes.

Se sentaron en silencio, hasta que Elizabeth se adormeció en la silla. Sydney trató de unir todos los mensajes y sacar algo de sentido de todo esto.

—Buenas tardes, señoras.

Sydney se volteó sorprendida y se encontró con el Sargento Reynolds subiendo a la terraza. —Hola.

Elizabeth se despertó con el sonido de sus voces. —Sargento, —asintió.

—Quería dejarles saber que después de leer los diarios de su hija, hemos decidido reabrir su caso.

—Oh muchas gracias, —dijo Elizabeth.

—Hablaremos con los que dieron declaraciones en aquel momento. Y contactaremos sus antiguas amigas para ver si alguien se ha enterado de algo en estos años. Una cosa que observamos, es que Chelsea se refería a las personas en sus diarios con las iniciales, no por sus nombres. Cuando leyó los diarios, ¿reconociò a algunas de las personas de las que escribió?

—Su mejor amiga, Pam, pero a ella la mencionaba por su nombre. Es hija de Bea. Y Chaz es

Wesley Rhyder.

El Sargento escribió los nombres. —¿Guardó algunas de las cosas de su hija después que se marchara?

—Sí. En Kelowna tengo una caja con sus cosas. ¿Qué están buscando?

—Cualquier cosa que nos pueda servir. Nunca se sabe qué puede resultar ser una pista. Específicamente, ¿Chelsea tenía un anuario de su graduación de secundaria?

—Sí, está en la caja.

—Bien. Nos gustaría tener acceso a la caja de ser posible.

Sydney intervino. —Vamos el Lunes al hospital en Kelowna para colocarle a Nan la escayola para caminar. Podemos pasar buscándola por la casa.

—Gracias.

El sonido de un tractor que venía del campo al norte llamó su atención. Arne conducía el tractor junto al granero. Se bajó y los vio a los tres observándolo. Saludó y se acercó. —Sargento, señoras. Hermoso día, ¿no es así?

Sydney hizo silencio, Elizabeth asintió hacia él. —Hola, Arne.

—Buenas tardes, Sr. Jensen, —dijo el Sargento Reynolds. —El destacamento está reabriendo el caso de la desaparición de Chelsea Grey, la hija de Elizabeth.

La expresión de Arne era estoica. —¿De verdad?

—Sí, señor. Estamos entrevistando a todas las personas con las que hablamos en aquel momento. ¿Me preguntaba si usted podría venir a la estación esta tarde para revisar su declaración?

—¿Podría esperar un par de días? —Arne se volteó hacia Elizabeth. —No quiero ser irrespetuoso, Lizzie. My ayudante y yo terminaremos de cosechar el heno esta noche y mañana terminaremos de formar las balas. Dan hará la entrega el Domingo.

—No te preocupes, Arne. Hemos esperado tanto tiempo, un par de días no afectarán, —dijo Elizabeth.

El Sargento asintió. —¿Puede venir el Sábado en la tarde?

Arne se dirigió al oficial. —Sí. ¿Puedo preguntar por qué después de todo este tiempo, están revisando el caso de Chelsea?

El Sargento sonrió. —Nos gusta sacar los casos viejos y darles otra mirada cuando tenemos tiempo. El caso de Chelsea resultó seleccionado esta vez.

Arne asintió. —Nos vemos el Sábado, Sargento. —Lo observaron mientras regresaba al granero, cerraba las puertas y colocaba el seguro.

El oficial aclaró su garganta. —Una cosa más. Un día de la próxima semana, después que la cuadrilla de Rhyder haya terminado, nos gustaría traer un par de perros de nuestra Oficina Principal.

—¿Perros? —preguntó Sydney, confundida.

Elizabeth tomó la mano de Sydney. —Perros que buscan cadáveres, cariño.

El Sargento las miró compasivo. —Estamos de acuerdo en que los diarios sugieren que algo podría haberle sucedido a Chelsea el día que planeaba marcharse. Nos gustaría traer los perros para revisar toda la granja.

Elizabeth frunció el ceño. —Pero Arne la vio irse caminando por el camino. Podría estar en cualquier parte.

—El Sr. Jensen la vio salir de la casa y dirigirse hacia el camino. En realidad nunca la vio en el camino. Si los perros no detectan nada; traeremos buzos para revisar el lago. Es un proceso de eliminación y al menos sabremos que no está en la propiedad.

Sydney sintió un nudo en la garganta. —¿Puede encontrar algo después de veinte años?

—Un buen perro puede hacerlo. Y estos dos son los mejores que tenemos.

—Avísenos del día, y estaremos aquí, —dijo Elizabeth, en voz baja.

—Pueden llevar la caja a la estación, señoras. Seguiremos en contacto.

Solas de nuevo, las dos mujeres se tomaron de las manos.

—No puedo creer que esto esté ocurriendo de verdad, —dijo Sydney.

Miró a su abuela. Ambas tenían lágrimas en los ojos.

34

El Sargento Reynolds llevó a Arne Jensen a una sala de interrogación. Se sentó en la mesa y abrió el expediente Grey. Sacó la declaración de Arne de hacía veinte años.

—Ya sé que ha pasado mucho tiempo desde el día en que Chelsea se fue pero por qué no comienza diciéndome lo que recuerda de ese día, comience cuando fue a la granja Grey.

Arne suspiró. —Lo intentaré. Han pasado muchos años. Frank y yo trabajábamos con una vieja máquina para balas de heno que yo tenía en aquel entonces. Me estaba dando problemas. Saqué una pieza rota y fui a ver si Frank tenía un repuesto. La mayor parte de nuestros equipos eran iguales y siempre nos dábamos repuestos cuando los necesitábamos, para no tener que esperar a que llegara un pedido. Cuando llegaba, nos devolvíamos las piezas que nos habíamos prestado.

—¿A qué hora fue hasta allá?

El granjero se encogió de hombros. —No puedo recordarlo exactamente, tal vez a media mañana.

—Por favor continúe.

—Bueno, Chelsea abrió la puerta. Dijo que Frank y Lizzie había ido a Vernon y que estarían allá todo el día. Me dijo que si quería podía ir al galpón y buscar la pieza que necesitaba. Me di cuenta de que había una maleta junto a la puerta y le pregunté si saldría de viaje. Dijo que tenía que ayudar a una amiga que había tenido un accidente y me preguntó si Mary podría cuidar a la bebé hasta que regresaran sus padres al final del día. Después, Lizzie le dijo a Mary que Chelsea había dejado una nota diciendo que no regresaría por un tiempo y quería que cuidaran a Sydney. Supongo que me mintió porque sabía que trataría de hacerla cambiar de opinión.

—¿Qué sucedió a continuación?

—Dije que nos encantaría cuidar a Sydney y le pregunté si necesitaba que la llevara a algún sitio, pensando que tomaría el autobús para salir del pueblo. Dijo que se reuniría con una amiga en el camino.

—¿Dijo si la llevarían a la parada del autobús?

—No. No dijo si pensaba tomar un autobús o encontrar un aventón hacia donde se dirigía. Parecía tener todo resuelto así que no me mentí en sus asuntos.

El oficial estudió su rostro y lenguaje corporal cada vez que hablaba. —Dígame sobre su actitud.

Arne arqueó las cejas. —¿A qué se refiere con... su actitud?

—¿Estaba enojada, nerviosa, con prisa?

—Definitivamente tenía prisa. Umm... tal vez estaba un poco nerviosa. Buscó a la bebé y la subió a su asiento para autos y me la entregó con uno de esos bolsos donde guardas las cosas de bebé. Esa fue la última vez que la vi.

—¿Cuánto tiempo piensa que pasó desde que usted llegó a la granja Grey hasta que se marchó con Sydney?

Arne silbó y se removió en su silla. —No lo sé después de todo este tiempo, tal vez unos treinta minutos. Ajusté el asiento de la bebé en la camioneta y conduje de regreso. Pasé un tiempo buscando la pieza para la máquina pero no la encontré. Mientras cruzaba el camino hacia mi entrada, miré al camino que da al pueblo pero no la vi por ninguna parte. Supuse que le habían dado un aventón.

El oficial tomó otra declaración del expediente. —Esta es la declaración de su esposa. Lamento enterarme de su fallecimiento, Sr. Jensen. ¿Cuánto tiempo hace que la perdió?

—Han pasado quince años.

—Debió ser un duro golpe para usted perder no solo a su esposa sino a quien compartía la granja con usted.

Arne resopló. —Mary odiaba la vida de la granja. Ella lo intentó pero no era muy buena como esposa de granjero.

—¿De qué murió Mary, señor?

—Ataque al corazón. Fue una verdadera sorpresa porque ella no había estado enferma nunca en su vida.

—¿Qué edad tenía?

—Cuarenta y cinco.

El Sargento cambió de tema. —Mary le dijo a los oficiales que usted se había ausentado por más de una hora esa mañana. ¿Fue a algún otro lugar, además de la granja Grey?

El granjero se encogió de hombros. —No, a ningún otro lado. Supongo que me tardé buscando la pieza más de lo que puedo recordar. Eso ocurrió hace mucho tiempo.

—Sí, estoy seguro de que no es fácil después de tanto tiempo, señor. Pero en la declaración que usted dio al día siguiente de la partida de Chelsea era que solo estuvo fuera treinta minutos, como usted dijo.

Arne se enderezó y miró fijamente al oficial. —Como dije, tal vez me tardé más en el galpón. El tiempo pasa volando cuando uno está buscando algo. Y Sydney se había quedado dormida en su asiento para autos, así que tenía todo el tiempo en el mundo.

—Usted dijo hace unos minutos que si hubiera sabido que Chelsea no estaba planeando regresar a su casa, hubiera tratado de convencerla. Ella era mayor de edad y podía marcharse de su casa si así lo decidía. ¿Por qué trataría de disuadirla?

—Porque conocía que sus padres se preocuparían por ella y Sydney la necesitaba. Pensaba que debería estar en su casa donde contaba con su familia para ayudarla. Era joven e ingenua. ¿Ya terminamos?

—Por ahora, Sr. Jensen. Quisiera agradecerle por venir. Y si recuerda algo que pudiera ayudarnos, por favor contácteme. —El Sargento le entregó una tarjeta y lo acompañó a la salida.

El oficial se reunió con su equipo. —Su historia es casi igual a la de hacía veinte años excepto que su explicación por la discrepancia en el tiempo entre la declaración de Mary Jensen y la suya. En aquel entonces, él dijo que Mary estaba equivocada. Ella cedió ante su versión y dijo que probablemente él tenía razón. Él insistió que solo se había ausentado durante treinta minutos y no por más de una hora. Pero esta vez, para justificar la diferencia de treinta minutos, sugirió que había tardado más tiempo en el galpón buscando un pieza que necesitaba.

Uno de sus hombres dijo, —Ciertamente no es suficiente para demostrar nada. Y Mary falleció. Solo tenemos su palabra veinte años después contra sus propias palabras de aquel entonces. No funcionará. ¿Qué sigue?

—Veremos si los perros encuentran algo la próxima semana.

35

Sydney deambuló por el bosquecillo de magnolias, inhalando la fragancia de las flores. Era una tranquila mañana de Domingo. La cuadrilla de Rhyder tenía el día libre y su Nan estaba tomando una siesta. Sydney sonrió. Mañana irían a Kelowna a para la escayola de caminar de su abuela. Podría caminar con su pierna por primera vez sin las muletas. Había sido un mes muy largo para su Nan.

Cuando llegó al árbol, subió a la rama y observó la pradera a su alrededor. No tenía dudas de que estaba en contacto con su madre en un sentido etéreo. Levantó las rodillas y se recostó contra el tronco. *¿Estás allí afuera en algún lado? Desearía que pudieras darnos más pistas.* Había leído que era raro que los espíritus hablaran directamente a sus seres queridos. El contacto visual era lo más normal. A fin de que su madre y su Abuelo hablaran con su abuela y con ella, se requería de mucha energía y fuerza de voluntad. *El hecho de que ustedes dos lograran venir a nosotras acentúa su necesidad de comunicarse.* Sydney sentía una gran frustración. *¿Acaso soy demasiado estúpida para comprenderlo todo? ¿Qué están tratando de decirme?* Se preguntaba si su madre y abuelo estarían conscientes de la presencia de las almas de cada uno y estarían trabajando juntos en sus esfuerzos por contactarlas. Su mirada se concentró en el lago. Se estremeció ante el prospecto de que los restos de Chelsea pudieran estar en el fondo del lago. Hasta que revisaran el lago, la idea de nadar allí le producía escalofríos.

Un movimiento en el techo del granero fue detectado por su visión periférica y se concentró en ello. Una risita escapó de sus labios. Caesar estaba montado en el borde del techo. Se acostó y dejó que su cabeza colgara por la orilla. Estaba felizmente instalado en la granja y éste era uno de sus sitios favoritos. Su cabeza se movió hacia adelante y atrás mientras observaba los campos. Esperaría pacientemente hasta que notara algún movimiento. Desaparecería adentro de la casa y en cuestión de segundos estaría persiguiendo un ratón entre la alta hierba. Les llevaba varios regalos y los colocaba a sus pies desde que había perfeccionado sus habilidades de cazador.

El sonido de vehículos entrando al terreno llamó su atención frente al granero. Arne había estacionado su camioneta junto al granero. El camión conducido por su ayudante se acercó por el lado opuesto y dio la vuelta. Arne abrió las puertas del granero y condujo hacia adentro. Ayer había terminado de preparar las balas de heno. Hoy, las estaba cargando en el camión. Arne salió de la camioneta y regresó al granero. Cuando regresó, habló durante varios minutos con Dan. Al subir al equipo de carga, algo cayó al suelo mientras él cerraba la puerta. Sydney los observó conducir hacia el campo del norte. Dan desenganchó la planchada y regresó al camión y se marchó de la propiedad. Podía verlo dirigirse al camino en dirección al pueblo. Se volteó hacia el campo del norte y observó a Arne levantando las balas de heno y colocarlas en la planchada. Normalmente, la planchada se movería a lo largo de las filas delante del cargador, no inmóvil. Sin la ayuda de Dan le tomaría mucho más tiempo realizar el trabajo. *Probablemente envió a Dan a hacer alguna diligencia. Luego regresará.*

Curiosa sobre el objeto que vio caer del cargador, Sydney bajó del árbol y se dirigió al granero. Buscó en la tierra de alrededor hasta que lo vio. Un juego de llaves. Las levantó y se dio cuenta de que eran las mismas que Arne siempre llevaba en su correa. Las llaves de su camioneta estaban en un juego separado y siempre estaba en su correa. El aro de metal estaba desgastado y se había roto.

Miró hacia el campo del norte pero desde abajo era imposible ver a Arne. *Él no necesita las llaves en el campo. Me las quedaré hasta que regrese.* Sydney se dirigió al frente de la casa y se acurrucó en el nuevo columpio del porche que había reemplazado al viejo. Este columpio también colgaba de las uniones del techo pero era para dos personas. Mientras se mecía, miró en la distancia. Sus dedos jugaban inconscientemente con el aro con llaves en su mano. Eventualmente, las llaves que sentía llamaron su atención. Había una simetría en la mayoría de ellas. Sydney las levantó y las observó una a una. Aparte de las que parecían copias de las del vehículo y la casa, las otras eran llaves de candados. *¿Quién necesita tantos candados? Arne tiene algunas edificaciones externas y algunos cobertizos pero esto era ridículo. Candados y llaves. ¿Cuál es tu historia?*

Sydney comenzó a cantar una canción de Rush llamada *'Candados y Llaves'*.

No quiero silenciar una voz desesperada a cuenta de la seguridad

Nadie quiere hacer una terrible elección al precio de su libertad

No quiero enfrentar el instinto asesino, enfrentarlo en ti o en mí

Así que mantenlo bajo candado y llave...

Se detuvo y observó las llaves. Su mente volvió a la vida. —¡Por todos los cielos! —Saltó del columpio, corrió hacia la entrada y tomó las llaves de su auto en la taza sobre la mesa de la consola. Murmuró palabras y frases que llenaban su cabeza. Sydney trató de ordenarlas. Salió veloz en su auto hacia el camino que llevaba a la entrada de Arne. Se podía ver la línea del techo de su casa a medio kilómetro del camino. Condujo tan rápido que dejaba detrás de sí una nube de polvo.

Dile a Sydney que use las llaves... Las llaves... Se parece mucho a su madre, excepto que es más joven... Ahora estoy practicando la meditación... Estoy leyendo sobre los viajes astrales... viajes astrales... Arne tiene un libro de Yoga de la biblioteca en su camioneta...

Sydney golpeó el volante, gritando mientras conducía, —Mierda, mierda. Soy tan estúpida.

He estado escribiendo una carta de cinco páginas para Mamá, la dejaré en la mesa de la cocina... Dejó una nota de media página impresa de la computadora... Ella siempre llevaba un bolso con todo excepto el fregadero... Había un pañal, una botella de leche, un cambio de ropa dentro del bolso...'A' dice que me ama... A es un idiota,,, ¿Sabes lo que dijo sobre mi padre? Es tan idiota...

Sydney patinó con el auto cuando se detuvo frente a la casa gritando al aire. —A es un Idiota, A es Arne. Mierda.

Salió del auto y corrió hacia la puerta. Probó las llaves de la casa hasta que una funcionó y abrió la cerradura. Sydney no había estado en esta casa desde que era una bebé y no tenía idea de cómo era. El pasillo estaba oscuro así que encendió la luz. Todas las cortinas estaban cerradas en las ventanas. Encontró el camino hacia la cocina. Había una olla con un guiso cocinándose en la vieja estufa a gas con la llama baja. Sydney revisó todas las habitaciones y subió las escaleras. Ninguna de las puertas estaba cerradas. Regresó a la cocina y observó una cortina que colgaba sobre una puerta. La hizo a un lado y encontró una puerta. Con manos temblorosas, probó con las llaves de candados hasta que una lo abrió. Con una mano, la abrió y vio unas escaleras que llevaban al sótano. Su mano golpeó el suiche para encender la luz y corrió escaleras abajo solo para encontrar otra puerta con candado. Manipuló las llaves, nuevamente abrió el candado. Encontró otro suiche para encender la luz en la habitación oscura, muy oscura. Había estantes y cajas. Sydney observó que había tres puertas más. Dos no tenían candados. Su corazón latía con fuerza mientras se acercaba a la puerta con un candado grande. Le costó encontrar la llave correcta para el último candado, temblaba como una hoja. Dejó caer el aro con llaves. —Mierda.

—Sydney comenzó a sentir pánico. Se sentía casi abrumada por esa profunda sensación en sus entrañas que había experimentado toda su vida cuando algo grave estaba por suceder. Sabía que esta puerta era importante y representaba la llave a todas las preguntas que habían acosado a su familia durante años. *Cálmate. Respira hondo. Inhala, exhala. Inhala, exhala.* Sydney tomó la llave con fuerza y la probó en el candado. Finalmente, el candado se abrió.

Los segundos que tardó en abrir la puerta y entrar parecieron una eternidad. Sydney sentía que se movía en cámara lenta y lo que sus ojos veían atrapaba sus piernas. Sin equilibrio, cayó de rodillas; sus ojos sin pestañear abiertos por completo. —Oh mi Dios...

Las palabras de Sydney hicieron eco suavemente en sus oídos, como si hubiera hablado desde una gran distancia.

36

Arne se puso los protectores auditivos y se adaptó al ritmo de levantar las balas redondas de heno con la máquina y depositarlas en la planchada. Tenía que ir y venir a la planchada hasta que regresara Dan. Sus pensamientos se centraban en la entrevista con la policía que había tenido ayer en el pueblo. Pensó que lo había hecho bien y sonrió. Recordaba cada detalle de ese día. *¿Pero por qué investigarlo ahora? El oficial de la RPMC había dicho que revisaban por rutina los casos congelados. Demasiada coincidencia que Brian mencionara unos diarios ocultos. Y sin duda habían sacado el expediente de Chelsea después que su madre e hija regresaron a la granja después de todos estos años. Es esa hija,*

Sydney. Apuesto a que si ella nunca se hubiera mudado para Stoney Creek, el caso hubiera continuado congelado.

Toda la familia Grey era un dolor de cabeza. Entonces estaba su esposa, Mary. Estúpida mujer. Un recuerdo repentino llegó a su mente. No lo había recordado todo ayer en la entrevista con la policía. Mary contradijo su marco de tiempo aquel fatídico día pero era un asunto de su palabra contra la suya. Ella se había retractado y cambiado su declaración cuando él le explicó que como él había sido el último en ver con vida a Chelsea, sería sospechoso por su desaparición. —Maldición, —resopló. Se dio cuenta del error que cometió ayer al decirle al Sargento que probablemente se había tardado más tiempo buscando la pieza que necesitaba en la granja Grey, contradiciendo su declaración original. *¿Qué importa? Mary está muerta. No pueden demostrar nada. Pero todo estuvo muy cerca. Tendré que hacer algunos planes.*

Sus pensamientos regresaron a Mary y su muerte seis meses después de la desaparición de Chelsea. Había comenzado con ella y su estúpida interferencia en sus pensamientos y acciones privadas. *No tenía que suceder pero supongo que era una situación imposible.* Sus sospechas y acusaciones se volvieron intolerables. Él sabía lo que tenía que hacer y lo había hecho. La pobre Mary tuvo un ataque fatal al corazón y su mundo fue suyo. Euforia describía sus sentimientos. Libertad también.

Tres años después, Frank Grey chocó con su mundo. *Me he vuelto descuidado y complaciente. Frank era mi mejor amigo. Me importaba más que Mary. Pero descubrió mi secreto y eso lo convertía en una amenaza. Frank tenía una condición cardíaca así que nadie se sorprendió cuando murió de un ataque al corazón. Lizzie estaba sufriendo mucho y alquiló la granja. Mala suerte que ella y Sydney no se quedaran lejos.*

Y entonces estaba Clehsea, querida y dulce Chelsea.

Arne dio la vuelta a la planchada por enésima vez. Estaba de espaldas a la casa. Escuchó el frenazo de un auto en la entrada y miró hacia allá. No podía distinguir nada por el pasto, excepto el polvo que se elevaba en el aire. La nube de polvo se dirigía a su casa lo que significaba que lo que la había originado estaba en su entrada. *¿Ahora qué?* El granjero dio la vuelta en el camión y se dirigió al camino de tierra detrás del granero y su camioneta. Se balanceaba en el terreno irregular tan rápido como se atrevía a hacerlo, temeroso de volcarse. *Qué demonios.*

Finalmente, llegó al granero y saltó del camión y corrió hacia su camioneta. Retrocedió y dio la vuelta. Arne condujo por un lado de la casa hacia el final de la entrada. Una cantidad de vehículos se dirigían en ambas direcciones. *Demonios.* Esperó que pasara el tráfico. *El servicio dominical terminó. Estúpidos feligreses.* Salió del camino hacia la entrada. *Menos mal que vi la nube de humo. Ya se esfumó.* La entrada a su casa parecía infinita. Cuando llegó, vio el auto de Sydney estacionado en el frente y ella no se veía por ninguna parte. Su cabeza se volteó hacia la puerta. Estaba abierta. *¿Qué diablos?*

Arne salió de la camioneta, sacó las llaves del encendido y revisó el llavero. La llave de la casa estaba allí con las otras. Su mano fue a su correa mientras bajaba de la cabina. *Nada.* Bajó la mirada a su correa. El llavero había desaparecido. *Esa perra. Debe haber encontrado las llaves cerca del granero. ¿Pero por qué entró en mi casa? Ella no podía saber nada.* Corrió hacia la casa, subiendo los escalones de a dos. Se detuvo en la puerta para escuchar pero no escuchó nada. Llegó a la cocina, la puerta abierta del sótano le decía lo que necesitaba saber. Bajó lentamente las escaleras y avanzó a través del almacén para abrir la puerta del otro lado.

En un segundo, atravesó la puerta y tropezó con Sydney de rodillas en el piso de espaldas a él. La tomó por los hombros y la hizo levantar. Gritos de terror llenaron la habitación. Arne la sacudió como a una muñeca de trapo. —Perra. Tenías que regresar aquí y meter tu nariz en mis asuntos, ¿eh? Bueno, ¿adivina qué? Será lo último que hagas. —La lanzó a través de la habitación y Sydney se golpeó fuerte contra la pared de cemento. Su cabeza impactó contra una tubería a través de la pared, quedando inconsciente. Cayó enrollada en el piso.

37

Elizabeth se movía incómoda en su cama. Algo la perturbaba en su sueño y fue obligada a despertar. *¿Qué sucede?* Sus ojos se abrieron y se dio cuenta de que su cama se estaba sacudiendo. No era una vibración suave como en los hoteles donde se introducen unas monedas en unas ranuras. Esto eran violentas sacudidas que la hacían rebotar literalmente. *¡Por todos los Cielos!* Miró el techo mientras la violenta vibración la sacudía. *¿Un terremoto?* Elizabeth observó la habitación. Sus ojos se concentraron en una silueta al extremo de la cama. Tan pronto como lo vio, la cama dejó de agitarse.

—¿Frank?

Frank estaba inmóvil con lágrimas corriendo por su rostro. Extendió las manos hacia ella y su boca se movió como estuviera tratando de hablarle. Elizabeth se sentó y sacó sus piernas por la orilla de la cama.

—Por favor, háblame, —le rogó.

Frank señaló la puerta de la habitación. Elizabeth escuchó el frenazo de un vehículo en la entrada. Tomó sus muletas y se dirigió por el pasillo hacia la ventana del frente. El auto de Sydney no estaba pero podía ver una nube de humo elevándose desde la entrada de la casa de Arne. *¿Era Sydney?* Se volteó para ver a Frank a su lado. Su boca comenzó a moverse y esta vez pudo escuchar un murmullo de palabras. *Ayúdala.* Y desapareció.

Antes de poder reaccionar, Elizabeth escuchó otro vehículo corriendo en el camino. Vio cuando el auto de Arne frenó bruscamente al final de la entrada. El tráfico transcurría frente a la casa y cuando aceleró para subir por la entrada, sus ruedas traseras patinaron, lanzando piedras en todas direcciones. *¿Qué está suce-*

diendo? Una vez más se elevaron nubes de polvo en su entrada. *¿Qué debo hacer? ¿Qué puedo hacer?* Intuitivamente, supo que Arne iba tras Sydney. *Ella necesita de mi ayuda. Eso es lo que Frank me estaba diciendo.*

Elizabeth logró llegar al pasillo. Tomó su celular y las llaves del auto. Llegó al porche, se detuvo y lanzó las muletas. —¡Al diablo con esto! —gritó. *Me tomaría todo el día llegar allá a este paso.* Tan pronto como Elizabeth aplicó peso al pie, el dolor atravesó su tobillo y subió por su pierna. —¡Demonios! —Pero continuó avanzando. *Mi nieta me necesita.* Se balanceó para atravesar el porche y llegó a las escaleras. Se inclinó sobre la barandilla y se colgó con ambos brazos, saltando en una pierna un escalón a la vez. Su auto estaba estacionado en el extremo más alejado de la casa. —¡Maldición! ¿De quién fue esa idea? —El dolor era horrible pero Elizabeth logró avanzar cojeando sobre el terreno irregular, diciendo improperios con cada paso que daba. Una vez que llegó al auto, colapsó en el asiento para el conductor. Elizabeth levantó su tobillo lastimado y lo colocó sobre el pedal del acelerador, giró la llave del encendido y se dirigió a la entrada de Arne. Se sintió bien conducir como una bala salida del infierno después de luchar tanto para llegar al auto. La casa de Arne se hizo visible y podía ver el auto de Sydney estacionado junto a la camioneta de Arne.

Se esforzó para salir del auto y comenzó la ardua tarea de llegar al porche. Fue cuando se dio cuenta que salía humo de la puerta abierta. *Oh no.* Elizabeth sacó el celular del bolsillo y marcó a emergencias.

—911. ¿Cuál es su emergencia?

—Habla Elizabeth Grey de 1266 en Valley Road. Hay un incendio en la granja de Arne Jensen frente a la mía, 1260 Valley Road. También necesitamos a la RPMC.

—¿Alguien está herido, Sra. Grey?

—No lo sé. Lo siento, pero no puedo hablar en este momento, dejaré la línea abierta, por favor manténgase en línea.

—Ya van en camino, Sra. Grey. ¿Sra. Grey?

Elizabeth deslizó el teléfono en su bolsillo. Llegó a los escalones para subir al porche de Arne y necesitaba las dos manos. Después de levantarse, continuó a través de la puerta. El humo viajaba por el techo encima de su cabeza. Elizabeth dobló su cuerpo y continuó cojeando, ignorando el terrible dolor. Llegó a la cocina. Este era el origen del incendio. El humo era más espeso y Elizabeth tosió. Frente a ella, Arne le daba la espalda. Estaba luchando con Sydney, podía escuchar los ahogados gemidos de la muchacha. Él no había escuchado a Elizabeth porque le estaba gritando con furia a Sydney. Ella no podía ver a su nieta que parecía una enana al lado de Arne quien parecía estar ahorcándola con sus manos.

Oh, no, no. Ya perdí a mi hija pero no voy a perder a mi nieta. Frenética, sus ojos buscaron algo que usar como un arma. Saltó hasta el fregadero y levantó una sartén de hierro. Con toda la fuerza que pudo reunir, Elizabeth literalmente corrió por el piso. No sabía de dónde provenía la fuerza, pero el empuje de la adrenalina era inmenso. Con toda la agresión de un gallo de pelea y un grito de guerra, blandió la sartén contra su cabeza. La fuerza del golpe impactó con tanta fuerza el costado de la cabeza que su cuerpo fue detrás de la sartén. Escuchó cómo se rompía su cráneo, que rompió la piel y la bañó con sangre.

Arne cayó al suelo con Sydney debajo de él. Ambos golpearon contra el suelo con Elizabeth encima de la espalda de Arne. Permaneció allí con un dolor indescriptible tratando de recuperar su respiración antes de darse cuenta de que Sydney estaba atrapada debajo de ellos. Elizabeth trató de levantarse pero colapsó, gritando de dolor y frustración. Se empujó hacia un lado sin saber del extraño ángulo de su pie donde se había partido la escayola alrededor de su tobillo, separando el pie de yeso del resto de la escayola. Se deslizó sobre su espalda y hacia el piso gimiendo con oleadas de indescriptible dolor.

Sydney se esforzaba por empujar a Arne sin lograrlo. Elizabeth podía escuchar a su nieta luchando por respirar, el peso muerto de Arne presionaba su pecho contra el suelo, con los hombros sobre su rostro. Elizabeth se empujó sobre el estómago y enlazó una mano en la correa de Arne. Una vez más, su brazo encontró la fuerza y tiró con todo su ser, dejando escapar un grito agudo como de kick boxing. Logró quitárselo del pecho, y lo dejó tendido sobre los muslos y piernas de Sydney. Ella había leído que gritar ampliaba la fuerza del kick bóxer en un diez por ciento y ciertamente había funcionado a su favor.

Elizabeth colapsó en el piso. Volteó la cabeza. El pecho de la muchacha se movía mientras tomaba aire. Estaba viva. En la distancia escuchó las sirenas, acercándose cada vez más. Elizabeth se enrolló en el piso, ignorando el dolor. Encontró un brazo y buscó la mano. Los dedos se aferraron a los suyos con fuerza. Elizabeth se empujó un poco más rodeando el corpulento cuerpo de Arne para tratar de ver el rostro de su nieta. El humo había llegado al nivel del piso y comenzó a toser. No estaba en posición de ver a Sydney pero no le quedaba más fuerza y su visión se hizo borrosa.

Las sirenas ya estaban afuera, el ruido golpeaba su cabeza. Elizabeth empujó su barbilla hacia adelante y estiró el cuello todo cuanto pudo. *Allí estás.* Sus ojos hicieron contacto con otro par de ojos, y el miedo se mezcló con el horror. Elizabeth trató de aclarar su visión y por unos segundos así fue, viendo ahora claramente el rostro de la muchacha.

Un grito aterrador que se originó en lo profundo del pecho de Elizabeth, con lo último que le quedaba de energía en su cuerpo, salió de su garganta haciendo eco en toda la casa, un sonido que solo podía ser comparado con el de un animal herido.

38

Sydney abrió los ojos. Todo era blanco. Las luces, el techo, las paredes. Se sentía mareada y desorientada. Movió la cabeza y de inmediato sintió dolor. Estaba en cama y también era blanca. Estaba rodeada por equipos, que emitían sonidos. Miró alrededor de la habitación, incluso a través de la cabeza que le latía con fuerza recordándole que no lo hiciera. Las ventanas de vidrio y la puerta en el extremo de la cama dejaban ver la estación de enfermeras afuera de su habitación. *¿Estoy en un hospital? ¿Por qué?*

Lentamente, los recuerdos comenzaron a regresar. *Llaves perdidas, la casa de Arne, candados, el sótano, la habitación cerrada con candado... ¿luego qué?*

Sydney revisó la cama y encontró el botón para pedir ayuda enrollado en las barras laterales de la cama. Lo tomó y presionó. Continuó presionándolo con pánico, mirando la estación de enfermeras. Una de ellas miró el monitor y levantó la cabeza para mirar hacia la habitación de Sydney. Vino corriendo.

—Hola. Estás despierta.

—¿Qué sucedió? —preguntó Sydney.

La enfermera sonrió. —Recibiste un fuerte golpe en la cabeza. Voy a buscar al Doctor. Vas a estar bien. —Salió de la habitación.

Sydney se sentía confundida. Trató de organizar los recuerdos que inundaban la superficie.

El doctor llegó minutos después. —Qué bueno verte despierta.

—¿Qué sucedió, Doctor?

—El Sargento Reynolds está aquí y dentro de poco podrá responder todas tus preguntas. Mientras tanto, me gustaría evaluar tus ojos y quisiera hacerte algunas preguntas. —Tomó una pequeña linterna de su bolsillo y examinó sus ojos. —¿Cuál es tu nombre completo?

—Sydney Madison Grey.

—¿Tu fecha de nacimiento?

—1 de Abril de 1966.

—¿Y quién es el Primer Ministro de Canadá?

—Justin Trudeau.

—¿Dónde vives?

—En la granja en Stoney Creek.

—Parece que tu memoria está intacta. ¿Cómo se siente tu cabeza en una escala de uno a diez, siendo diez lo peor?

Sydney llevó su mano a la frente y se dio cuenta de que tenía un vendaje en un lado.

—Tengo un terrible dolor de cabeza, diez y más. Me duelen los ojos. ¿Podría apagar las luces fluorescentes, por favor?

La enfermera apagó las luces de arriba y encendió una lámpara detrás de la cama.

—Tienes seis puntos de sutura debajo de ese vendaje. No debería quedar ninguna cicatriz. —El doctor se sentó en el borde de la cama.

—Mi garganta está irritada. ¿Por qué estoy hablando tan ronca?

—Hubo un incendio en la granja. Respiraste mucho humo. Te mantendremos con oxígeno durante la noche.

Los ojos de Sydney se abrieron desmesuradamente. —¿Un incendio?

El Sargento Reynolds apareció en la puerta.

—Ah, aquí está el Sargento. —El doctor se levantó. —Tiene una concusión. Necesita descansar.

—¿Qué día es hoy?

—Domingo. Llegó temprano esta tarde. Son las nueve de la noche en este momento. —La enfermera le suministrará un medicamento para el dolor. Vendré a verla antes de irme esta noche.

El doctor se marchó y el Sargento acercó una silla a la cama.

—Hola, Sydney. Me alegra ver que estás despierta. ¿Cómo te sientes?

—Como si alguien me hubiera golpeado la cabeza con una bate de metal.

—Te golpeaste la cabeza muy fuerte con una tubería de metal. Creo que es lo mismo que un bate de metal.

—El doctor mencionó un incendio... no recuerdo nada de eso.

—Estabas inconsciente cuando comenzó.

Sydney respiró hondo y cerró los ojos por un momento. El oficial permaneció en silencio hasta que los abrió de nuevo.

—¿Todos salieron bien?

—Todos excepto el Sr. Jensen.

Sydney se concentró tratando de recordar lo que había sucedido después que abrió la puerta del sótano. —¿Murió en el incendio?

—No, hubo un altercado en la cocina. Murió de un golpe en la cabeza.

Su cuerpo se estremeció de pensarlo. —Oh Dios mío... —En ese momento, volvió todo.

Sydney recordó abrir la última puerta del sótano y atravesar el umbral de la puerta. La imagen de lo que vio volvió a su mente. Recordó caer de rodillas y a continuación Arne la tomó por detrás con rabia y la lanzó a través de la habitación. *¿Lo imaginé?* Sydney habló con un susurro. —¿Ella está bien?

—Sí, se está recuperando, tuvieron que reacomodar su tobillo. No sé cómo pudo correr con un tobillo roto. Tu Nan es una heroína.

Sydney frunció el ceño. —¿Qué? Yo estaba... ¡Espere! ¿Se rompió el tobillo de nuevo?

—Sí, tristemente. Pero el doctor dijo que salió bien de la cirugía.

—Santo Dios... ¿está seguro que está bien?

Asintió. —Está en recuperación. La llevarán a su habitación tan pronto despierte.

Sydney colocó las manos sobre sus ojos. —No lo comprendo. ¿Qué hacía ella allí? ¿Y cómo llegó a la casa de Arne?

—Todavía no estoy seguro de los detalles. No he hablado con ella. Todo lo que sé es que condujo su auto hasta la casa de Arne. Vio el humo y llamó al 911. Reportó el incendio y pidió que notificaran a la RPMC de la emergencia.

La enfermera entró a la habitación e insertó una aguja en su IV. —Es para el dolor, cariño. Pronto te sentirás mejor. —Ambos la observaron trabajar en silencio.

—Gracias, —dijo Sydney, mientras la enfermera salía de la habitación. En cuestión de segundos comenzó a sentir el efecto de la droga. —Mmm... ya me estoy sintiendo drogada.

El Sargento se inclinó hacia adelante en su silla. —Si se queda dormida, continuaremos en la mañana. No quiero estresarla.

Sydney luchó contra el efecto de las drogas. Tenía más preguntas. —Sargento, me alegra que mi Nan esté bien pero yo no sabía que ella estuviera allá. Le preguntaba por su...

El oficial la miró y la interrumpió. —Desde luego, estabas abajo en el sótano inconsciente. Lo siento.

—Había alguien más en el sótano conmigo. No pronunció ni una palabra, ni se movió. Creo que estaba en estado de shock al igual que yo. —Su corazón latía con fuerza. Habló en un susurro, su voz ronca llena de emoción. —Ella *estaba* allí ¿cierto?

El oficial sonrió. —Ella estaba allí.

—¿Dónde está ahora?

—Aquí en el hospital. Los doctores la están atendiendo muy bien.

Sydney sintió los efectos del medicamento para el dolor. Se esforzó para continuar con su proceso de pensamiento.

—Tú la rescataste, tú y tu Nan. —Hizo una pausa. —¿Sabes quién es ella?

La garganta de Sydney se tensó. Apenas podía hablar. —Sí... ella es mi madre.

—Así es, Sydney. Chelsea está viva y pronto podrán estar juntas de nuevo.

Ella dejó escapar un profundo suspiro. —No la imaginé. Es real.

El Sargento comenzó a levantarse. —Creo que necesitas dormir. Volveré mañana.

—Por favor, antes de marcharse. Hábleme de después que perdí el conocimiento.

—Chelsea trató de escapar. Llegó a la cocina por las escaleras donde tuvieron una pelea. Cayeron contra la estufa. Una olla con guiso se volteó y la camisa del Sr. Jensen se incendió.

—Sí, vi el guiso en la estufa, —comentó Sydney.

—Se quitó la camisa y la lanzó al fregadero, pero las cortinas se prendieron fuego. Se dispersó a partir de allí.

—¿Qué sucedió a continuación?

—Mientras se quitaba la camisa, Chelsea corrió hacia la puerta del frente. Arne la atrapó en la puerta y la llevó de nuevo a la cocina. Ella peleó con furia y él comenzó a ahorcarla.

—Oh no...

—Tu abuela llegó en ese momento y atravesó el piso de la cocina y golpeó a Arne con una sartén de hierro. Elizabeth pensó que te estaba ahorcando a ti. Fue cuando yo llegué con el departamento de bomberos.

Sydney tenía tantas preguntas como el oficial. Pero el analgésico estaba haciendo efecto y no lograba concentrarse. Con los ojos cerrados, casi se había quedado dormida cuando el Sargento habló.

—Me marcho ahora, Sydney. Necesitas dormir. Quiero que sepas que todas están a salvo y que vendré mañana. Buenas noches.

Se obligó a abrir los ojos y le dio las gracias por ir a verla. —Buenas noches. —Sydney pensó en su madre. La idea de que estuviera viva y en un lugar cercano a ella era increíble. En su estado dopado, todo se sentía irreal. *Tal vez cuando despierte, todo será un sueño.*

Como para demostrar que estaba equivocada, una enfermera entró a la habitación llevando a una mujer en silla de ruedas. Madre e hija se miraron en silencio. La enfermera colocó la silla al lado opuesto de la cama y bajó la barandilla. —Chelsea insistió en venir a verte cuando le dije que habías despertado.

Sydney no podía creer que en realidad estaba mirando a su madre. Chelsea estaba pálida y muy delgada. Sus ojos, aunque hundidos, eran el típico azul de la familia Grey y el cabello rubio no dejaban lugar a duda. —Eres hermosa.

Chelsea levantó una mano y tomó su cabello largo. Bajó la mirada y luego la levantó hacia Sydney, con un poco de timidez. —Me veo espantosa, sin maquillaje, y el cabello ralo.

—Aún así, creo que eres hermosa.

—Tú sí que lo eres. No puedo creer que seas mi bebé. —Los ojos de su madre se llenaron de lágrimas. —Salvaste mi vida. Y mi madre salvó la de ambas.

—No sé cómo ella hizo eso.

—Ceo que pensó que yo eras tú. Nunca olvidaré su expresión cuando se dio cuenta de quién era yo. Lo supo de inmediato. Su grito agonizante me perseguirá por siempre. Estaba tan lleno de dolor.

Su madre tomó una toallita de la mesa, sopló su nariz y secó sus ojos.

Sydney no podía hablar. Su garganta estaba cerrada y sabía que si hablaba terminaría llorando.

Chelsea continuó. —Tan pronto entraste en la habitación, supe quién eras. No podía creerlo. Entonces Arne entró corriendo. Pensé que te mataría. —Hizo una pausa. —Pero fue él quien murió.

Chelsea apretó sus manos y miró alrededor de la habitación. —Murió instantáneamente, —murmuró. Su madre en realidad parecía triste y un poco perdida.

Eso confundió a Sydney. Era demasiado que enfrentar y los medicamentos no la ayudaban. No pudo contener más sus emociones y comenzó a sollozar. Chelsea vaciló por un momento y lentamente se levantó de la silla. Subió a la cama junto a Sydney. Las dos mujeres se abrazaron y lloraron mientras Chelsea mecía a su hija en sus brazos por primera vez en veinte años.

Ninguna se dio cuenta de la enfermera que entró silenciosa, cerró las cortinas en la pared de vidrio y salió por la puerta.

39

El doctor vino a ver a Sydney la mañana siguiente. Decidió dejarla un día más. Su dolor de cabeza todavía era fuerte y quería hacerle una resonancia magnética. Pero estaba lista para salir de la UCI hacia una habitación.

—¿Cómo está mi Nan?

El doctor sonrió ampliamente. —Está despierta ahora en la mañana. Por suerte, cuando el tobillo se partió, ella no le infligió más daños a la fractura anterior. Probablemente esta vez tardará más en sanar, pero la rehabilitación la ayudará a levantarse y caminar de nuevo.

La enfermera vino a buscarla con una silla de ruedas después del desayuno. La llevó por el pasillo hacia el ascensor. Subieron varios pisos y salieron a un concurrido pasillo.

—Voy a extrañar el silencio de la UCI y una habitación privada, —dijo Sydney.

La enfermera sonrió. —Oh, creo que le gustará más nuestra área.

Continuaron por un largo pasillo. Sydney pudo ver un oficial de policía sentado frente a la última habitación. Se sorprendió cuando la enfermera la llevó hacia esa puerta.

—¿Protección policial? ¿Contra qué?

—Los medios y los locos, todo el mundo está hablando de las tres mujeres Grey. Están en todas las redes sociales y la televisión. No fue fácil, pero logramos colocarlas a las tres en una habitación. —La enfermera asintió hacia el oficial, presionó un botón que abrió la puerta y empujó a Sydney hacia adelante. —Aquí están, señoras. Todas juntas, con un guardia en la puerta. —Acercó a Sydney a una de las camas. Era una habitación de cuatro camas.

—Por favor, ¿puedo ver a mi Nan primero?

—Claro. Si te sientes bien, tal vez pueda dejarte en la silla. Pronto vendrán a buscarte para llevarte a hacer la resonancia magnética.

La enfermera colocó a Sydney a un lado de la cama de Nan. Chelsea estaba sentada en la cama sosteniendo la mano de Elizabeth. Sydney sonrió a su madre, luego miró a Nan. —Buenos días. ¿Cómo te estás sintiendo?

—De momento, estoy dopada con los analgésicos, pero todo está bien. ¿Cómo estás tú, cariño?

—Algunos golpes y dolores y un horrible dolor de cabeza. El doctor realizará una resonancia magnética para estar seguros pero podré marcharme mañana, estoy segura.

—Espero que también me envíen mañana a casa, —dijo Elizabeth. —No estoy enferma y puedo estar acostada en mi propia cama y estaré mucho más cómoda.

Ambas miraron a Chelsea. Sydney no tenía idea de qué sucedería a continuación con su madre. Como si pudiera leer su mente, Chelsea pestañeó un par de veces y miró el piso.

—Están esperando por los resultados de mis exámenes de sangre y que me evalúa un psicólogo para estar seguros de que estoy... —Chelsea vaciló. Ella sonrió tímidamente. —Quieren estar seguros de que estoy estable.

Sydney estaba horrorizada. —Oh... —No sabía qué más decir. Después de veinte años de confinamiento y abuso, sabía que su madre necesitaría terapia. *¿Cómo podría ser 'normal'? ¿Podrá sanar en casa o tendrá que quedarse en un hospital?*

La puerta se abrió y una doctora entró con una silla de ruedas vacía, seguida por el Sargento Raynolds.

—Buenos días, señoras. Soy la Doctora Sally Sauvé. Trabajo con el Departamento de Salud Mental del Hospital. Estoy aquí para hablar con Chelsea. ¿Le parece bien si vamos a mi oficina, Sra. Grey?

Chelsea se volvió distante y su cuerpo se tensó.

—Solo estaremos fuera por un corto tiempo. Y no tiene que decir nada que no quiera. ¿Está bien?

Chelsea miró el rostro sonriente de la Doctora Sauvé. Pestañeó varias veces y se relajó. —Está bien. —Subió a la silla de ruedas y se salieron de la habitación.

El Sargento tomó asiento en una de las sillas y sacó una grabadora. —Buenos días. ¿Cómo se sienten esta mañana?

Las mujeres lo saludaron. Sydney dijo que estaba mejor y Elizabeth le dijo exactamente lo que le había dicho a Sydney cuando ella le preguntó.

—Voy a necesitar una declaración de ustedes. ¿Podemos comenzar contigo, Sydney?

—Está bien.

Abrió su libreta, encendió la grabadora y comenzó. —Dígame en sus propias palabras, qué la hizo ir a la granja Jensen ayer en la mañana y qué sucedió como usted lo recuerda.

Sydney miró a su abuela. Sabía que lo que habían experimentado no era una típica historia de misterio, secretos familiares y asesinatos en el plano físico. El resultado positivo de su historia nunca hubiera resultado como lo hizo sin involucrar el elemento espiritual. Miró al oficial y sopesó las palabras.

—No hay forma de decir qué sucedió y que tenga sentido sin decirle todo. Así que prepárese a escuchar algunas cosas para las cuales no está preparado. Puede decidir lo que considere relativo en mi declaración. —Miró a su abuela y ella asintió con su aprobación.

Le dijo sobre haber visto el espíritu de su abuelo y sus palabras de advertencia. Le habló sobre las visitas de Chlesea cuando era niña y una vez que regresó a la granja. También le habló sobre las visiones de espíritus por parte de la cuadrilla de bomberos para fortalecer su validez. Y ella la llevó a encontrar las llaves de Arne y supo instintivamente que eran las que había mencionado el espíritu de su Abuelo. Sydney le explicó cómo había sacado toda la información de los diarios de Chelsea, la comparó con lo que Arne había dicho, y con lo que le había dicho su Nan. Treinta minutos después, había terminado. El Sargento la había escuchado hasta el final. Su expresión estoica se mantuvo intacta en todo momento.

—¿Y usted condujo hasta la casa de Arne sin decirle a su Nan adónde iba?

—Así es. Ella estaba tomando una siesta y sentí que era imperativo ir en ese mismo momento mientras Arne trabajaba en los campos.

—¿Se da cuenta de que cometió un delito, al violar la propiedad privada?

Sydney se sonrojó. —Supongo que así fue. Pero en ese momento, no estaba pensando claramente.

El oficial cambió su expresión imperturbable y sonrió a medias. —Parece una buena defensa. Cuando encontró a su madre en la habitación del sótano, ¿le habló?

—No. Supe que era ella tan pronto la vi pero caí de rodillas del impacto. Ella parecía aterrorizada.

El oficial escribió en su libreta. —¿Cuánto tiempo transcurrió antes de que el Sr. Jensen entrara en la habitación?

—No mucho tiempo. Tal vez un par de minutos. No sabía que estaba allí. Pero Chelsea lo vio y dejó escapar un grito terrible. Pero en cuestión de segundos él se lanzó sobre mí, levantándome. Recuerdo volar a través de la habitación y eso es todo hasta que desperté en el hospital.

El Sargento terminó la entrevista y apagó la grabadora. Se dirigió a Elizabeth. —Supongo que su declaración también contendrá elementos etéreos.

Elizabeth sonrió. —Eso me temo.

—Está bien. Aquí vamos. —Encendió la grabadora. —Usted estaba dormida cuando Sydney se fue hacia la casa de Arne. Dígame cuándo despertó y qué sucedió después de eso.

Elizabeth comenzó con la sacudida de la cama y el espíritu de su esposo esperando a que ella despertara. Sydney no podía creer que su expresión facial permaneciera imperturbable con esa información pero él continuó sentado y escuchó la historia de su abuela y permaneció totalmente profesional. Cuando terminó, apagó nuevamente la grabadora. Era la primera vez que escuchaba la parte de la historia de Nan y la dejó helada hasta los huesos.

El oficial las miró alternativamente. —Debo decirles, señoras, que fueron muy afortunadas de que las cosas resultaran como lo hicieron. Ambas realizaron acciones muy peligrosas que pudieron salir muy mal. Desearía que hubieran llamado a la oficina y hubieran hablado conmigo.

Sydney le dijo. —Pensé en hacerlo pero todo lo que teníamos eran sensaciones, suposiciones y visitas de espíritus. ¿Eso hubiera sido suficiente para que usted consiguiera una orden de cateo para revisar la granja de Arne?

Antes de que pudiera responder, la enfermera entró y se dirigió al oficial. —La Dra. Sauvé me envió a decirle que aprobó la solicitud para entrevistar a Chelsea en su oficina. Ella quisiera estar presente. Lo llevaré si está listo.

—Sí, ya podemos ir. Señoras, cuando regresen a Stoney Creek, llevaré sus declaraciones para su firma. Todos nosotros en el destacamento estamos complacidos con el resultado final de este caso y nos sentimos felices por su familia. Estaremos en contacto.

—Gracias, —dijo Elizabeth.

Sydney imitó a su abuela. —Sí, gracias.

Lo vieron marcharse. —Dios mío, Nan, tu historia me pone la piel de gallina. Fuiste tan valiente.

—Tú también. Con suerte, todas podremos irnos a casa y encontrar algo de paz y tranquilidad de ahora en adelante.

El camillero llegó para llevar a Sydney para realizar su resonancia magnética. Cuando regresó, su Nan estaba tomando una siesta. Sydney subió a su cama y se quedó dormida.

Algunos minutos después, la Doctora Sauvé entró y las despertó a ambas.

—Disculpen, señoras, pero necesito hablar con ustedes antes de que vuelta Chelsea. El Sargento Reynolds ya casi termina y la enfermera la traerá de vuelta.

—¿Ya realizó su evaluación, Doctora? —preguntó Elizabeth.

—Sí, así es. Chelsea es una mujer muy fuerte. Aunque, de momento, no está consciente de ello. Ha vivido una experiencia traumática que no será olvidada de un día para el otro, y sus efectos dañinos no desaparecerán rápidamente. Sin embargo, creo que con terapia podrá progresar y reinsertarse a la sociedad eventualmente. Habiendo dicho eso, todo dependerá de su voluntad para sanar y recurrir a su fuerza interior.

—¿Puede volver a casa con nosotros? ¿O necesita estar hospitalizada? —preguntó Elizabeth.

—Eso depende de algunas cosas. Chelsea está muy abrumada en este momento. Al principio le costará confiar en las personas. Primero, no veo señales de que sea un peligro para sí misma. Pero eso no significa que no vaya a tener recaídas. Esperemos que no. Si ella va a casa, ambas tendrán que comprender que ella necesita ser protegida. Ella necesita reconstruir su relación con cada una de ustedes y eso tomará tiempo. Claro, las tres están emocionadas de estar juntas de nuevo pero habrá problemas para todas tres. Ella será totalmente dependiente de ustedes. Será su línea de vida. ¿Están preparadas para eso?

Elizabeth habló primero. —Desde luego. Mi hija me ha sido devuelta y haré todo lo que sea necesario para ayudarla a superar esto.

Sydney casi entra en pánico. —No sé si sé cómo ayudarla. Pero quiero intentarlo.

La Dra. Sauvé extendió una mano y le dio una palmadita en el brazo. —No te preocupes por eso. Allí es donde entro yo. Todo lo que tienes que hacer es tener paciencia y comprensión. Antes de tomar mi decisión, necesito que ambas comprendan que Chelsea va a sufrir una sensación de pérdida. Para todos nosotros, Arne

Jensen era un hombre muy malo que abusó terriblemente de ella y las personas pensarán que ella debería estar gritando desde el techo que él está muerto y ella recuperó la libertad. Pero, no es así como ella se siente en este momento. Eventualmente sí y esa es nuestra meta.

Sydney frunció el ceño. —¿Quiere decir que ella va a extrañar a Arne y sufrirá el duelo por su muerte?

—Sí. Lo que necesitan comprender es que Chelsea nunca experimentó la vida como adulta. Fue secuestrada de la casa de sus padres a los diecinueve. Ahora tiene treinta y ocho años, y sin embargo, no tiene idea de qué significa la independencia. Está aterrada. Su crecimiento mental y emocional se detuvo a los diecinueve.

Elizabeth intervino. —¿Está diciendo que Arne se convirtió en un padre para ella?

—En cierta forma. Si ella se le resistía, él le ocasionaba dolor. Ella perdió el sentido del poder y se sintió sin ningún valor. Si ella se comportaba bien y le daba lo que él quería, la premiaba suprimiendo el abuso. Con el tiempo, ella se volvió dependiente de él para sus necesidades.

Es normal para ella sentirse temerosa de perderlo y sentir dolor. Él no solo fue su abusador. Era su proveedor y protector. ¿Pueden comprenderlo?

Elizabeth asintió.

—Comprendo, —dijo Sydney. Le causaba pesar que su madre hubiera sufrido tanto. Todo lo que quería era verla mejorar.

—Le pregunté a Chelsea qué quería hacer. Ella quisiera volver a casa en la granja. Si se la llevan a casa, necesita sentirse segura y a salvo. Sin prensa, ni visitantes que la vean hasta que ella decida que está lista. Inicialmente, rechazará las personas. Actuará tímida y temerosa de los hombres. Llevará consigo el temor de que pueda volver a suceder. Eventualmente, lo superará. Habrá días en que las evitará a ambas. Me gustaría que viniera una vez a la semana para terapia. Estoy en el Hospital de Oliver los Miércoles. Lo haremos allá para que no tenga que viajar hasta Kelowna. También me gustaría realizar sesiones de terapia familiar cada dos semanas. De esa forma puedo atender cualquier preocupación que ustedes puedan tener. Si ambas están de acuerdo con todo esto, la daré de alta y podrán llevarla a casa con ustedes.

Elizabeth comenzó a llorar. —Ella necesita estar con su familia. Desde luego.

Sydney apretó la mano de su Nan y se dirigió a la Doctora. —Puede contar con nosotras. La queremos con nosotros.

40

La enfermera abrió la puerta de la habitación y Jessie entró. —Las dejo solas por unos días y mírense. No pueden permanecer sin meterse en problemas. —Sydney se levantó y las dos amigas se abrazaron. Jessie se acercó a Elizabeth, se inclinó y le dio un beso. Se volteó hacia la hija de Elizabeth. —Y tú debes ser Chelsea. Encantada de conocerte.

—Hola. —Chelsea parecía tímida y un poco aturdida.

—Jessie es mi mejor amiga en Stoney Creek. Es enfermera.

Los doctores le dieron de alta a las tres mujeres esa mañana. Iban a regresar juntas a la granja y se quedarían allí indefinidamente. Organizaron las citas semanales con la Doctora Sauvé en Oliver y Sydney estuvo de acuerdo con llevar a su madre para las sesiones.

Jessie se dirigió a las mujeres. —Y hoy, seré su chofer. Pedí prestada una van con ventanas oscuras para llevarlas a todas a Stoney Creek.

Chelsea frunció el ceño. —¿Ventanas oscuras?

Sydney se volteó hacia su madre. —Están oscurecidas para filtrar la luz del sol en verano, pero además puedes ver hacia afuera, pero las personas no pueden ver hacia adentro.

Dos enfermeras se aseguraron de que las tres mujeres tuvieran sillas de ruedas.

Jessie se dirigió a las mujeres. —Este es el plan. Yo empujaré a Sydney, y estas encantadoras enfermeras las empujarán a ustedes dos. Tomaremos el ascensor de servicio hacia el sótano y saldremos por el garaje. Con suerte, no habrá nadie de la prensa espiando y estaremos en camino.

Sydney sabía que saldrían del hospital por la morgue. Y Arne Jensen estaba allí. Se sentía espeluznante pero nadie dijo nada. Diez minutos después, se alejaban del hospital.

—Parece que no hay moros en la costa. Solo una parada y llegamos a Stoney Creek. —Jessie condujo hacia la casa de Elizabeth. Estacionó la van a una cuadra de distancia y desapareció por la esquina.

—¿Qué está haciendo ella, Nan?

—Va a mi casa a buscar unas cosas que necesito. Le di una lista.

—¿Y si las personas de la prensa están allí? —preguntó Chelsea.

—Irá a la casa de mi vecina. Jessie la llamó temprano. Bab va a dejarla salir por la puerta de atrás y luego irá a través de los arbustos hasta la casa. No se puede ver desde el patio ni la calle.

—Muy astutas. —dijo Sydney.

Dos horas después condujeron a Stoney Creek. La cabeza de Chelsea giraba hacia adelante y atrás, mientras miraba las calles. —Ha crecido mucho. La cafetería donde trabajaba todavía está allí. —Estiró la cabeza hacia atrás mientras pasaban frente a ella hasta que desapareció en la distancia.

Jessie continuó a través del pueblo. —Por cierto, llamé al ayuntamiento esta mañana y pedí que colocaran barricadas a través de la autopista frente a su casa. Cualquiera que cruce sin autorización será procesado. —Llegaron a Valley Road y Jessie se detuvo. Tomó su celular y marcó un contacto. —Hola, soy yo. Estamos a un par de minutos de distancia. ¿Qué podemos esperar cuando lleguemos allá?

Las tres mujeres estaban en silencio, toda su atención en Jessie.

—Listo. Que un par de chicos estén listos afuera para mover las barricadas para no tener que detenerme. Gracias. —Se dirigió a las mujeres. —Está bien. Hay un grupo de personas de los medios esperando en el camino principal. Cuando lleguemos allí, recuerda Chelsea, que ellos no pueden ver hacia adentro.

Elizabeth resopló. —Humph... mejor será que se quiten. Ya hemos pasado por suficiente para sentirnos intimidadas de entrar en nuestra propia casa.

Chelsea parecía confundida. —Todavía no entiendo cómo nos encontraron tan rápido. O por qué están interesados en mí.

—Cuando te muestre las redes sociales en la computadora, lo entenderás. Y tú eres una heroína por sobrevivir tu tragedia, es por eso que están interesados en ti.

Una patrulla de la policía se colocó junto a ellas. Jessie abrió su ventana. —¿Oficial?

—Hay una buena multitud allá adelante. Voy a guiarlos y me aseguraré de que nadie trate de seguirnos.

Jessie volvió al camino y siguió la patrulla hasta la granja. —Vaya.

Las mujeres dejaron escapar un gemido. Había muchas más personas de lo que habían imaginado. Todas tres miraron hacia la propiedad Jensen a su izquierda y vieron la cinta policial en la entrada.

Sydney se estremeció y se volteó hacia la entrada de su casa donde Brian y otro miembro de la cuadrilla Rhyder separaban dos barricadas.

—Aquí vamos, señoras, —dijo Jessie.

Las personas tomaban fotos con sus cámaras y gritaban sus nombres. Sydney miró a Chelsea. Parecía aterrorizada pero no movió ni un músculo. Solo fue cosa de unos segundos antes de que estuvieran en la entrada y las barricadas colocadas en su lugar. La patrulla se detuvo al frente y vigiló la multitud. Jessie continuó alrededor de la casa hacia la terraza de atrás.

Entraron en la casa a través del almacén, Jessie llevaba la silla de ruedas de Elizabeth. Sydney guiaba el camino hacia la cocina. —Oh, Dios, ¿qué sucede?

Bea estaba frente al refrigerador guardando contenedores con comida. —Todo el pueblo está trayendo bandejas con comida desde ayer. Me quedé anoche para preparar todo para su llegada. Congelé buena parte de la comida y el resto lo guardé en el refrigerador. —Cerró la puerta y se acercó a Sydney, envolviéndola en un abrazo de oso. —Nos diste un gran susto, te diré... —Se inclinó y abrazó a Elizabeth y asintió a Jessie. Luego se volteó hacia Chelsea. —Bienvenida a casa, Chelsea, soy Bea, la mamá de Pam. ¿Me recuerdas?

—Hola, Sra. Gurka, —dijo Chelsea antes de bajar la mirada al piso.

Bea se volteó hacia Sydney. —Si quieres que me queda por un par de días y me encargue de la casa y la comida, me encantaría hacerlo. Y no tendrás que pagarme. Estoy aquí como amiga.

—Te lo agradezco, Bea. —Sydney llevó una mano a su vendaje en la cabeza. —Al menos hasta que ceda mi dolor de cabeza.

—Bien. Preparé la habitación de huéspedes para Chelsea. Yo dormiré en la residencia.

—Yo también me quedaré en la residencia por unos días para ayudar a Elizabeth mientras ustedes dos descansan. —dijo Jessie.

Elizabeth les agradeció a ambas. —Su ayuda significa mucho. Dios sabe que no puedo ayudar con nada. Sydney necesita descansar y Chelsea... ella necesita hacer lo que quiera hacer.

—Una ducha caliente sería bueno, —dijo Chelsea.

Jessie llevó a Elizabeth a su habitación y la acomodó en su cama. Salió de la casa para hablar con la cuadrilla Rhyder.

Sydney observó a su madre. —Necesitas algo de ropa. Tú y yo somos más o menos de la misma talla. Ven conmigo. —La tomó de la mano y llevó a Chelsea a su habitación.

—Vaya. Me gustan los colores de tu habitación. La casa se ve tan diferente, —Chelsea vaciló, —de buena forma, quiero decir.

—Gracias. —Sydney abrió las puertas del gabinete. —Aquí. Elige lo que quieras. La ropa interior y sujetadores están en ese tocador. —Observó a su madre mirando su ropa. La mayoría de las mujeres que ella conocía de casi cuarenta años considerarían su ropa demasiado juvenil. Pero a Chelsea le encantó y estaba feliz con lo que seleccionó. *Pero por otro lado, si dejó de madurar a los diecinueve, mi ropa parecería perfecta para ella.* Le mostró a Chelsea su propia habitación. No podía creer los cambios que Bea había hecho. Durante el incendio, la habitación era solo huesos pero reemplazó la vieja cobija barata y las cortinas con un juego turquesa y borgoña con motivo de Santa Fé. El pequeño tocador fue reemplazado por un mueble de madera de cerezo oscura con seis gavetas y una cómoda en la esquina. Había una butaca reclinable color borgoña sobre una alfombra oval. La habitación era acogedora.

Sydney le mostró a Chelsea el baño principal. —En la repisa hay champú y en la gaveta hay desodorante. Revísalo todo y usa lo que quieras.

Si quieres secarte el cabello, el secador está en una cesta en estos gabinetes debajo del lavamanos. —Sydney comenzó a salir por la puerta y dio la vuelta. —Y la puerta tiene seguro si quieres privacidad. —Después de cerrar la puerta detrás de ella, escuchó cuando colocó el seguro. Sydney se sentía agotada y regresó a su habitación. Se estiró en la cama y se quedó dormida.

* * *

Elizabeth estaba recostada contra las almohadas, leyendo un libro cuando Chelsea asomó la cabeza en la habitación.

—¿Puedo entrar?

—Desde luego. —Elizabeth bajó el libro. —¿Cómo estuvo la ducha?

Chelsea sonrió. —Me quedé allí por siglos. Fue mi primera ducha en veinte años. Arne tenía una vieja tina de patas. —Chelsea se sentó en la parte más lejana de la cama. —La mejor parte fue cerrar la puerta. A menos que estuviera encerrada en la habitación del sótano, nunca me dejaba sola en la casa. Se sentaba en el inodoro cuando me bañaba. Odiaba que lo hiciera.

—Lamento que te sucediera eso. Me rompe el corazón pensar que estuviste al otro lado del camino todo el tiempo que yo pensaba que habías escapado. Es difícil perdonarme a mí misma.

—No pienses en eso, Mamá. No es tu culpa.

Elizabeth suspiró. —¿Dónde está Sydney?

—Está dormida. Acabo de verla.

—Oh bien, ella necesita descansar.

Chelsea miró por la ventana. —Me di cuenta por la parte de atrás de la camioneta que pertenece a la Constructora Rhyder. ¿Tienen algo que ver con la familia Rhyder que antes vivía aquí? ¿Wes?

Elizabeth se removió incómoda y observó el rostro de su hija. —Sí. Jax Rhyder está encargado del proyecto. Jax es el hijo de Wes.

—¿De verdad? ¿Es el chico rubio de más o menos la misma edad que Sydney y que está allá afuera?

—No sé. No lo conozco. Cuando sucedió lo del incendio, suspendieron el trabajo aquí para instalar del Centro de Control de Incendios.

—¿Entonces Wes regresó a Stoney Creek? Me sorprende.

Había tanto que Chelsea no sabía, pero Elizabeth pensaba que este no era el momento para decírselo. —Regresó a Stoney Creek cuando Jax tenía seis años. Su matrimonio había terminado y él quería que Jax creciera en un pueblo pequeño. Estableció su propia compañía Su hijo trabaja con su padre. A Jax le encanta restaurar viejas casas de granjas y así es como comenzó con este proyecto. —Elizabeth extendió su brazo hacia la escayola. —Eso fue antes de que me hiciera esto la primera vez.

La frente de Chelsea se frunció. Elizabeth pudo ver que estaba pensando concentrada en algo. Ella decidió cambiar el tema. —Aparentemente, terminarían hoy y se marcharían. Ahora, si logramos que se marchen los medios, tendremos la casa para nosotras solas. Jessie va a hablar con ellos en representación de la familia.

Jessie se acercó a la puerta para darle una vuelta a Elizabeth. —Hola.

—Pasa, —dijo Elizabeth.

—Solo quería ver si necesitabas algo. ¿Cómo sientes el dolor? —preguntó Jessie.

—Estoy lista para tomar los medicamentos y dormir una siesta.

Chelsea se volteó hacia Jessie. —¿Ese chico alto, rubio, es el hijo de Wes Rhyder?

Las cejas de Jessie se arquearon. Miró a Elizabeth. —Ah... sí. Es él.

—Chelsea vio el nombre en las camionetas y vio la conexión. —dijo Elizabeth.

Jessie se relajó. —Oh... buscaré los medicamentos para el dolor.

—Creí ver un parecido. —dijo Chelsea.

Jessie regresó después de un momento, le dio las pastillas a Elizabeth y se marchó.

Chelsea repentinamente pareció perdida. —Supongo que será mejor que vuelva a mi habitación si vas a tomar una siesta. Tal vez trate de dormir un poco también, —dijo Chelsea.

Elizabeth apoyó una mano en el brazo de su hija. Ella sabía que Chelsea se sentía extraña y no quería que estuviera sola mientras ella y Sydney dormían. Hizo una nota mental de que una de ellas estuviera siempre disponible para ella. —¿Quieres quedarte? De verdad me gustaría tu compañía. Podrías tomar una siesta a mi lado.

El rostro de Chelsea se iluminó. —Está bien, si quieres que me quede.

41

Sydney despertó sobresaltada. Había estado soñando. Un mal sueño sobre Arne ahorcando a su madre. Aunque ella no lo había presenciado cuando sucedió, su sueño había sido muy vívido. El reloj marcaba las cuatro y quince. Había dormido tres horas. Se levantó y fue al baño, sacudiendo el sueño. Se lavó la cara. Pasó un cepillo por su cabello, notó que su dolor de cabeza había disminuido. Se sentía bien mover la cabeza sin dolor extremo. *Eso está bien.* Salió de la habitación para ver cómo estaban las demás.

Asomó la cabeza en la habitación de su Nan. Estaba dormida con un libro sobre su regazo. Chelsea estaba tendida a su lado profundamente dormida. Las observó por varios minutos. *No puedo creer que sea cierto.* Se escuchaban voces y risas provenientes de la cocina. Curiosa, se dirigió allá para ver qué sucedía.

Sydney se quedó congelada en la puerta. Bea estaba ocupada preparando la cena. Jax estaba sentado en la isla, con la espalda hacia ella y hablando con Jessie que estaba frente a él. Jessie la vio primero. —Aquí estás, chiquilla. Dormiste una larga siesta. ¿Cómo sientes la cabeza?

—Ha mejorado un poco.

—Ven a sentarte con nosotros. —dijo Jessie.

Jax dio la vuelta. Sydney asintió. —Jax, —dijo ella. Buscó sentarse lo más lejos posible de él en la isla pero del mismo lado en lugar de frente a él. Bea llenó nuevamente las tazas de café y colocó un vaso de jugo frente a ella.

—No hay café para ti por la concusión. No es bueno.

Sydney le sonrió. —Gracias. —Sabía que no debía discutir con Bea.

Había una libreta con un bolígrafo frente a Jessie.

—¿Qué estás haciendo? —preguntó Sydney.

—Tu abuela me pidió que representara a la familia y hablara con las personas de los medios allá afuera. Ellos me estaban ayudando a escribir lo que diré. Básicamente, no se darán entrevistas en este momento y la familia les pide que los dejen solos para lidiar con el evento traumático y poder sanar. Y les piden que la prensa honre su solicitud de privacidad.

—Suena bien. Gracias por hacer esto por nosotras.

—Encantada.

Jax se levantó. —Bueno, yo tengo que ir a casa y terminar de empacar. Nunca pensé que pudiera acumular tantas cosas en el poco tiempo que he vivido en esa pequeña casa.

El corazón de Sydney saltó un latido. Esta vez, lo miró directamente. *¿Empacar? Se está mudando de la casa. ¿Se marcha del pueblo?*

Jax la miró a los ojos. —Sydney, ¿podría hablar contigo un momento? ¿En privado? —Parecía tan serio.

—Claro. Vayamos afuera. —Sydney guió el camino a través del comedor y salió por las puertas Francesas. Caminaron hacia el lago. No tenía idea de cómo debía reaccionar ante Jax. Ella supuso que le diría que se marchaba. Sus emociones ya estaban agitadas y lidiar con Jax encima de todo, era llegar al límite.

Jax dejó de caminar. —Nos asustaste mucho a todos. Me alegra que las cosas resultaran bien. Desearía...haber estado allí. Las cosas podrían haber sido diferentes. ¿Cómo te sientes?

Sydney decidió alejarse de esa discusión. —Estoy bien. Mi dolor de cabeza ya no es tan severo.

—Eso dijiste. Me refería a ¿cómo estás lidiando con todo esto? Es un fuerte impacto para ti y tu Nan. Y no puedo ni imaginar lo que estará sintiendo tu Madre.

—Es increíble. Creo que todas estamos atontadas.

—Todos dicen que se parecen mucho.

—Eso dicen todos.

—Me siento muy feliz por tu familia. Y espero que todas estén bien.

Sydney no dudaba que Jax fuera sincero pero él se estaba dirigiendo a algo y quería que llegara al punto.

—Quería decirte que hoy terminamos el proyecto. Se acabó. Los muchachos están recogiendo todo. Así que tu familia tendrá privacidad.

Se quedaron de pie uno junto al otro, mirando al lago. No se habían mirado ni una vez. —Hiciste un excelente trabajo, Jax. Muchas gracias. Envíame la factura y pagaré el resto. —Sydney hizo una pausa. —¿Te estás mudando?

—Sí.

—¿Cuándo?

—Mañana.

Sydney estaba asombrada. Se volteó y miró a Jax. —¿Tan pronto?

—Tengo algo que decirte. Jessie recibió los resultados de las pruebas de ADN.

Su rostro se nubló. Se sintió enojada. —¿Qué? ¿Y nadie pudo decirme?

—Espera. Recibió la llamada hace unos minutos. Le pregunté si podía decírtelo yo porque necesitamos hablar.

Sydney se sintió abrumada y se volteó de nuevo hacia el lago y miró los campos de heno en la distancia. —Y es por eso que te marchas del pueblo. Supongo que ya sé lo que vas a decir.

—¿Ah? No me marcho del pueblo.

—¿Entonces por qué vas a mudarte? Te encanta esa pequeña casa.

—Porque yo... espera, suficiente de la mudanza. Esto es más importante. Sydney, Papá no es tu padre. No somos primos.

Sydney no se podía mover y olvidó respirar. No sabía si sentirse aliviada o enojada de que un bastardo casado trabajador de un parque de diversiones fuera su padre o decepcionada de que un hombre bueno como Wes Rhyder no fuera su padre.

—¿Syd?

—¡Vaya! —Se volteó hacia Jax. —Al menos no cometimos incesto.

—Lamento mucho que tuvieras que pasar por todo esto. Y luego todo lo demás.

Sydney logró formar una pequeña sonrisa. —Bueno... todo resultó bien. Gracias por decírmelo.

Jax parecía incómodo. Comenzó a decir algo y se detuvo.

Sydney lo dejó pasar. —Entonces ¿por qué te mudas?

—Mi Papá se está mudando para Kelowna para expandir la parte comercial del negocio. Me está ayudando a instalar mi propia compañía para mejoras y renovaciones residenciales aquí en Stoney Creek. Me pidió que me mudara a su casa para que no se quede vacía. Prefiero mi pequeña casa pero la suya no paga renta.

—Eso es maravilloso, Jax. Es lo que querías.

—Mira, no estoy seguro de que este sea el momento correcto con todo lo que ha sucedido. Y no quiero abrumarte...—la voz de Jax se desvaneció.

Aquí viene. Me dejará. —¿Qué sucede? —Se rodeó con sus brazos.

—Ya sé que han sucedido muchas cosas y...— Jax hizo una pausa.

Ya lo dijiste. Suéltalo. —Déjame facilitarte esto, Jax. Compartimos buenos momentos y pasamos una maravillosa noche juntos. Pero con todo lo que ha sucedido, te has dado cuenta de que no podemos continuar juntos y en realidad no quieres ningún compromiso. Está bien, de verdad. Ya tengo suficientes cosas con que lidiar. —Sydney se volteó hacia la casa.

Jax la tomó por un brazo. —Eso no era lo que iba a decirte en lo absoluto. Todo lo que te dije aquella noche, lo dije de verdad. Todas estas semanas separados, preguntándome si seríamos parientes consanguíneos, no podía sacarlo de mi mente. Sé que tu familia necesita tiempo para lidiar con lo sucedido. Querrás pasar tiempo con tu madre y conocerse de nuevo. Y ayudarla a sanar. Lo comprendo. No quiero alejarme de nosotros pero no quiero presionarte con expectativas que no puedas manejar de momento.

Sydney miró a Jax a los ojos. Lo que vio le dijo todo lo que necesitaba saber. —¿Estás tratando de decir que no tienes miedo de la palabra con 'c'?

Jax la tomó en sus brazos. —Estoy diciendo que te amo, Sydney Madison Grey. Y no me iré a ninguna parte. —La besó con urgencia y Sydney respondió.

Su beso fue largo y apasionado. Y cuando se separaron, él la besó en cada ojo, la nariz, cada mejilla y reclamó su boca una vez más.

—Oh, Jax. Yo también te amo.

—Entonces este es el plan. Necesitas tiempo con tu familia y yo necesito tiempo para comenzar con mi compañía. Nos veremos cuando podamos. Con calma y serenidad. Todo lo que necesito saber es que somos una pareja, exclusiva.

Sydney colocó sus manos en el rostro de Jax. —Claro que lo somos.

Esta vez, ella lo besó a él. El mundo a su alrededor desapareció. Se abrazaron y susurraron palabras de amor y se besaron un poco más. Finalmente, se miraron a los ojos y rieron. Con los brazos enlazados se dirigieron de vuelta a la casa.

Las puertas Francesas estaban abiertas y Bea y Jessie estaban allí resplandecientes. Bea les mostró los pulgares hacia arriba y Jessie aplaudió.

—Oh Dios mío... nos estuvieron viendo todo el tiempo. —Dijo Sydney.

Jax rió. —Supongo que les encanta el romance. ¡Y vaya si les dimos un buen espectáculo!

42

Elizabeth despertó con el sonido de un llanto. Le tomó un momento aclarar su mente. Miró a un lado de la cama. Chelsea no estaba. El llanto comenzó de nuevo. Se volteó al otro lado y vio a su hija junto a la ventana. Chelsea tenía las manos sobre su boca para acallar su llanto.

—¿Chelsea? ¿Qué sucede, cariño?

Chelsea se volteó hacia su madre. —¿Qué he hecho?

Su madre dio una palmada a la cama. —Ven y háblame.

Su hija se sentó, con una mirada de preocupación en su rostro. —Sydney y Jax. Están... juntos.

Elizabeth se daba cuenta de lo alterada que estaba Chelsea así que procedió con cautela. —¿A qué te refieres con que están juntos?

—Me refiero a que se estaban abrazando y besando... como una pareja.

Elizabeth frunció el ceño. —¿Afuera?

—Sí, —murmuró Chelsea.

—Bueno, eso podría significar buenas noticias.

Chelsea la interrumpió. No la estaba escuchando. —Todo es mi culpa. —Cubrió su rostro con las manos. —Si no hubiera sido una adolescente tan estúpida, quedando embarazada por un chico que solo quería acostarse conmigo. Si le hubiera dicho a Papá sobre las insinuaciones de Arne, pero no lo hice porque iba a marcharme. Y Mary y Papá murieron. Todo por mi culpa. —Chelsea comenzó a llorar.

Elizabeth la tomó por un brazo. —Chelsea, mírame. —Su hija levantó la cabeza. —No eres responsable por nada de eso. Podríamos regresar en el tiempo y culparnos por cosas que sucedieron. Tú fuiste una víctima en todo esto. La responsabilidad recae sobre Arne. Un hombre malo que interfirió con nuestras vidas y pagó por ello con la suya propia. —Acercó una caja de toallitas y se las ofreció a su hija.

Chelsea se calmó y sopló su nariz. Pero las lágrimas no se detenían. —Oh, mamá... no lo comprendes...

—Te preocupa que Wes pueda ser el padre de ellos.

Los ojos de Chelsea se abrieron desmesuradamente. —¿Cómo sabes eso?

—Cariño, hay muchas cosas que no sabes. Tus diarios nos ayudaron a comprender todo. Sydney y Jax han estado esperando por los resultados de las pruebas de ADN. Si en este momento están juntos, los resultados ya deben haber llegado. Creo que es válido decir que Wes no es el padre de Chelsea.

Chelsea secó sus ojos. —¿Tú crees? Mi vida ha estado estancada todos estos años mientras la vida en el exterior continuaba y yo ocasioné todo este sufrimiento.

—Hiciste lo que hiciste en ese momento por razones que creías válidas. Dudar de ti en este momento es una pérdida de tiempo. Todos nosotros quisiéramos cambiar cosas que hicimos en nuestro pasado. No podemos hacerlo. Debemos continuar hacia adelante.

—Supongo que sí.

—Es mejor que sepas el resto. Jax fue adoptado por Wes y su ex-esposa cuando la hermana de Wes y su esposo murieron. Jax tenía dos años en ese momento. Biológicamente, Wes es su tío pero para Jax es su padre.

—Me he perdido de muchas cosas.

—Y ahora eres libre. Requerirá tiempo ajustarte pero con la ayuda de la Dra. Sauvé y la nuestra, comprenderás que el mundo es tuyo. Este es tu momento y eres lo suficientemente joven para aceptarlo y hacer algo de él.

Chelsea se calmó de nuevo. Elizabeth se inclinó hacia la mesita y abrió una gaveta. Sacó un montón de cartas atadas con una goma elástica. —Espero no abrumarte demasiado con ésto pero deberías saber algo más. Wes no te estaba usando. De verdad le importabas hace tantos años. Él te escribió estas cartas en los primeros meses después de marcharse. Tristemente, tu padre interceptó las cartas y las ocultó. Las encontré después que murió. Iba a devolvérselas a Wes pero ahora creo que te pertenencen a ti.

Su hija observó las cartas mientras su madre se las entregaba. —¿Wes escribió estas cartas? —Las tomó con una mano. Sacudió la cabeza. —Oh, Papá. Fue tan miserable ese verano.

—Él pensaba que te estaba protegiendo. No lo odies.

—No lo odio.

Sydney apareció en la puerta. —¿Todo está bien? Creí escuchar a alguien llorando.

—Entra, cariño, —dijo Elizabeth. —Chelsea muévete a un lado y deja a Sydney sentarse a tu lado en la cama. Chelsea los vio a Jax y a ti juntos allá afuera. —Su Nan la miró a la expectativa.

Sydney miró a su madre consternada. —Oh Dios mío… no lo pensé.

—Ya lo sabe casi todo y también sobre la prueba. ¿Llegaron los resultados? —preguntó Elizabeth.

Sydney sonrió. —Así es... vaya, esto es raro. —Miró a su madre. —Wes Rhyder no es mi padre.

Chelsea bajó la mirada hacia la cama. —Lamento que tuvieras que pasar por todo este dolor.

Sydney tomó la mano de su madre entre las suyas. —Es lo que es. Y ahora Jax y yo podemos estar juntos y estamos felices. Lo que haya sufrido este último mes no se puede comparar con lo que tú has pasado los últimos veinte años. No sé cómo sobreviviste.

—Durante los primeros seis meses casi no lo hice. En aquel entonces traté de suicidarme varias veces. Él me había encerrado en un viejo depósito de alimentos construido en la colina donde estaba la vieja casa de la granja. —Los ojos de Chlesea si volvieron vacíos y mordió una uña. —Cuando Mary murió me llevó a la casa, era mejor. Antes del secuestro, yo era fuerte, independiente. —Sonrió. —Y Papá me llamaba, 'salvaje'. Arne trató de quebrarme y me resistí por mucho tiempo. Pero era yo quien siempre terminaba lastimada, física y emocionalmente. Aprendí que si le seguía la corriente con lo que quería y me convertía en la persona que él quería, él era feliz. Esa fue una de las formas en que logré sobrevivir. También hubo otras formas.

—¿Qué formas? —preguntó Sydney.

—Mi meditación, el yoga, y los viajes astrales. Me emocioné mucho cuando Arne me dijo que Mamá y tú habían vuelto a la granja. Pero entonces, sentí miedo de que Arne pudiera lastimarlas. Las visitaba con frecuencia. Algunas veces me veías, otras veces no. Pero me aferraba a la esperanza de que me encontrarían. Y desde luego, estaba Papá. Se quedó conmigo todo el tiempo después de morir.

Elizabeth frunció el ceño. —Hace unos minutos cuando estabas alterada, dijiste algo de que las muertes de tu padre y de Mary habían sido tu culpa. ¿A qué te referías?

—Arne los asesinó.

Las manos de Elizabeth se aferraron a su pecho. —¿Qué? Pero ambos murieron de ataques al corazón.

—Sí, ataques fulminantes al corazón.

—No lo comprendo, —dijo Elizabeth.

—Ambos me encontraron. Mary sintió sospechas cuando se dio cuenta de que él iba con frecuencia a la antigua casa de la granja. Un día lo siguió y se escabulló detrás de él. Ella me vio. En ese entonces me tenía encadenada a la cama. Le rogué que me ayudara. Se volteó y salió corriendo pero él la alcanzó.

—¿Y la tensión le provocó un ataque al corazón? —preguntó Sydney.

—No. Arne tenía una condición renal que afectaba sus niveles de potasio. Se aplicaba diariamente inyecciones de Cloruro de Potasio que tenía ya calibradas. Sus médicos le advirtieron que una sobredosis podía causar un ataque al corazón en cosa de minutos, ocasionando la muerte. Él investigó sobre eso. Llevaba una inyectadora llena de Cloruro de Potasio todo el tiempo. —Chelsea se estremeció. —Me amenazó con ella muchas veces, cuando estaba enojado.

Elizabeth estalló. —Ese bastardo. ¿Pero por qué no lo descubrieron en la autopsia?

—Arne me dijo que cuando el tejido muere, produce Cloruro de Potasio hacia el flujo sanguíneo donde se disipa. Las muestras de tejido de la autopsia no lo mostrarían. También me dijo que Mary se había aplicado la vacuna contra la gripe unos días antes y alardeaba de haberle colocado la inyección en el mismo lugar para no levantar sospechas. Lo llamó el crimen perfecto.

Sydney estaba temblorosa. Sabía que algo estaba mal con Arne pero esto iba más allá de lo que ella había imaginado. —¿Y Abuelo? —murmuró.

Chelsea tiraba de los hilos de su blusa nerviosa. —Vino a la casa durante una de sus caminatas matutinas para hablar con Arne. Él me había sacado del sótano para preparar el desayuno. Creo que Papá lo escuchó gritar. Mary había muerto hacía tres años y supongo que Papá sintió curiosidad de ver a quién le estaba gritando. Caminó por la casa y se asomó por la ventana de la cocina. Nuestras miradas se encontraron. Nunca olvidaré su expresión, —la voz de Chelsea se quebró y bajó la mirada a su regazo.

Elizabeth extendió una mano y tomó la suya. —No tienes que hablar de esto en este momento.

—Ustedes necesitan saberlo. Le dije todo esto al Sargento Reynolds. Le pregunté si podía decírselos.

—Está bien, cariño.

—Arne salió corriendo y forcejearon. Papá ya tomaba medicamentos para el corazón. Arne sabía que una inyección de Cloruro de Potasio sería fatal. También sabía que Papá se inyectaba insulina en el abdomen por su Diabetes. Sacó la inyectadora de su bolsillo y la clavo en su estómago. —Las lágrimas inundaban los ojos de Chelsea. —Dejó morir a Papá en la tierra, solo, mientras me encerraba en el sótano. Entonces, lo subió a su camioneta y lo llevó a casa y lo dejó allí... simplemente lo dejó tirado en el porche como un saco de papas.

Elizabeth habló con voz monótona. —Hasta que yo lo encontré una hora después.

Las tres mujeres estaban sentadas en silencio con lágrimas corriendo por sus mejillas; perdidas en sus propios pensamientos; atrapadas en su propio dolor.

Chelsea habló primero. —Cuando Papá estaba vivo, él y yo peleábamos todo el tiempo. Pero después de morir, no continuó su camino. Se quedó conmigo. Cuando no lo veía en espíritu, podía sentir su presencia. Algunas veces, cuando hacía viajes astrales hacia la granja, lo veía observándote, Mamá, mientras dormías. Y algunas veces, era a Sydney. Hice las paces con él hace mucho tiempo. —Chelsea miró a Sydney. —Nunca habló, yo le hablaba todo el tiempo, como me hablabas tú en tus fiestas de té. Él fue la principal razón por la que sobreviví.

Elizabeth frunció el ceño. —Hay algo que todavía me tiene confundida. Pensábamos que estabas muerta porque Sydney veía tu espíritu. ¿Cómo era eso posible si estabas viva?

—No era mi espíritu lo que veía Sydney. Era mi alma. Los viajes astrales tratan de que el alma sale de tu cuerpo por un corto período de tiempo y puede regresar. Puedes no recordarlo, yo estudié sobre los viajes astrales durante el último año aquí en la granja.

Sydney retomó la conversación. —Y yo también pensaba que era tu espíritu hasta que leí los diarios y comprendí que habías practicado los viajes astrales. Algo encajó cuando encontré las llaves de Arne y Papá le dijo a Nan que usara las llaves.

Elizabeth extendió sus manos hacia Chelsea y Sydney. —Somos una familia y juntas vamos a encontrar la fuerza para enfrentar todo lo que ha sucedido aquí y superarlo. Miraremos al futuro y celebraremos la vida. Chlesea, un día podrás decir que fuiste una víctima pero que ya no lo eres.

Las tres mujeres continuaron tomadas de las manos, formando un círculo.

Un círculo que sellaba su unión, una unión formada por el dolor, la compasión... y el amor.

THE END

POSTFACIO

Pare ver más libros de Next Chapter en español, visite nuestro sitio web en www.nextchapter.pub.